SOFIA SILVA

Sorrisos Quebrados

É na escuridão que brilha o amor verdadeiro

Rio de Janeiro, 2021
2ª Edição

Copyright © 2017 *by* Sofia Silva

CAPA
Joycilene Santos

ILUSTRAÇÃO DE CAPA
Korobkova | DepositPhotos

ILUSTRAÇÕES DE MIOLO
Ahmad Illustrations

DIAGRAMAÇÃO
Kátia Regina Silva | Babilonia Cultura Editorial

Impresso no Brasil
Printed in Brazil
2021

CIP-BRASIL. CATALOGAÇÃO NA PUBLICAÇÃO
SINDICATO NACIONAL DOS EDITORES DE LIVROS, RJ

S583s
2. ed.

Silva, Sofia

Sorrisos quebrados / Sofia Silva. – 2. ed. – Rio de Janeiro: Valentina, 2021.
232p. ; 23 cm.

ISBN 978-85-5889-045-8

1. Romance português. 2. Ficção portuguesa. I. Título.

CDD: 869.3
17-43377
CDU: 821.134.3-3

Todos os livros da Editora Valentina estão em conformidade com
o novo Acordo Ortográfico da Língua Portuguesa.

Todos os direitos desta edição reservados à

EDITORA VALENTINA
Rua Santa Clara 50/1107 – Copacabana
Rio de Janeiro – 22041-012
Tel/Fax: (21) 3208-8777
www.editoravalentina.com.br

TRAUMA (grego *traûma, -atos,* ferida, dano, avaria)

1. LESÃO LOCAL PROVENIENTE DE UM AGENTE VULNERANTE.
2. AGRESSÃO OU EXPERIÊNCIA PSICOLÓGICA MUITO VIOLENTA.

in *Dicionário Priberam da Língua Portuguesa*

Eu não
me apaixonei pela sua força
me encantei com a sua beleza
me atraí pelas suas curvas.
Não.
Essas eu também amo.
Mas
amei-a pelo seu sorriso
Fraco
Desproporcional
Quebrado.
Ele é o meu favorito
e o mais lindo de todos.

PRÓLOGO

Paola

Por favor, por favor, por favor, rezo pedindo proteção a cada passo leve que dou pela casa. Com os sapatos nas mãos, desço a escada com cuidado.

Treinei, durante dias, como descê-la sem que a madeira rangesse. Pensei em tudo durante semanas, tanto que o meu único pensamento é partir.

Expiro fundo, quase silenciosamente, quando, enfim, chego ao térreo. Com cuidado, percorro o corredor e entro no escritório. O lugar proibido. Abro a gaveta e pego as chaves do carro que não dirijo há dois anos, mas não resisto e olho para as nossas fotos. Como alguém vai acreditar em mim se ele parece um príncipe: alto, louro, olhos claros e sorriso apaixonado? As mesmas fotografias em que, se alguém analisar com atenção, perceberá que o meu sorriso, com o passar do tempo, vai diminuindo e a mão dele na minha cintura vai aumentando, apertando, sufocando... Esmagando.

Matando.

Não resisto — viro os porta-retratos para baixo. Eu era tão nova, tão apaixonada e inocente. Com o sorriso mais feliz que uma mulher poderia ter. Ele tinha feito o pedido de casamento com rosas espalhadas pela casa, a que

Sofia Silva 8

comprara em segredo para nós. Parecia um conto de fadas: velas, champanhe e música ambiente romântica. Um pedido diante de todos os amigos e familiares para registrarem como eu era sortuda em ser amada por um homem tão maravilhoso. Um verdadeiro príncipe dos tempos modernos.

"Ele é o sonho de toda mulher. Nunca o deixe escapar. Você não vai encontrar homem melhor", disseram-me a noite inteira enquanto eu recebia os cumprimentos. De nós dois, todas as pessoas deixavam claro que a felizarda era eu. Eu também pensava assim quando ouvia essas palavras. Como, dentre todas as minhas amigas que nutriam uma paixãozinha por ele, fora eu a escolhida? Meus sonhos não poderiam ser mais perfeitos. Roberto era a prova de como os homens não são românticos somente na literatura. Ele era o meu conto de fadas. Só não imaginei que o papel dele na nossa história não seria o de príncipe, mas o do pior dos vilões.

Olhando para trás consigo perceber que tudo era perfeito demais, e ninguém pode ser assim. Não existe um homem sem falhas, mas, por ele parecer tão bom, fui me modificando para fazê-lo feliz.

"Te amo tanto, Paola. Faço tudo para sermos felizes. Só estou pedindo para não vestir essa saia, (...) não vá passear com as suas amigas hoje e fique aqui comigo, já não suporto ficar longe (...) não sorria para outros homens porque esse sorriso quero só para mim (...) não (...) não (...) não..."

Nãos que começaram como pedidos que eu acreditava serem de um marido apaixonado, com ciúmes normais. Um homem religioso que não conseguia ficar longe da mulher e que, perante Deus, meus pais e todos os nossos amigos, prometera me amar e me fazer feliz até a nossa morte. Muitas vezes dizia que nem a morte poderia diminuir o que sentia por mim. Era eterno. Hoje, essas palavras me assustam terrivelmente.

Deixo o escritório e tudo para trás, sem pensar em mais nada, porque é deprimente saber que passei de uma adolescente de dezoito anos, que encontrou o amor perfeito, a alguém com vinte e quatro, que tem medo de acordar todas as manhãs sem saber o que irá acontecer. Passei a ter receio de respirar perto dele, ou parar de respirar nas mãos dele.

Saio em direção à garagem. Se eu pudesse iria a pé, mas vivemos quase dez quilômetros longe de tudo e rodeados pelos cachorros dele, que *"vão te proteger enquanto eu estiver longe"*. Mais uma mentira. Vivo aterrorizada em sair, pois estão treinados para vigiar cada passo meu. Roberto sabe que tenho pavor de cachorro devido a um incidente na infância e usa isso contra mim.

Sorrisos Quebrados

Corro apressada, abro a porta do carro e suspiro. Encosto a cabeça no banco e sorrio.

Finalmente! Estou a um passo de ser livre!

Levanto a mão para ligar o carro e ir embora para sempre, quando minha cabeça bate com tanta força no volante, que meu nariz quebra com o impacto. Tento me erguer, desorientada e confusa, mas novamente ela bate com força e sinto o gosto do sangue. E dor. Tanta dor. Estou entre sangue e dor.

Ai, meu Deus, dói tanto!

Bate, bate e bate...

Sangro, explodo, diluo-me.

Novamente, novamente, novamente.

Sem tempo para gritar ou chorar as dores que proliferam em mim.

Perco a noção de quantas vezes meu rosto foi esmagado contra a dureza do volante. Sempre que tento levantar a cabeça, ela bate com mais força e sinto que rasguei a língua.

Meu rosto está desfigurado.

Tão subitamente como começou, ele para e eu grito toda a tortura que sofri.

— Aaaaa!

Um choro sufocado pelo sangue na garganta sai quando meu rosto grita em sofrimento — implorando por clemência — e sinto um calafrio no pescoço. O frio da morte quase tomando conta de mim.

— Vai passear sem avisar, meu bem? — pergunta com voz calma. Odeio quando ele a usa comigo, pois são as piores discussões.

— Por favor, Roberto, não suporto mais isso.

Minha boca está tomada de sangue, lágrimas e dentes quebrados que cuspo, vendo-os caírem em meu colo.

— Prometo que não contarei a ninguém. Se quiser, assino uma declaração assumindo que a culpa é minha, mas não me bata mais. Deixe-me ir — imploro, sentindo a mão dele rodear o meu pescoço por trás. Apertando, sufocando... Esmagando.

Matando.

Começo a chorar de medo e de agonia. Tantas, tantas dores. De todas as vezes que me bateu, nunca tocara meu rosto, pois dizia que era nele que eu possuía alguma beleza, além de que não poderia esconder se algum parente ou amigo viesse nos visitar.

— A culpa é sua por estar sangrando. E eu não bato em você, Paola, eu a educo quando faz algo inaceitável. E você erra como ninguém. É burra e repete sempre os mesmos erros. — Puxa meu cabelo com força, passando o nariz no meu pescoço.

— Não, Roberto, não faça isso — imploro, desesperada.

Sempre que *"me educa"*, ele toca meu corpo de forma imunda para depois me humilhar mais. Sádico.

Com calma, aperta minha garganta e, simultaneamente, beija meu pescoço. Sua voz é tão serena que as lágrimas escorrem pelo meu rosto, pois sei que virão muitas outras em seguida.

— Estou cansado de tentar te ensinar como ser uma boa esposa. Por que faz isso comigo? Por que não me faz feliz? Não peço muito, mas já estou desiludido, meu bem — murmura, passando a língua pelo sangue que escorre.

Não suporto mais a presença dele.

Inesperadamente, solta meu corpo e, por segundos, relaxo até ele sair de trás do banco, onde estava escondido, e abrir minha porta. Olho para o meu marido, com sua postura arrogante e beleza fria, mas é o prateado reluzente da sua aliança que brilha na penumbra da garagem.

Tento encontrar fragmentos do homem que amei, mas cada vez mais acredito que ele nunca existiu. Junto as mãos trêmulas como se estivesse rezando, buscando sobreviver.

— Eu vou embora, Roberto. Vou sumir da sua vida. Desaparecer! Você pode dizer o que quiser sobre mim. Vou embora. Assim, não vai precisar ficar decepcionado por eu falhar constantemente. Não quero nada, Roberto. — *Somente ser livre!*, grito interiormente.

Ele fica parado, ouvindo tudo. Levanta a mão e eu me retraio com medo, mas os dedos são meigos quando toca meu cabelo. Fica mais próximo, segurando agora meu rosto com as duas mãos, olhando-me com carinho.

Passa o dedo no meu olho, que não abre por estar inchado, e parece triste com o estado do meu rosto. Ele é muito doente.

— Meu bem, eu te amo e só quero ser feliz, mas também quero que você seja. Sua felicidade é ao meu lado, nós dois juntos. Mesmo sendo má para mim, continuo te amando. Imagine o meu sofrimento quando recebi uma ligação da sua mãe há um mês, perguntando se estávamos vivendo alguma crise, pois minha adorável esposa havia perguntado se poderia voltar para casa. Pense nas noites em que não dormi com medo de acordar sozinho, abandonado pela mulher que amo, mesmo ela sendo a desilusão personificada. Passei um mês com medo de que você fosse embora. Você não imagina o que é viver com medo.

Consigo imaginar porque é assim que eu vivo!, exclama minha mente apavorada.

— Como foi capaz de fazer isso comigo, Paola?

Aproxima-se e curva o corpo tentando beijar meus lábios, mas desvio o rosto até ele apertar com tanta força, que fica impossível lutar. Roça seus lábios nos meus, obrigando-me a abrir a boca, e consigo sentir o gosto do meu sangue misturado com as lágrimas, juntamente com o gosto dele, que passei a odiar.

— O casamento terminou — sussurra, interrompendo o beijo e se afastando de mim.

Estou livre!

Com as mãos trêmulas, procuro as chaves que caíram quando ele me bateu, mas não consigo encontrar porque uma dor agoniante ataca novamente.

— Ah. Não! Não! Não! — grito.

Com força, ele me põe para fora do carro, puxando meu cabelo e me arrastando pelo chão.

Tento me agarrar ao carro, mas não consigo.

Tento me prender em algo, mas não há mais nada na garagem.

Não tenho salvação.

— O que está fazendo? Para, Roberto. Está me machucando. Para, por favor, para!

Meu cabelo parece que vai ser arrancado da cabeça pela força com que estou sendo arrastada para fora da garagem.

Vou morrer, eu sei que vou morrer. Neste momento, eu sei que a minha vida terminará hoje.

— Sua puta! — grita como louco. — Dei tudo a você. Dei o amor que nenhum outro homem é capaz de oferecer a uma mulher. Sofri todos esses anos ao seu lado quando você olhava para outros homens e preferia estar com seus pais e suas amigas do que comigo. Quando fingia que gozava! Você não passa é de uma puta nojenta. Lixo! Imunda! — Enlouqueceu. É tudo mentira. — O que as pessoas vão dizer de mim? Já pensou nisso? Pensou em mim? Não! Porque uma mulher como você só pensa em si mesma.

Continua gritando, sem nunca parar de arrastar meu corpo, que rala dolorosamente nas pedras do jardim, aumentando o pavor que se abate sobre mim.

— Por favor, Roberto, está doendo. Para! Por favor, para! — suplico, mas ele continua arrastando o meu corpo, até que o som que odeio começa a aumentar. — Não. Os cachorros não, Roberto. Eu tenho muito medo, você sabe. Por favor, Roberto. Não faça isso.

Peço vezes sem conta, tentando novamente me agarrar a algo, mas não consigo. Tento travar a trajetória com as pernas, mas ele é forte demais e sinto que quebrei um dedo tentando fazê-lo parar.

Choro com a certeza de que estes são os meus últimos minutos de vida. Vou morrer. Meu Deus, vou morrer pelas mãos do homem que amei.

Vou morrer... vou morrer.

— Você vai aprender, já que age como uma cadela, a viver com eles. Vou escolher um animal que vai tratar você como você merece.

Lágrimas ensanguentadas caem mortas pelo caminho, como prenúncio do meu destino.

— Não! Não! Não! Não faça algo sem pensar. Por favor, Roberto, pense no que está fazendo.

Continuo pedindo e perdendo a esperança a cada segundo que passa, e ele me arrasta como se eu não estivesse lutando pela minha sobrevivência.

O latido desenfreado dos cachorros me assusta. Ele sempre usou os animais para me incutir medo, como nas vezes em que ficavam na porta de casa e rosnavam se eu me aproximasse.

Casei com um monstro e vou pagar por isso.

O som do portão se abrindo e o aumento dos latidos são como o som do inferno.

Deus, meu pai, me salva, por favor.

— Roberto... Roberto, não faça nada de cabeça quente. Por favor, se me ama não faça isso — peço pela última vez, antes de sentir a bota se chocando com meu rosto.

Afinal, a morte veio rápida.

— Meu bem, acorda. Vamos. Preciso de você acordada.

A voz suave voltou e, por segundos, penso que ele se arrependeu, até sentir algo frio no meu pescoço. Passo os dedos, e o pânico se apodera de mim. Um enforcador. Estou acorrentada no canil.

Olho para todos os lados, tentando perceber como estou presa; tentando encontrar a possível fuga, mas sei que o canil só tem uma saída e, para meu desespero, está trancada.

— Roberto, o que está fazendo? — indago, amedrontada. Ele se abaixa, encarando-me.

— Sabe por que te escolhi naquela noite?

Fico em silêncio, procurando uma resposta, quando um porrete me acerta com força, fazendo-me cair para trás com o impacto.

— Responde, cadela!

— N... não sei — gaguejo, mentindo. Sempre que nós brigamos, ele conta a mesma história.

— Vou explicar de novo. Havia dezenas de mulheres, quase todas mais altas, mais lindas, mais inteligentes e mais experientes que você. Ao lado delas, você sobrava. O patinho feio. Era a baixa, a magra que não tinha peitos nem curvas. Com cabelo de cor banal e olhos também sem charme algum para cativar a atenção. Nunca seria a primeira escolha de um homem. Talvez nem a última, pois qualquer outro homem sem a minha visão bondosa te excluiria da lista.

Roberto sempre repete isso, e suas palavras são como cacos de vidro me cortando por dentro.

— Mas, de todas, era a que tinha o sorriso mais lindo. Nenhuma outra mulher sorria assim, e, naquele momento, eu sabia que tinha que tê-la para mim. O que eu não esperava eram desilusões atrás de desilusões que você acabou trazendo para a nossa vida.

A capacidade de interpretação que ele tem dos acontecimentos sempre o coloca como o bondoso da história. O herói que resgatou a donzela.

— Imagine só como foi ouvir da mulher que eu amo que talvez eu precisasse procurar um especialista por não ter tesão para foder como ela gosta: como uma cadela no cio. Paola, a culpa de não foder você assim é sua e desse seu corpo nojento.

Tento, uma última vez, explicar.

— Eu nunca disse isso, Roberto. Pensei em você. Pensei com amor. Seu problema não afetou meu amor. Não foi isso. — Ele, como um psicopata, finge não acreditar em mim.

— A culpa nunca foi minha. Mas, não, você achou que era eu quem tinha problemas por não conseguir me excitar. Ficava horas conversando comigo, experimentando todas as técnicas. Vestindo-se que nem uma putinha porque só pensava em você. Sexo, sexo, sexo! — exclama, chutando com força uma lata de tinta que quase me atinge. — Eu comprei joias, roupas, essa casa, mas para você era importante o fato de não fodermos todos os dias, de eu não gostar de sexo a toda hora. Imagine como foi doloroso encontrar no seu histórico da internet nomes de médicos e tratamentos. E quando a vadia da sua amiga olhou para mim, eu sabia que você havia comentado com ela.

— Não. Eu nunca conversei com ninguém sobre a nossa intimidade, Roberto. Nunca faria isso. Tudo o que fiz foi para ajudá-lo. Não se tratava do meu prazer, mas de nós como casal. — Como ele distorcera a realidade.

— A culpa é sua. Eu sou perfeito! — grita, enchendo o peito com orgulho. — Sexo não é tudo, mas, se quer ser comida como um bicho, vou arranjar uma maneira.

Começo a suar frio.

Ele sai do canil, e não tenho tempo para entrar em pânico ou pensar no que está acontecendo. Puxo com força a coleira, mas ela é de ferro e couro. Tento, tento, tento… tento mais uma vez, até saber que não vou sair daqui viva. Mas o instinto não me deixa desistir e continuo puxando, até meus dedos sangrarem. Não vou morrer sem tentar.

Ele volta, sinto a presença dele, mas continuo tentando, até que levanto a cabeça e à minha frente está seu pitbull favorito. O mais agressivo. Aquele que Roberto passava horas treinando.

— Por favor — peço entre lágrimas e choro, sem nunca parar de tentar sair daquele cárcere infernal.

Desespero e medo. Dor e falta de esperança desabam sobre mim.

— Roberto, não solte o cachorro. Por favor, não faça isso. Por favor.

Continuo chorando e implorando. Meu corpo treme cada vez que o pitbull late. Ele me olha uma última vez, sorrindo, e diz a frase mais assustadora:

— Até que a morte nos separe, Paola.

E solta o cachorro.

Sorrisos Quebrados

Eu grito.
O portão se fecha e...
O pitbull corre feroz.
Ataca.
Morde.
Arranca.
Destrói.
Eu grito.
Imploro.
Choro.
Sofro.
Luto.
Ele não para.
Eu não aguento.
Morro.

~ 1ª PARTE ~

Dolorosamente Colorida

Paola
1

Seis anos depois.

"*Você teve muita sorte.*"
Passo o creme no rosto para diminuir a vermelhidão. Desço para o pescoço, sigo pelos ombros, braços e mãos, aplicando bem nas linhas grossas e onde as cicatrizes são mais visíveis.
"*Foi um milagre.*"
Escovo o cabelo, escondendo algumas falhas onde não cresceu mais.
"*Deixe seu passado para trás.*"
Coloco a lente no olho ligeiramente caído como se estivesse sempre triste.
"*Está livre.*"
Faço nebulização durante quinze minutos, porque hoje o dia está muito quente e sinto dificuldade para respirar.
"*Sobreviveu.*"
Pego um copo d'água e tomo quatro comprimidos de uma só vez. Mais uns minutos e as dores cessam.
"*Um dia você será verdadeiramente amada.*"

Meu reflexo surge no espelho como se o vidro estivesse quebrado, e não eu. Se não consigo ver beleza em mim, quem verá?

"Tem que pensar no que será o seu futuro", há anos repito para mim mesma essas frases, como um mantra.

Olho a placa na porta. Inspiro e expiro sonoramente, e leio em voz alta:

> *Todo dia é um recomeço.*
> *Todo dia eu renasço.*
> *Todo dia eu me levanto.*
> *Todo dia eu não desisto.*
> *Todo dia eu vivo como se não tivesse*
> *Todos os dias.*

Saio porta afora, *viva*.

Caminho devagar pelos jardins da Clínica onde moro por opção. Um lugar que tem sido meu lar nos últimos dois anos e onde, dia após dia, sinto que o mundo lá fora pode voltar a ser uma realidade para mim, mas não hoje. Hoje, cada passo dói. Talvez a dor seja maior porque é aniversário da minha morte.

Abro a maleta com as tintas, retiro os pincéis e começo a pintar.

Pinto o branco dos dentes que morderam minha cabeça, furando a pele.

Quando um pitbull agarra, ele não larga. Quanto mais puxamos, mais ele fecha a boca. É como tentar soltar um tecido preso nos dentes de um zíper. Rasga.

Rabisco de cinza a coleira que me prendeu, impossibilitando-me de fugir, estrangulando meu pescoço quando o cachorro puxava meu corpo ferido.

Salpico de vermelho a pele lacerada e os músculos mordidos, rasgados, mastigados por um cachorro esfomeado.

Pego o verde, levanto a mão, mas paro. Não consigo. De todas as lembranças, é o verde dos olhos dele que não esqueço.

O verde que eu via entre o branco, o cinza e o vermelho.

O verde que olhava.

O verde que incitava o cachorro a morder mais. Não desistir.

O verde a quem eu gritava súplicas de ajuda e não fez nada.

O verde que me matou.

Irritada, empurro todo o material.

Grito.
Rasgo violentamente a tela com uma tesoura.
Grito.
Espeto-a mil vezes na tinta verde como se fosse ele.
Grito.
Espalho as cores com as mãos, na tentativa de escondê-las. Tentando apagar memórias que *hoje* estão mais despertas.
Grito.
Cubro meu corpo de rosa, de amarelo e de todas as cores que não são o passado.
Levanto uma lata de tinta e despejo-a sobre mim. Da cabeça aos pés.
Pinto e grito.
Passado muito tempo, paro.
Fico respirando fundo, olhando para tudo, e rio alto. Não consigo parar de rir. Rio com tanta força que acabo chorando ainda mais descontroladamente.
Choro e rio ao mesmo tempo.
Sou livre, mas *neste dia* estou mais presa a ele.
Caio de joelhos continuando a rir e a chorar diante das cores que me deram vida. E, quando olho em frente, imaginando o que de bom pode surgir no meu futuro — se um dia viverei sem sofrer; se um dia serei feliz —, não pinto mais.
Paro de gritar.
Engulo o choro e abro a boca num O. Na minha frente, com expressão de espanto, está um homem parado me olhando.

André
2

Horas antes.

— Olá, André, tudo bem? — Olho para baixo, desço da escada e bato as mãos uma na outra, tentando limpar a sujeira. Estendo o braço e cumprimento Pedro, um dos psicólogos voluntários na Clínica, terapeuta da minha filha e o mais próximo que tenho como amigo.

— Tudo. Vim ajudar a instalar as luzes e montar os cartazes. Este ano não vou poder comparecer à festa, mas queria contribuir de alguma forma.

— Nós agradecemos. A cada ano que passa, a festa de Carnaval daqui cresce; então, quanto mais mãos tivermos para ajudar, melhor — comenta, entusiasmado, esfregando as dele com vontade de ajudar.

A Clínica era recente quando minha filha nasceu, mas já havia adquirido boa reputação. Numa noite em que a febre dela não diminuía e os hospitais estavam lotados, resolvi arriscar, pois não tinha dinheiro para pagar particular. Sabia que aqui tratavam somente pessoas com problemas mentais e físicos mais complexos. Não era um lugar para levar uma bebê com problemas comuns à idade.

Cheguei e expliquei tudo, sendo avisado que não era o lugar ideal.

Estava perdendo a esperança até que Rafaela, a diretora e mentora de tudo, ouviu minhas súplicas e disse que minha filha seria atendida. Não permitiria que alguém fosse embora sem tratamento. Imediatamente, expliquei que não tinha dinheiro, ao que ela respondeu que, se minha filha ficasse bem, teríamos de aparecer na festa de Carnaval. Esse seria o pagamento. E foi o que aconteceu. Sol recebeu o melhor cuidado, sem eu imaginar que um dia ela seria uma paciente regular por problemas bem mais sérios, e que este lugar se tornaria muito importante na minha vida.

Todos os anos, eu e Sol comparecemos à festa, e fico feliz por ver minha filha — introvertida demais e com medo do mundo — interagindo, mesmo que pouco, com as outras crianças.

Ano após ano, Rafaela consegue aprimorar a festa em que todos se fantasiam. Todos fingem ser algo diferente por algumas horas. Cresce o número de pessoas e escolas que trazem os alunos para a festa porque não existe outra melhor. E as pessoas da comunidade, que demoraram para aceitar esta Clínica *"com gente estranha"*, agora elogiam o trabalho feito aqui e lutam para conseguir mais verbas. Perceberam que este lugar é a exceção. São pessoas que fazem o bem pelo simples ato de bondade, e eu, como pai de uma criança com dificuldades de socialização e traumas, não poderia estar mais agradecido.

Às vezes, encontramos conforto no lugar que um dia tememos.

— Por que não vem? — pergunta ele, arregaçando as mangas para ajudar nas tarefas.

— Sol ainda está doente. Além disso, faltei três dias ao trabalho para ficar com ela e estou com projetos atrasados. Se não trabalho, não ganho, e isso não pode acontecer.

Não quero recordar como não ter dinheiro para fraldas e leite foi um período real e diário. Ser tão carente que um simples pão se torna uma dádiva.

Ele sabe dos meus problemas e compreende a explicação.

— Estão lindos! — A voz feminina e doce de Rafaela interrompe nossa conversa. — As crianças vão adorar! — Ela bate palmas, olhando para cima e observando com atenção cada detalhe. — Obrigada, André, mas não precisava. Podia ter ficado com a Sol — diz, sem perder o sorriso de felicidade ao ver que tudo está como pedira.

— Meus pais ficaram com ela. Fui praticamente expulso da minha própria casa, então decidi ajudar.

Eu precisava sair de casa porque a raiva, às vezes, aflora. Uma raiva que me torna alguém de quem não gosto.

— Sinto que este ano será marcante — intervém com olhos brilhantes. — Desejo muito que a Clínica continue proporcionando momentos inesquecíveis às pessoas. Quando falarem dela, que não seja sobre nossos pacientes com dificuldades, e sim de todo o amor que nasce aqui. Quero acreditar que coisas maravilhosas acontecem nestes jardins.

Sua expressão é a de quem traz sempre esperança para seguir em frente, em face de tudo de ruim que o mundo tem.

— Espero que sim — comenta Pedro, olhando-a sem disfarçar os sentimentos. Para ele, o amor nasceu... por ela.

Rafaela vai embora em seguida, com os olhos dele seguindo-a o tempo todo.

Dou um tapinha nas costas de Pedro para despertá-lo e balanço a cabeça.

— É tempo perdido, amigo — aviso, sabendo que não gosta de ouvir isso, mas é a mais pura verdade.

— Por que diz isso?

Cruzo os braços, olhando para ele com sinceridade.

— Ela tem muitos demônios. Segredos e esqueletos escondidos.

— E todos nós não temos?

Seu tom ácido é de frustração somada a tristeza. Pedro é uma boa pessoa e, talvez, esse seja seu grande defeito. Ele ama uma mulher que nunca irá amá-lo.

— Os dela estão relacionados a um homem, e ele ainda está por aí. — Toco simultaneamente no coração e na cabeça dele.

— Ela comentou algo? — A frustração passa à desconfiança.

— Não. Rafaela é uma mulher extremamente meiga com todos, doce e afável. É uma das mulheres mais belas que conheci, sem ter noção da própria beleza, o que aumenta mais seus atributos. Ela é próxima de todas as pessoas, menos de homens como nós. Conosco mantém uma distância visível. Homens que podem representar mais do que pacientes ou colegas. Como se estivesse construindo um muro alto demais porque, um dia, um homem significou tudo para ela.

— O bom dos muros é que podem ser derrubados — declara com convicção.

— Tenha cuidado ao derrubá-los, para as pedras não caírem sobre você. Não existe nada pior do que tentar salvar alguém e terminar soterrado.

— Uma péssima experiência não pode nos fechar para outras, André — contrapõe, mostrando que tem esperança de que, um dia, ela olhe para ele e enxergue seu amor. O que nunca acontecerá.

Não comento. O bom de sermos amigos é perceber quando não existe mais nada a dizer.

Continuamos trabalhando com o silêncio como rei, e sou forçado a relembrar o passado. Tudo o que fiz. Todos os arrependimentos e consequências das minhas escolhas. Como não tornarei a entrar numa relação e entregar o coração sem imaginar como poderá ser triturado.

Estar em um relacionamento, por mais simples que pareça, requer o que já não tenho, o que sinto não poder dar a outra mulher, pois, quando tentei desenterrar a única que amei, fiquei preso no caixão de onde ela saiu.

Quando terminamos tudo, olho para minha roupa, percebendo de imediato que preciso tomar um banho antes de voltar para casa, pois sei que, assim que entrar, não terei tempo para nada, a não ser cuidar da minha filha.

Corro para o carro, pego a mochila com uma muda de roupa e percorro os jardins onde somente os voluntários podem ficar e socializar, pois são mais reservados.

Estou digitando uma mensagem, avisando que irei demorar cerca de meia hora e que estou ficando sem bateria, quando ouço sons estranhos. Caminho devagar até me deparar com o que vejo. Uma mulher está passando tinta no rosto como se fosse água, rindo e chorando ao mesmo tempo. Algo que pensei ser um mito.

Grita, pisa na tela que certamente estava pintando, torna a gritar, rir e chorar.

Fico sem saber o que fazer. Sei que há pessoas com problemas mentais muito graves e que estão sempre acompanhadas por alguém, mas ela está sozinha em um lado onde os pacientes não circulam.

Continua seu ataque, e permaneço observando sem reação, até que ela levanta o rosto, olha e... pum, desmaia, batendo com força no chão.

— Merda! — Deixo cair a mochila e corro para ajudar.

Quando me aproximo, reparo que ela é magra e pequena. Instintivamente, tento ver se tem algum ferimento, mas o rosto está coberto por muitas cores e folhas das árvores que se colaram à tinta. Um lado parece mais espesso, velado, impossibilitando-me de vê-la bem.

Toco seu braço, mas nada acontece.

Pego o celular, mas já está sem bateria.

Sem pensar duas vezes, levanto a moça, aconchegando seu corpo frágil ao meu tão forte. Pareço um tronco e ela, uma folha delicada.

Meus dedos são tão ásperos que receio arranhar seu rosto se tentar tirar a tinta, por isso procuro um banheiro.

Estou em pânico, sei que estou. Essa sensação é muito semelhante à que vivi no passado com minha filha. Quando encontro um banheiro, vou até o chuveiro, abro a água e fico sentado no banco com ela no meu colo.

— Ei — chamo, tentando, em vão, fazer com que ela abra os olhos.

Continuo o procedimento durante alguns segundos, até que passo com suavidade o dorso da mão em seu rosto. Como se tivesse levado um choque, o olho destapado abre, assustado, e percebo que vai gritar. Antes que aconteça, e sem saber qual é a doença dela, murmuro em seu ouvido frases curtas, como faço com a minha filha nas situações de crise.

— Eu não vou te fazer mal. Não sou mau. Não tenha medo. Está tudo bem. Respire. Não vou te fazer mal. Nunca te faria mal.

A estranha está de olho aberto, mas com a mente longe. Completamente desaparecida em outro mundo. Em estado catatônico.

Com ela no meu colo, ficamos debaixo d'água, sentindo, por um tempo, as gotas lavarem minha sujeira e o colorido das tintas do seu corpo. Ela é tão leve que tenho medo de machucá-la, se for mais brusco.

Pouco a pouco, a cor sai da sua roupa e cabelo, mas o rosto está colado a mim e a tinta continua manchando suas feições.

— Ei — repito, mas ela não responde. Tento durante mais alguns minutos, até decidir tirá-la dos meus braços.

Com os pés firmes e equilibrada, fica na posição correta para a água bater no seu rosto. Agarro-a pela cintura, e, com a outra mão na sua cabeça, eu a estabilizo.

Pouco a pouco, a tinta vai saindo, mas de um lado parece ter secado, pois é irregular e muito espesso. Temendo que depois seja mais difícil de tirar, decido ajudá-la.

Lavo bem minhas mãos, uma de cada vez, para que fiquem menos ásperas. Quando sinto que estão mais suaves, toco-a no rosto, tentando tirar a tinta, mas isso não acontece porque ela desperta, encosta em pânico na parede e grita novamente. Nesses segundos, a água cai sobre ela, limpando todo o seu rosto e... ela grita a plenos pulmões com medo de mim. Faço o mesmo por dentro, quando reparo que, olhando-me apavorada, está uma mulher com metade do rosto desfigurado.

A vontade que eu tenho é de gritar também, pois nunca tinha visto uma imagem tão dolorosamente assustadora na vida.

Até que ela desmaia novamente.

Paola
3

— Obrigada, Paola. — Rafaela me agradece novamente e fico envergonhada. Pela forma como ela me olha, parece que a minha participação na festa de Carnaval é essencial para ser um sucesso, quando sei que não.

— Estou um pouco nervosa em não conseguir desenhar todos os pedidos.

Coloco as tintas espalhadas aleatoriamente na mesa, junto com os pincéis, lendo o cartaz com orgulho e apreensão: *"Pinturas Faciais da Paola"*.

É a primeira vez que participo do Carnaval daqui, mas sei o quanto é importante para todos.

— Duvido que não consiga. Não conheço pintora mais perfeita. — Sorri carinhosamente. — Os meninos vão pedir para serem super-heróis, animais ou algo fofo. — Aponta para seu próprio rosto pintado em tons de azul.

Quando pediu que pintasse algo bonito, olhei para ela, também linda, sem inveja. Sei que nunca fui bonita como ela é ou serei novamente, alguém que recebe olhares de admiração todos os dias, sem reparar que é alvo deles. Isso não me preocupa, pois entro em pânico só de me imaginar conversando com um homem.

— Ele não vai estar presente, não é? — pergunto novamente.

— Não, André não vai aparecer. Mas, Paola, se ele viesse, duvido que teriam que conversar. Explicamos que você teve um episódio e, acredite em mim, ele, melhor do que muitos, entende a situação. Além disso, André se sentiu culpado porque você desmaiou duas vezes. Sei que, fisicamente, a presença dele pode ser intimidante. Com aquele tamanho todo... músculos podem assustar qualquer pessoa, mas só estava tentando ajudar sem entender que piorava somente pelo fato de estar tocando em você... em seu rosto. Olhando para você. Como ele não é um voluntário, não sabia que todas as quartas-feiras aquele lado do jardim é exclusivo para seu uso. Foi isso. Nada mais.

Tento acreditar em suas palavras, mas recordo perfeitamente o momento. Olhando para mim estava o maior homem que já vira na vida. Muito, muito alto, preenchido por músculos gigantes como ele, barba curta e cabelo despenteado. Roberto era alto, só que magro e elegante, ao contrário do tal André, que fixava o olhar em mim.

Se não consegui me libertar das mãos do Roberto, desse homem seria impossível, porque certamente ele consegue carregar troncos de árvores em seus braços como se fossem gravetos. Pegar-me seria ainda mais fácil.

Minha mente está tão distorcida que, naquela situação, associei-o ao pitbull. Eu sabia que se ele me atacasse eu não conseguiria vencer, por isso meu corpo desligou. Não aguentou o temor de vivenciar tudo novamente.

Quando voltei a mim, a mão dele estava tocando meu rosto, no meu lado desfeito, e novamente pensei que iria sofrer. Do restante não recordo, apenas sei que meus gritos foram tão sonoros que as pessoas acharam que eu estava realmente sendo atacada.

O que tem me preocupado é que, nessas últimas noites, sonhei que André estava sendo meigo comigo, que seu toque não era violento, mas de preocupação... carinho. E fiquei com mais medo ainda, pois não sei o que é ser tocada assim por um homem.

— Vai dar tudo certo. — Rafaela segura minhas mãos com cuidado e, às vezes, não parece ter a minha idade. Como se ela também soubesse o que é viver presa a um dia trágico. — Não fique ansiosa sem necessidade. Respire fundo quando precisar. Hoje é dia de festa, e não vamos deixar os demônios entrarem. Vamos tentar esquecer o que somos no resto do ano para sermos algo diferente.

— E o que vamos ser?
— Felizes, Paola. Felizes como nunca somos.

Rafaela tinha razão, quase todos os meninos pediram a mesma coisa. Super-heróis, princesas e bichos fofos foram os mais pintados. Até as crianças que são pacientes da Clínica, com seus diversos problemas, estão pintadas e com sorriso no rosto. Alguns pais choraram de emoção, e fiquei feliz por ter ajudado a criar uma memória de alegria.

Hoje, todos são felizes.

Algumas crianças me olharam e comentaram a minha pintura facial assustadora, outras compreenderam que sou assim, e nenhuma gritou com medo.

Limpo os pincéis, percebendo que a festa agora é do outro lado e já não terei mais rostos para pintar. Abro a maleta até perceber que vem vindo mais gente.

Uma senhora com ar exausto e uma criança no colo, escondida em seu pescoço, caminha apressadamente na minha direção.

— Desculpe por termos vindo tarde. Minha neta esteve doente, mas a festinha é sempre tão linda. Não queria que perdesse essa oportunida... — fala depressa, mas para quando percebe que não estou usando pintura em um lado do rosto. Rapidamente disfarça, mas não sem antes seu olhar de pena ficar evidente.

— Não tem problema. — Retiro novamente meu material, tentando controlar a felicidade por ter mais uma criança para pintar e não voltar à minha vida solitária.

Calma, Paola.

A senhora cochicha algo à menina, que me olha com atenção, e percebo que é tímida e fica amedrontada.

— Olá, meu nome é Paola. E o seu? — Ela continua olhando para mim, assustada.

— O nome dela é Sol — responde a senhora. — Minha neta é envergonhada, principalmente com estranhos. — Senta a criança na cadeira.

Fico nervosa pela primeira vez porque a menina não pisca os olhos, e isso é assustador de uma maneira fofa, pois só as crianças conseguem. Quando os raios de sol se refletem em seu cabelo, ele reluz, e compreendo que ela não poderia ter um nome mais perfeito. Toda ela parece um raio brilhante de sol.

— Lindo nome para uma menina ainda mais linda. — Abaixo-me, ficando próxima dela, com as tintas nas mãos para ela observá-las, mas nem um sorriso surge em seus lábios. Será complicado.

— Então, que pintura deseja? — Ela olha para as cicatrizes com atenção, inclinando o rosto e se aproximando com lentidão. Sua pequena mão se levanta e quase toca em mim.

Vários segundos se passam, mas ela não diz nada nem avança, até piscar pela primeira vez e falar.

André
4

Meu coração bate descontroladamente e não tenho tempo nem para pensar se fechei a porta de casa, tamanha foi a pressa com que saí. Estou tão nervoso que sou capaz de esganar minha mãe.

Volto a ligar, mas o celular chama, chama e ninguém atende. Aperto a perna com força para não esmurrar nada no carro. Da última vez que não me controlei, precisei trabalhar quatro finais de semana seguidos para pagar o conserto. Procuro por elas nas pracinhas que a gente costuma ir. Ligo para o meu pai, que também não sabe de nada, e tento durante mais trinta minutos ligar para a minha mãe, até começar a pensar o pior.

Estou prestes a dirigir para a delegacia mais próxima, quando tento uma última vez.

— Alô. — Minha mãe finalmente atende e ouço música ao fundo.

— Mãe, onde você está?!? Tá tudo bem?

— André, estou te ouvindo mal. Estou aqui na festa da Clínica com a Sol. Estamos fa... pi... rosto... Sol está bo... assustada... — A ligação cai.

Muitas coisas acontecem nesse momento: quero matar minha mãe bem devagar; meu coração se acalmou porque pensei que talvez... melhor nem repetir, com medo de que o pensamento se torne real. Minha filha está assustada com alguma coisa. Meu bebê, que não se sente bem rodeada de pessoas.

Acelero, sem me preocupar com multas, até chegar à Clínica em tempo recorde. Entro e percorro os jardins. Avisto minha mãe com a mão levantada. Quando chego perto, ela tenta me abraçar, mas estou irritado demais.

— Não, mãe! — Estendo o braço, proibindo o abraço. — Você sabe muito bem que se digo algo é para ser cumprido.

— André, não fale assim comigo. Sou sua mãe! — Tenta impor respeito. Tarde demais.

— E eu sou o pai da Sol! Sou *eu* que decido se ela deve sair ou ficar em casa. Falei que era para ela não sair. Pior, você não avisou que sairia. Como pode ser tão irresponsável? Como? — grito, furioso, até escutar uma risada, que só ouço em casa, voar entre as árvores.

Minha filha está rindo?

— Onde ela está? — pergunto, olhando para todos os lados.

— Está pintando o rosto, mas preciso avisar que...

Interrompo-a com a mão.

— Pode ir para casa. Da próxima vez, vou contratar alguém para ficar com a minha filha, sem precisar temer por onde ela andará.

Sei que estou sendo duro, mas minha mãe viveu lado a lado meu pesadelo e não deveria ter feito isso.

— Eu vou, mas preciso avisar que a pintora fez o que a Sol pediu.

— O que quer dizer com isso? — pergunto.

— Que não seja bruto ou mal-educado porque está zangado. Pelo caminho da vida, meu filho, vejo que você perdeu a sensibilidade. A Sol está feliz, e isso nunca acontece.

Viro de costas porque discutir com ela é um círculo vicioso. Somos iguais.

Sou conduzido pelo som das vozes e risos. Passo pelas árvores e vejo minha filha sorrindo, de frente para mim, com metade do rosto pintado como um sol, mas não consigo ver tudo porque o corpo da pintora está encobrindo o dela.

A felicidade da minha pequena é evidente e me dá um aperto no peito, pois minha filha é tudo, menos uma criança feliz. Dentro de casa e comigo ela ri e brinca, conversamos e passeamos juntos, mas com as outras pessoas nada disso acontece.

Ela não fala com ninguém, tem medo de estranhos, e mesmo crianças da sua idade a assustam.

Fico parado, observando extasiado, e toda a raiva que sentia até momentos atrás vai se diluindo, dando lugar à emoção. Sofro tanto por toda a porcaria que aconteceu comigo, mas sofro principalmente com a tristeza da pessoa que mais amo no mundo. Nenhum pai gosta de ver um filho infeliz, e meu coração se estilhaça por saber que não tenho o poder de fazê-la feliz como sonho e ela merece. Mas hoje, vendo como ri alto e conversa com a pintora, algo que nunca faz, a esperança sussurra em meu ouvido.

Será que um dia alguém compreenderá o quão especial ela é e a amará nem que seja um pouco?

— O que está fazendo aqui? — A voz espantada de Rafaela é como um grito que aniquila o suspiro.

Subitamente, três mulheres estão me encarando, mas meu olhar recai em apenas duas, e a esperança que eu tinha voa despedaçada para longe.

Minha filha está sorrindo para mim com metade do rosto pintado com um sol dourado e, *meu Deus*, a outra metade... a outra metade está desfigurada. Com um pincel na mão que treme, boquiaberta e olhos amedrontados, está a mulher do outro dia com o seu lado desfigurado e a outra metade pintada com estrelas brilhantes. Ficamos todos em absoluto silêncio, e eu mais espantado do que nunca, até minha filha abrir a boca e dizer com alegria:

— Papai, eu sou a Fera!

Paola
5

Acredito que em outro país, bem distante, as pessoas consigam ouvir as batidas frágeis mas barulhentas do meu coração aterrorizado. Sinto os dedos de Rafaela entrelaçados nos meus e sua outra mão fazendo movimentos ascendentes e descendentes pelo meu braço.

— Respire, Paola — sussurra, e eu tento. Já é difícil respirar normalmente devido às consequências das mordidas, mas em momentos de tensão piora.

Ele dá um passo e mais outro e outro para frente.

Eu dou um passo e mais outro e outro para trás.

Olha para mim e para a filha, que sorri alegremente e de quem eu não largo a pequena mão. Não quando sei que ele está zangado por algum motivo.

Quando homens como ele ficam assim, podem se transformar em monstros. Assassinos covardes.

Ele não diz nada, continua olhando e caminhando em nossa direção, e a pequena também começa a ficar nervosa com o silêncio.

— Papai, isso sai. É tinta e maquiagem. — Sua vozinha treme, e eu queria ser forte para protegê-la, mas, se for preciso, farei sem pensar duas vezes.

Ele chega perto, olhos fixos no meu lado desfigurado. Todas as pessoas que me veem desviam o olhar, passados dois segundos. Algumas tentam somente observar o lado preservado, e outras se concentram em todos os lugares, menos em mim.

André, não.

Ele olha como se estivesse lendo um mapa que não consegue decifrar, e, por isso, precisa de tempo. Fico nervosa a cada instante que passa. Tirando meu cirurgião plástico, mais ninguém fica parado olhando as cicatrizes. E o cirurgião quer ver o que pode melhorar; André tenta perceber como sou. Segundos que mais parecem horas.

Seus olhos se revelam acinzentados como as manhãs de nevoeiro e saem de cima de mim. Ele se abaixa, olhando para a menina e, para meu espanto, abraça a filha com tanta ternura, que ela larga meus dedos, envolvendo-os em volta do pescoço do pai como se fosse o melhor lugar do mundo. Pressiona a cabecinha no pescoço dele, não se preocupando com o rosto pintado.

Quanta emoção em um abraço.

— Gostou de pintar o rosto? — pergunta ele, passando com todo cuidado suas mãos enormes pelo cabelo louro-claro e encaracolado da filha, para depois também segurá-la com carinho.

Se eu me considero pequena perto dele, Sol é uma borboleta e André, um urso tentando não quebrar as asinhas dela.

— Sim, papai, muito. Olha só como o meu rosto está lindo — fala, animada.

— Muito lindo, meu raio. — Ele examina o lado pintado igual a mim e acaricia as falsas cicatrizes.

— Foi a Paola, papai. Ela pintou para mim! Também veio pintar o rosto?

— Não. Com a barba não ia ficar muito bom — comenta, passando a mão na bochecha. Aproveito para reparar que, ao contrário da outra vez, ele está mais penteado, mas a roupa escura e seu físico continuam me deixando nervosa. — Vim te buscar para irmos para casa.

— Já vamos embora, papai? — Tristeza pinta sua voz e rosto.

— Não quer ir embora? — indaga, confuso, como se ela estivesse falando outra língua.

Sol olha para mim e para ele. Dá um passo e cochicha em seu ouvido. Imediatamente, os olhos dele encontram os meus, e ele inclina a cabeça como se estivesse tentando encaixar peças que não fazem parte do mesmo quebra-cabeça, antes de voltar a expressão confusa para ela, que continua cochichando com suas mãozinhas, tentando tapar o som.

— Pode ser, Sol. Eu espero, mas basta pedir e vamos embora. Combinado? Vou estar aqui. — Fica de pé, olhando novamente para mim (para meu lado feio), mas não se aproxima mais. É como se percebesse que, se desse mais um passo, eu fugiria como uma gazela de um leão.

— Paola, certo? — pergunta, e aceno sem olhar diretamente, até porque seria complicado, pois ele deve ser trinta centímetros mais alto do que eu. — Minha filha perguntou se você pode pintar as unhas dela. Nunca pintou, e disse que você prometeu, se ela sorrisse. — Balanço novamente a cabeça porque a voz está escondida num canto qualquer. Amedrontada.

Nesse silêncio, Rafaela aproveita o momento para falar.

— André, preciso de ajuda para confirmar se as luzes estão todas acendendo. Hoje de manhã, umas falharam, e quero ter certeza de que está tudo perfeito. Como você disse que não viria, eu ia pedir a outra pessoa, mas já que está aqui... Poderia vir comigo? — Pela expressão, compreendo que ele percebeu que sua presença me desestabiliza.

— Não posso deixar minha filha agora — sentencia, decidido.

Rafaela apruma a coluna com firmeza.

— A Sol está em ótimas mãos, André, e, pela felicidade que irradia, sei que ficará bem.

Meu Deus, ele não confia em mim. Será que acha que vou agir como da outra vez?

— Não sei, Rafaela. — Esfrega o rosto, tenso. Tudo nele é sério, forte, como se estivesse numa guerra. Meus olhos caem pelos seus braços, e tenho certeza de que nunca vi um homem tão forte quanto ele. As pernas são como troncos grossos, e consigo ver nelas o contorno dos músculos. Os braços estão descobertos, e, quando ele os cruza, parecem triplicar de tamanho.

O que ele faz para ter tantos músculos? Por que quer ficar tão forte?

— Mas eu sei, André, e a minha opinião tem que ser levada em consideração — retruca, séria, me defendendo. Depois fica próxima dele, quase tocando seu peito com a cabeça. Embora mais alta do que eu, Rafaela também é baixa, mas não se deixa intimidar pelo que ele pode fazer, caso se irrite.

— A Sol está feliz, André — continua. — Não está com medo, o que é raro. Aproveite essa oportunidade para mostrar que nem todos são iguais. Se ela sentir hesitação, vai ficar com medo. Não destrua o que temos trabalhado com tanto empenho só porque também vive assustado.

Mas... afinal... ele... O que está se passando aqui?

André olha para mim e para a filha, e seu rosto range sonoramente com a tentativa de liberar o sorriso mais fraco que eu já vi, à parte o meu.

— Ok, princesa. Eu vou ajudar a Rafaela e depois volto, mas estou aqui perto. Qualquer coisa é só chamar que eu venho correndo. Não vou demorar se precisar de mim. Entendeu? Sou rápido.

A pequena acena vigorosamente a cabeça.

— Sim, papai.

Ele beija demoradamente sua testa. Em seguida, de forma rápida, fica próximo demais de mim, e tremo, mesmo sentindo que não será violento. O medo é mais forte do que eu, e solto um pequeno gemido junto com minhas mãos que sobem, protegendo meu rosto.

Ele para admirado com a minha reação, e o que iria fazer — ou dizer — morreu quando me encolhi.

— Venha, André. Vamos deixar as duas. Elas ficarão bem. — Rafaela toca seu braço e ele parte, olhando para trás.

Fico novamente sozinha com a Sol, e todas as preocupações desaparecem quando ela me olha, sorridente.

— Vamos pintar as unhas! — grita, excitada, e já não encontro mais espaço para tamanha felicidade por algo tão insignificante na vida da maioria das pessoas.

Estou rindo. Sim, eu estou rindo. Não me importo com o contorno dos meus lábios ou com a pele cicatrizada que encolhe e estica de forma estranha. Nada disso interessa porque, neste momento, estou feliz, e isso... isso nunca acontece.

Não me importo de parecer ainda mais feia, sabendo que é por um bom motivo: felicidade.

— Coloque os braços dentro da caixa e espie. Vou tapar sua cabeça com esta toalha escura e você verá algo fascinante — explico, ansiosa pela reação. Nunca tinha conhecido uma criança que absorvesse tudo o que faço como se fosse maravilhoso.

Como se eu tivesse importância.

— O que vai acontecer? — interroga. Seus olhos enormes observam com curiosidade.

— Vai ter que espiar para descobrir. — Toco na ponta do seu nariz, e ela ri num som tão bonito, fazendo o cabelo claríssimo continuar reluzindo.

Ansiosa, faz tudo que peço. Tapo sua cabeça com a toalha escura enquanto ela observa dentro da pequena caixa preta.

— Uau. Que lindo! Paola, estou vendo luzinhas em mim! Eu brilho! Eu brilho! — Retiro a toalha, e ela olha para mim sorrindo de pura felicidade. De repente, olha para trás e grita a plenos pulmões: — Papai, vem cá! Vem ver magia! Sou brilhante, papai! Eu brilho no escuro! Sou brilhante!

Ela está tão ansiosa que não aguenta esperar e corre ao encontro do pai, puxando-o com força e saltitando ao mesmo tempo.

Ele não é o Roberto. Ele não vai ser violento. Não há razão para ter medo.

Controlo as emoções com a proximidade do seu corpo e tento não arruinar o dia com um ataque de pânico. Nem assustar essa menina que só trouxe alegria ao meu dia, à minha vida.

Aproveito para observá-lo, e automaticamente meu cérebro faz ligações com Roberto. Assim como o homem que amei, André caminha confiante. Desafiando o mundo. Ao contrário do Roberto, ele não aparenta querer mostrar que é melhor do que os outros, mas que tem força para se defender. Já o olhar... o olhar não é confiante, mas de alguém que está sempre atento a tudo o que o rodeia, como se temesse ser atacado de surpresa.

Ele é o urso dono da floresta, que caminha ferozmente e com cautela, pois já ficou preso em armadilhas escondidas que o feriram gravemente.

— Papai, olha. Meus braços estão quase normais e as unhas têm esmalte cor-de-rosa. A Paola faz magia.

Continua explicando tudo, puxando um homem musculoso como se fosse tão leve quanto ela. O mais espantoso: ele se deixa comandar pela filha.

Ela é a rainha do mundo dele, isso está claro.

— Papai, vou colocar meus braços na caixa e você vai olhar por esse buraco. — Ela para, levantando as mãozinhas e abrindo bem os olhos. — Eles vão ter magia, e você vai ver como são lindos. Depois vai ficar de boca aberta com o que vai ver. Eu fiquei assim, ó — explica, excitada, abrindo a boca ao máximo, e ele ri com o entusiasmo da filha, deixando escapar um som rouco. Subitamente me olha, confuso, sem compreender que a confusa aqui sou eu.

— Paola, agora! — comanda alegremente. — Cobre a cabeça dele.

A cadeira é de criança, então André fica ajoelhado. Com medo e insegura, coloco a toalha preta sobre ele. Está tão perto de mim que inspiro profundamente para não passar mais vergonha.

— Agora, papai. Olha! — Ela estende os braços para dentro da caixa e ele espia.

— Uau, que magia é essa? — Finge espanto, copiando a expressão anterior dela, e a pequena sorri mais.

— Meus braços são o céu, papai! São como o rosto da Paola. — Aponta para o lado pintado com estrelas, e ele retira a cabeça debaixo da toalha, olhando rapidamente para elas, até voltar a inspecionar as cicatrizes que nunca desaparecerão. Parecendo preferir o feio que habita em mim.

Retiro a toalha, dobrando-a, e a coloco no ombro. Meu escudo protetor.

Sim, Paola, essa toalha poderia ser a salvação se ele te atacasse. Reviro interiormente os olhos com a minha idiotice.

Quando ele se levanta, dou um passo para trás, para conseguir vê-lo por inteiro.

— Magia muito boa! Nunca vi nada tão lindo, filhota. — Seus olhos dançam com emoção, e não entendo o que está acontecendo.

— Eu falei, papai. Paola é a melhor do mundo. E ela disse que se eu me comportar bem quando for para a cama, meus braços vão brilhar no escuro! Eu prometo que vou ser a menina mais comportada. — Rodopia como uma pequena bailarina. — Vou brilhar a noite toda! — Abre e fecha os dedinhos como se piscasse, continuando a rodar.

— Muito bem. — Os olhos dele ficam suaves com a felicidade da filha. — Mas agora temos que ir. Preciso trabalhar mais um pouco em casa e preparar o jantar.

— Ah... Está bem — responde, parando de rodopiar e caminhando para mim. — Papai, pode tirar uma foto nossa? Somos duas feras. *Grrrrr.* — Tenta imitar um animal feroz, mas sai um gatinho dócil. — Meu rosto é maquiagem, mas Paola é assim todos os dias. Conheci a Fera! É real!

— Filha, isso não se diz! A Paola não é a Fera. É uma mulher igual às outras. — Olha para mim entre constrangido e irritado com a filha.

— Não é igual, papai. O rosto dela é diferente de todos que eu já vi. Ela tem marcas *enooormes*. — Abre os braços até o limite, tentando demonstrar a profundidade do que foi arrancado de mim.

— Sol!

Sorrisos Quebrados

Aproveito para intervir, colocando a mão no ombro da menina, que ficou triste com a reprimenda.

— Não faz mal. Ela não disse nenhuma mentira, e, para ela, a Fera é algo bom. — Não sei onde encontrei voz para falar. Pela expressão de surpresa dele, é visível o espanto.

— A foto, papai! — A pequena general comanda.

— Não se importa? — pergunta com a voz fraca de quem ficou sem jeito com a atitude da filha.

Aceno mais uma vez com a cabeça. A coragem de falar sumiu porque ele não para de me olhar. Nunca, em seis anos, fui tão observada.

André pega o celular e Sol sobe no meu colo sem pedir, com a maior naturalidade.

— Sorri, Paola — pede a garotinha, e eu quero dizer que vou estragar a fotografia, pois fico ainda pior.

É doloroso relembrar que meu sorriso era o que eu tinha de mais bonito, mas, não querendo tirar o dela, forço um sorriso e ele bate a foto.

A menina sai do meu colo e aperta as minhas pernas com força.

— Foi o melhor dia da minha vida! — diz, emocionada. — O melhor! — Seus olhos brilham com o sentimento verdadeiro.

Tão rápido como se agarrou, ela se desprende e saltita para longe. Fico olhando com um sorriso pincelado em tons brilhantes.

Clique, o som ecoa outra vez.

Olho para André, mas ele já está guardando o celular no bolso.

— Obrigada, Paola — diz a pequena, levantando o braço, indo para o colo do pai, que a pega com cuidado.

Depois, salta e corre até onde estou, e eu dobro os joelhos para ficar cara a cara com ela.

— Paola.

— Sim.

Olha para o chão, nervosa. Chuta uma pedrinha e segura as pontas do vestido.

— Algum problema? — pergunto, tocando seu queixo até ela olhar para mim com insegurança, a mesma de horas atrás. — Pode falar.

Respira fundo, ganhando coragem.

— Você é minha amiga? — Por essa eu não esperava.

— Sim, claro.

— De verdade? Ou está falando como o papai fala só para eu ficar feliz porque não gosta que eu chore? — Quanta percepção para a idade.

— Sim, de verdade.

Ela sorri com tanta felicidade que eu tenho certeza de que roubou luz do verdadeiro sol, pois brilha intensamente.

— Eu também sou sua amiga, Paola. — Abraça-me com força, e faço o mesmo até sentir a emoção tentando escorrer pelo meu rosto.

A felicidade é tão grande que não consigo controlá-la.

Finalmente, solta meu pescoço e corre novamente para os braços do pai, e eu fico limpando a confusão completamente feliz, escutando Sol contar tudo que fez comigo hoje, percebendo que realmente foi um dia marcante.

Organizo tudo de forma relaxada, até ouvir uma voz atrás de mim, mas não tenho calafrios.

— Obrigado. — Sinto o sopro quente quando André fala tocando meu pescoço e o calor do seu corpo quase entrando no meu. — Nunca vi minha filha tão feliz. Preciso dizer que ela não tem amigos. Um único sequer. Nunca conversa com crianças ou adultos, mas, por algum motivo, hoje, tudo isso aconteceu. Não encontro explicação e, honestamente, não quero. Este dia vai ficar marcado para sempre na vida dela e, consequentemente, na minha também. Talvez ajude a apagar outras memórias.

Que memórias?, queria indagar se não estivesse com o coração tapando a boca com suas asas que batem desenfreadamente.

— Estou feliz porque ela está feliz. Estou muito, muito feliz. — Dá mais um passo, e sinto o peito dele subindo e descendo como o meu. — Não sei quem fez isso no seu rosto, mas, quem quer que tenha sido, desejo que esteja pagando da pior forma. E, Paola, você não é a Fera. Minha filha falou sem maldade, e não quero que pense que assusta as pessoas. E as que se assustam são umas idiotas por só verem o seu rosto, mas esse sentimento passa depois de te conhecerem.

Para de falar, mas continua perto, como se estivesse decidindo algo. Seguro com força os pincéis e, quando penso que ele vai partir, sinto novamente sua boca se abrindo.

— Às vezes, precisamos olhar para as pessoas com o coração e não com os olhos, pois só assim nós vemos quem realmente são.

Pausa um tempo, e eu aperto ainda mais os pincéis quando a respiração dele continua acariciando meu pescoço. Não sei como não os quebrei.

— Não precisa ter medo de mim. Seria incapaz de bater numa mulher, muito menos machucar quem trouxe alegria para alguém que é tudo na minha vida. Quem, em poucas horas, fez mais do que muitos especialistas em anos. Quem eu acredito ser muito especial — sussurra com intensidade, e o ar arrepia todos os meus pelos. — Mais uma vez, obrigado.

Sinto quando ele se distancia e me deixo cair, colocando a mão na boca para silenciar o choro, mas é impossível. Pela primeira vez em anos, choro sem ser de tristeza.

Paola
6

Terminó de organizar tudo, chorando. Coloco a maleta debaixo do braço e sigo alegre para a festa onde os "normais", como a sociedade rotula, se misturam com as pessoas que não estão dentro dos padrões por diferentes motivos.

A vontade de participar desapareceu devido ao cansaço do dia, mas fico observando todos por alguns minutos. Quando crianças cantam juntas uma canção alegre, percebo que a Sol em momento algum pediu para se socializar. Para ela a diversão foi estar comigo, enquanto todas as crianças que pintei estavam ansiosas por terminar a pintura para irem brincar ou mostrar aos amiguinhos. Subitamente, as palavras de André fazem mais sentido, e meu peito se contrai pensando por que motivo ela não se socializa, sentindo outro aperto mais intenso com recordações do seu abraço e como eu me tornei uma amiga para ela.

Confetes coloridos são lançados no ar, e retomo o caminho entre as árvores até encontrar meu quarto. Abro a porta, respirando o cheiro de quadros pintados pela manhã, guardo os materiais e me dirijo ao banheiro. Com uma toalha molhada, começo a limpar o lado do rosto pintado. Molho novamente a toalha na pia e fico observando as cicatrizes, passando em seguida o tecido por elas, mas continuam lá. São eternas. São as recordações dos meus erros.

Atiro a toalha no cesto e começo a me despir, de costas para o espelho. Ao longo dos anos, aceitei que meu rosto é este. Frequentemente, ele me recorda como fui fraca em permanecer num relacionamento abusivo. Como deveria ter lutado com mais afinco para me livrar daquela situação. Mas sei que me foi dada uma segunda oportunidade, e mesmo assim não consigo olhar para o meu corpo sem que a voz de Roberto renasça.

Horas depois, estou há um bom tempo deitada olhando para o teto, brilhante como o meu rosto na festa. A calma que ele me trouxe durante anos não está sendo uma realidade neste momento, pois os rostos da Sol e do André continuam surgindo.

Fico matutando incessantemente como André aparenta ser tão bruto por causa do corpo alto e forte, mas é a filha quem o comanda. Quando fica na presença dela é como se toda a dureza desaparecesse.

Com as emoções vivas do encontro, atiro o lençol para o lado e percorro o quarto até meu canto de pintura. Quando minha mente está no seu pico de sensações, a única forma de acalmá-la é pintando, nem que seja algo simples.

Pego o pincel sem saber o que irá surgir. Deixo minha mente comandar os dedos. A mesma que ficou anos sem pintar porque eu não me permitia expor na arte o meu sofrimento. Seria fácil para Roberto entender que eu estava infeliz, e isso daria mais uma vitória para ele.

Os raios dourados entram fortes pela janela, e continuo observando a pintura que saiu entre pinceladas fáceis.

Uma batida leve ecoa no silêncio do quarto e rapidamente abro a porta.

— Bom dia, Paola. — O rosto cansado mas feliz de Rafaela me espreita. — Posso entrar?

Olho para minhas mãos pintadas e meu pijama com salpicos de tintas.

— Claro. Fique à vontade. Vou só tomar um banho e mudar de roupa. Pode ser?

— Sim. Tenho tempo. — Entra e, como todas as pessoas, olha para as paredes, principalmente para o teto preto que só na escuridão mostra a sua beleza.

— Não demoro.

Dentro do banheiro tento fazer tudo o mais rápido possível, pois estou curiosa com o motivo da sua presença.

Saio com a mesma rapidez com que entrei, ficando parada quando vejo Rafaela observando a pintura com atenção.

— É sobre eles que preciso conversar — fala, pressentindo minha presença.

Eu me aproximo dela, tentando ver a pintura através de seus olhos e me questionando sobre o que estará pensando.

— O que aconteceu?

— O André me ligou hoje cedo porque a Sol não para de chorar.

— Ela está doente? Teve reação alérgica às tintas? — Várias catástrofes acontecem em cadeia dentro da minha cabeça.

Rafaela se vira rapidamente para mim, segurando minhas mãos.

— Não, nada disso. Não me expressei bem, peço desculpas. Acordei com o telefonema dele e ainda não tive tempo para despertar como deveria. Vamos nos sentar.

Não larga minha mão nos poucos passos que damos, e, já sentadas na beira da cama, olhando uma para a outra, ela começa:

— Paola, a Sol é uma menina especial. Por sigilo profissional e por ser algo que não posso contar, você ficará sem entender realmente a profundidade dos problemas dela, mas quero que saiba que são tão grandes que moldaram a personalidade de uma criança de quatro anos.

As palavras de André se tornam cada vez mais críveis.

— Devido a algo que aconteceu no passado, a Sol tem dificuldades graves de socialização. Simplesmente não conversa com pessoas fora do grupo familiar. Eu e Pedro, o terapeuta dela, trabalhamos por meses com ela até conseguirmos entrar nesse grupo restrito de pessoas que só vivem no próprio mundo. Mas temos muitas limitações. Por algum motivo que ainda não tive tempo para analisar, aconteceu algo ontem.

— Ela conversou normalmente. Não consigo imaginar que não seja assim com as outras pessoas — interrompo, admirada.

— Não faz ideia do quão diferente ela é. Ontem foi a maior surpresa para mim e, principalmente, para o André. Ele deve estar tão confuso... mas a única coisa que sabemos é que a Sol permitiu que você entrasse no coração dela. O que observei calada foi surreal porque só existe uma pessoa na vida da Sol com quem ela age assim.

André.

— Não entendo, Rafaela. Até o pai dela conversar comigo, eu não fazia ideia de que algo surpreendente tinha acontecido. Sim, reparei no começo que ela era tímida, mas isso é normal em muitas crianças. Eu era muito reservada até ter confiança nas pessoas.

A cabeça de Rafaela balança em negação.

— A personalidade da Sol vai além da timidez. — Uma tristeza profunda marca seu rosto em linhas duras.

— Foi por isso que o André ligou?

— Sim e não. Ele quer tentar entender, como eu, o que aconteceu ontem, mas nenhum de nós está muito preocupado com isso. A natureza do telefonema dele era outra.

— Foi sobre o quê? — Minhas mãos seguram a blusa, tentando aliviar o nervosismo.

— Hoje, a Sol chorou porque achou que estaria com você, pois, segundo ela, vocês são amigas, e amigas estão sempre juntas. — Meu coração transborda de emoção em um só segundo. — André tentou explicar tudo, mas uma criança de quatro anos não tem capacidade de compreender que você é paciente. Para ela, isso é apenas mais um motivo para estarem juntas. É um elo especial, como se a Sol se visse representada em você, e, quando o pai disse que não aconteceria, ela começou a chorar sem parar.

— Não sei o que pensar. — Levanto-me da cama, percorrendo o quarto, olhando para o que pintei e como há tantas verdades nas cores, mas não toda a história deles. A mão de Rafaela se apoia no meu ombro, e olho para seus olhos verdes tentando formular alguma explicação.

— Paola, inicialmente, eu fiquei com reservas sobre o telefonema, mas, enquanto me vestia, cheguei à conclusão de que talvez seja bom para as duas esse contato. Assim como a Sol agiu de maneira diferente, você também. Eu vi como você sorria e estava à vontade com ela.

— Mas não tenho conhecimentos para ajudá-la. Eu já tenho os meus problemas. Problemas que não consigo superar.

Cruza os braços, e sua postura muda de doce para a da terapeuta que conversa comigo há dois anos.

— Primeiro, ambas sabemos que você está mais do que preparada para o mundo exterior. Há dois anos, você ainda receava viver porque todas as pessoas a olhavam com pena. Aqui não. Nós olhamos para cada um como guerreiros. Segundo, quando idealizei esta Clínica, não foi para ser conduzida pelos melhores profissionais do país ou descobrir tratamentos inovadores. Nunca desejei prêmios que não servem para nada na estante. Criei este lugar para proporcionar felicidade e auxílio a todas as pessoas que a sociedade esqueceu ou só vê de uma determinada maneira. Não existirá ego ferido se alguém que não estudou psicologia obtiver êxito naquilo pelo qual lutamos durante anos: ajudar a Sol a ser feliz.

— E o pai dela? Ele... ele, no começo, tinha receio de que ela ficasse comigo. Eu vi nos olhos dele que não confia em mim.

— André não confia em ninguém, mas isso é problema dele em relação à Sol e ao passado de ambos. Mais uma vez, não posso abordar o assunto, mas garanto que ele é somente um pai tentando, lutando, se esforçando muito pela filha. Ao longo dos anos, tenho trabalhado com muitos pais. Alguns são heróis, outros desistem. Há de tudo, mas André... André está numa categoria própria. Ele é aquele pai que morreria mil mortes dolorosas todas as manhãs se soubesse que a filha seria feliz por alguns minutos.

Fico pensando em tudo o que me disse. A mão dela segura a minha, trazendo conforto.

— Rafaela, se eu aceitar, terei contato com ele? É que... bem... ele não me fez mal nem foi rude comigo, pelo contrário, mas a presença dele me desestabiliza. Quando eu olho para o André, só consigo pensar no estrago que pode me fazer. E se eu, sem querer, fizer algo com a Sol de que ele não goste?

Seus olhos procuram os meus.

— Paola, peço que confie em mim. Como disse ontem, André é marcante fisicamente, mas inofensivo. Outras mulheres acham-no bastante atraente por esse mesmo fato. Ele é um homem lindo, educado e bom pai, mas você só consegue ver o outro lado devido às suas experiências. Posso garantir que ele nunca usará a força que tem para machucá-la.

— Como pode ter certeza? Nós não sabemos o que se passa na cabeça dos outros.

— Verdade. E eu sei bem o que é confiar e amar alguém e, de um dia para o outro, ver essa pessoa se tornar alguém diferente, mas também sei que o André deve ter seus defeitos. Assim como você, ele é desconfiado e vive inseguro no mundo que o rodeia, mas não é mau. Longe disso. E, Paola, o que você poderá ganhar do seu relacionamento com a Sol será maior do que qualquer medo que possa ter. Quem sabe o que poderá acontecer se você se arriscar?

Fico relembrando tudo o que fizemos ontem e como a Sol ouvia com atenção, querendo saber mais sobre pintura. Recordo os sentimentos de esperança e felicidade que me preencheram. A realidade é que também fiquei encantada com ela. Como se entendêssemos mutuamente o receio do que não conhecemos.

Olho para Rafaela com um sorriso esperançoso, deixando escondidos os pensamentos sombrios sobre André, e respondo com alegria.

Paola
7

Encaro a cama pela quarta vez e continuo sem me decidir. Retirei do armário todas as roupas que tenho. As que comprei depois de tudo. As escolhidas por mim, deixando para trás os vestidos chiques que me faziam parecer mais velha, mais séria. Menos eu.

Ok, estou nervosa.

Pego uma legging colorida, um top azul-turquesa e rasteirinhas brancas, vestindo tudo com rapidez.

Caminho pelos jardins, esperando no mesmo lugar onde ontem conheci a Sol.

A mesa de pedra branca, escondida entre árvores verdejantes, e as coloridas flores trazem algum conforto quando me sento.

Aproveito para tentar diminuir o nervosismo, mas é tudo tão surreal. Durante anos tenho estado sozinha, e subitamente... tudo muda.

— Paola! — Um grito agudo ecoa entre as copas das árvores, fazendo os pássaros voarem da sua frondosa proteção. Batem asas com a mesma rapidez das passadas da Sol.

Ela larga a mão do pai e começa a correr na minha direção, fazendo o cabelo esvoaçar com a velocidade e o vestido brilhar com a quantidade de lantejoulas nele bordadas.

Atordoada com tudo, mal tenho tempo de me levantar e segurar firme quando o seu pequeno corpo encontra o meu. Seus braços rodeiam as minhas pernas e ela me aperta com força.

Quando olho para ela, seus olhos gigantes — para um rosto tão pequeno — estão fixos em mim.

— Eu estava muito triste, achando que não éramos amigas, mas agora estou feliz! — diz, sorrindo.

— Claro que somos amigas. Também estou muito feliz por não ter que ficar sozinha.

— Sério? Está feliz por eu ter vindo?

— Sim. Muito feliz.

Ela continua se agarrando intensamente às minhas pernas, até a sombra de André nos cobrir.

— Bom dia, Paola. — Olha para mim, sem pressa.

— Bom dia, André. — Desvio rapidamente o olhar, sentindo o coração acelerar. Olho em volta, percebendo que há mais pessoas no jardim e que não estamos sozinhos.

Pressinto que quer falar comigo sobre o fato de Sol ter chorado e se estou de acordo em ficar com ela, por isso me abaixo, seguro o rosto da Sol e respondo a André da única maneira que consigo, sabendo que vai compreender.

— Quando você foi embora, fiquei pensando quando estaríamos outra vez juntas, porque gostei tanto do nosso dia que quero repetir muitas vezes. Adorei saber que você também quer estar comigo, então estou muito feliz por você estar aqui para me fazer companhia e ajudar a passar o dia.

— Eu também, Paola. Fiquei chorando até o papai dizer que eu podia.

Uma tosse forte nos interrompe e torno a me levantar. André coloca uma sacola enorme na mesa.

— Aqui tem uma muda de roupa, caso vocês pintem. Ela pode se sujar à vontade. Também tem o lanche dela, alguns brinquedos favoritos, uma toalha e algumas tintas que fomos comprar. Não sei se são as corretas, mas na loja me informaram que são as adequadas. Se precisar de mais material, faça uma lista e amanhã eu trago.

Continua falando tudo que trouxe, e eu, mesmo com medo, estou concentrada na sua voz e postura. Recordo as palavras de Rafaela sobre ele ser um homem atraente para outras mulheres, e tento ver isso.

Não, André não tem aquela beleza clássica que o Roberto tinha. Nem a arrogância de quem sabia ser belo e apreciado por isso. André é alto e musculoso demais, com cabelo despenteado e barba por fazer, não por modismo, mas simplesmente porque é assim. Ele é alguém que não se preocupa com a aparência porque é mais do que um corpo.

Com as mangas da camisa preta arregaçadas, seus antebraços sobressaem e suas veias salientes na pele morena serpenteiam entre pelos escuros. Tudo nele é viril, másculo e robusto. Quando eu penso que não existe um ponto suave na sua rigidez, lentamente encontro seu rosto com atenção e... sim, existe. Os olhos dele. *Deus*, André tem os olhos entre o cinzento de uma manhã de nevoeiro que esconde segredos e o mar profundo de onde podem surgir coisas que desconhecemos.

Ele é a tormenta e a calmaria.

O rochedo que protege contra a força das ondas e a areia que voa com uma simples brisa.

Esses olhos me observam, desconfiados, como se as minhas marcas guardassem um segredo enorme, mas não é assim. É fácil olhar para mim e perceber que fui vítima de algo, não interessa o quê, apenas fui. Isso basta para quase todas as pessoas.

— Pode confiar em mim — ouso dizer. Por algum motivo, sei que deixar a filha está sendo difícil. Tão complicado como eu estar com ele sem pensar se usa o corpo para machucar alguém. Somos duas pessoas desconfiadas, disso tenho certeza.

— Vou tentar — fala com voz rouca, estendendo a mão com um papel. — Está aqui o meu contato. Caso aconteça alguma coisa, a qualquer hora, me ligue e eu virei. Não hesite! Sou a primeira pessoa a ser avisado. A primeira.

— Sim. — Pego com cuidado, para não tocá-lo.

— Sol — chama a filha, que olha para ele como se segurasse o universo com os ombros. — Vou trabalhar, mas, se precisar de mim, se não quiser mais ficar aqui, virei te buscar. Ok?

— Pode ir, papai. Nós vamos ficar aqui pintando, não vou querer ir embora. — Olha para mim e se aproxima mais do pai para contar algo secreto, mas consigo ouvir: "Tenho uma amiga, papai. Vou brincar com a Paola o dia todo."

Hesitante, ele vai embora, olhando para trás algumas vezes com o rosto sério e fechado.

Os dedos de Sol se entrelaçam aos meus enquanto vê o pai partir, indeciso.

Ela me olha com um sorriso lindo e a felicidade estampada em cada contorno delicado.

— Vamos, amiga, temos que pintar! — E eu vou... toda entusiasmada.

Finalmente, após muito sacrifício, consigo limpar a tinta da roupa dela.

— Um peixinho, um pavão, um leão, uma tartaruga... Um, dois, três, quatro... Dez, dez animais, Paola. — Levanta as duas mãos indicando o número correto.

— Muito bem! — Bato minha mão na dela, parabenizando-a por ter acertado, pendurando as folhas com pequenos pregadores num varal improvisado.

Usamos nossas mãos mergulhadas em cor para criar diferentes animais. Algo simples e divertido.

— Papai diz que eu sou muito inteligente porque sei contar até trinta. Um, dois, três... — Inicia a contagem na sua tentativa de me impressionar. — Vinte e quatro, vinte e... Papai! — grita, correndo para ele, e espreito entre as folhas que parecem peças de roupa secando.

Como foi o dia?, ouço, sem vergonha, a conversa de ambos.

Muito bom. Paola me ensinou a desenhar animais usando só as mãos. Ficaram lindos!

O tom das vozes começa a aumentar e eu continuo fingindo que estou muito ocupada, aproveitando para tirar o prendedor de cabelo, soltando-o. Não por vergonha, mas porque não quero me sentir mais desprotegida.

Nossas expressões podem não ser verdadeiras. Um sorriso pode esconder tristeza ou falsidade. Podemos aparentar apatia, quando, por dentro, estamos vivenciando todos os sentimentos com intensidade, ou fingir tristeza quando é mentira. Isso não acontece comigo. Sim, posso esconder ou aparentar diferentes emoções, mas não consigo disfarçar que me aconteceu algo violento, alterando para sempre não só o meu exterior, como quem sou no mais profundo do meu ser.

— Boa tarde, Paola.

— Boa tarde, André.

Sinto o coração aumentar o ritmo com a sua proximidade. Se fosse mais baixo, mais magro e mais sorridente, será que a minha reação seria a mesma? Claro que não. Na Clínica, converso com alguns homens, na maioria enfermeiros, médicos ou voluntários, mas nenhum deles é assim. Bem, nenhum homem que alguma vez vi na vida consegue se parecer com o André. Ele é uma sequoia entre as macieiras.

Percebendo meu desconforto, ele se afasta. Provavelmente, pensando que sou uma desequilibrada.

Sol mostra suas obras de arte, e a atenção dele é toda para a filha e a alegria que emana.

— Nós vamos indo. Obrigado por ficar com ela — diz, e eu apenas aceno. Não se aproxima mais de mim. Como se eu tivesse PARE escrito em todo o corpo.

— Até amanhã, Paola. — A voz ainda muito infantil da Sol muda a minha postura rígida.

— Até amanhã, *meu raio*. — Beijo-lhe o nariz, vendo-a dar passinhos apressados para acompanhar o pai, que caminha lentamente, embora as passadas sejam muito distanciadas.

Permaneço no mesmo lugar, organizando tudo, até decidir voltar para o meu quarto. Pelo caminho, passo por algumas famílias que estão partindo com as crianças após mais um dia e, pela primeira vez em dois anos, me sinto realmente só.

O que foi uma decisão minha, mas hoje percebo quanto custa não ter ninguém com quem conversar sobre o meu dia.

Entro no quarto, tapo as janelas com as cortinas. Quando a escuridão começa a surgir, também as estrelas começam a reluzir no teto.

Perdida entre centenas, tento encontrar uma que me escute.

Paola
8

— Posso? — pergunto, abrindo a porta do consultório.
— Entre. Estava à sua espera. — A voz calma do meu psicólogo me traz imediato conforto.

Caminho, tentando esconder as mãos, mas, quando ele estende a dele, não consigo, nem devo, ser mal-educada. Meus dedos pintados mancham os do Marcelo.

— Desculpe. — Contraio os ombros ligeiramente.

— Que isso, Paola, cores não me incomodam — diz alegremente, indicando para me sentar no lugar habitual.

Ficamos posicionados frente a frente, mas de lado para uma enorme janela que permite ver a imensidão da Clínica. Todos os edifícios, jardins e árvores. Um lugar tão lindo para pessoas que a vida roubou alguma de sua beleza.

— É lindo — comenta, com a mesma expressão encantada que tenho.

— Sim. Um dos lugares mais belos que conheço. — Meus olhos contemplam com admiração.

— Realmente, Rafaela conseguiu criar um paraíso para quem um dia beijou as portas do inferno.

— É verdade. — Continuo olhando, sabendo que em breve irei pintar algo relacionado com essa vista maravilhosa.

— Mas, assim como o inferno, o paraíso não deve ser a nossa casa enquanto estamos vivos.

Desvio os olhos da paisagem e foco nele.

— Como assim? — Inclino a cabeça, curiosa com o que vai falar.

— Você está viva, Paola, por isso tem que viver aqui na Terra. Com tudo que ela tem de bom e de mau. A mistura entre o inferno e o paraíso, que todos os dias nos desafia, magoa e cura. A vida pela qual tanto lutou quando tentaram aniquilá-la.

— Estou vivendo, Marcelo — defendo-me.

— Sim, Paola. Olhando para todas as cores que traz consigo, posso lhe garantir que é a minha paciente mais cheia de vida. Quando entra no meu consultório ou quando passo por você na Clínica, fico sempre mais alegre, pois você transpira o bom que o mundo tem, e, infalivelmente, todos nós somos atingidos.

A felicidade brota de mim como uma flor tocada pelos raios de sol.

— Só que essa vida que traz consigo ainda está muito presa aí. — Aponta para o meu coração. — E não pode.

— O que sugere?

Fico observando, com certo nervosismo, a cor das minhas unhas e escutando o cantar dos pássaros do lado de fora.

— Nada. Não sugiro nada. — Deixa-se relaxar na cadeira, colocando dois dedos à frente dos lábios, do mesmo jeito que todos os profissionais fazem. — Vou pedir, o que é bem diferente.

— Pedir o quê?

— Antes de falar sobre isso, quero perguntar: como têm sido os dias com a Sol?

— Maravilhosos! — respondo, alegre, sem pensar mais do que meio segundo. Sinto toda a minha expressão ficar mais leve ao me lembrar dela.

— Por que motivo são assim? Pode ficar à vontade para comentar tudo, conheço bem a Sol e estou a par da ficha clínica dela.

Esfrego os dedos, removendo um resto de tinta.

— Ela é alegre, curiosa, articulada e, para o tamanho que tem, não sei como consegue carregar tanta energia.

— As crianças estão programadas para serem pequenas bombas. Tenho três em casa e sei bem como é — conta, com afeto nas palavras. — E o que vocês costumam fazer quando estão juntas?

Então começo a narrar como, diariamente, eu e a Sol temos experimentado atividades diferentes, mas todas envolvendo arte. O dia da pintura com palhinhas, no qual terminei com o rosto salpicado por cores e ela, com os lábios manchados. A pintura corporal de tela. As aquarelas e todos os materiais que nos têm permitido explorar a imaginação.

Nossas conversas que, apesar da diferença de idade, consigo encaixar de forma natural. E as vezes em que percebi que as atitudes dela são exclusivas na minha presença, e como ela se encolhe quando outra pessoa aparece.

— Corta-me o coração quando percebo que só eu, o pai e os avós conhecem a Sol que tanto adoro. Para os outros, essa menina não existe, e sim alguém que teme a tudo e a todos.

— E o que acha que deve acontecer para ela deixar de temer o mundo exterior?

Reflito por alguns segundos.

— Estar em contato com crianças que gostem das mesmas brincadeiras, que tenham a mesma idade e toda uma realidade de sonhos por concretizar.

— Acha que ela deve, mesmo com todas as dificuldades e inseguranças, arriscar conhecer pessoas? — inquire, curioso.

— Sim. Se ela não estiver com outras crianças, nunca conseguirá ultrapassar os medos, e isso me entristece porque todos deveriam ser atingidos pelo brilho que a Sol emana.

— Compreendo e concordo. Tanto que poderia dizer que essa observação foi bastante profissional.

Empurra os óculos para cima, fixando a atenção em mim, e pequenos rasgos de orgulho preenchem meu peito, mas rapidamente somem.

— Porque é exatamente isso que vou pedir a você: arrisque conversar com alguém. Conheça uma pessoa.

— Mas...

— Não é uma sugestão, Paola. É um pedido — afirma, no seu tom profissional. — Como pode querer que uma criança que se esconde na sua concha protetora saia dela, se você não consegue fazer o mesmo? Como poderá ajudá-la, como sei que quer, se não tem coragem de sair do seu próprio conforto? Como poderá, um dia, olhar nos olhos da Sol e dizer que não faz mal conhecer novas pessoas, e que nem todas são más, se você não sabe se isso é verdade ou não?

Meu coração queima porque está batendo com força. Torno a olhar para o exterior, que, em poucos minutos, não parece mais o tal paraíso gigante, mas uma pequena caixa onde me escondo.

— Pediu para conversar sobre a Sol já planejando tudo isso — afirmo, olhando para ele.

— Esse é o objetivo dos psicólogos. — Sorri.

— Encurralar os pacientes com as suas teorias?

— Não, ajudá-los a compreender que eles sempre tiveram a chave para a cura. Nós só ajudamos a encontrar a fechadura escondida.

— E se eu não conseguir? — Olho para ele e para os meus dedos ainda coloridos.

— Paola, eu garanto que vai conseguir.

— Como pode ter tanta certeza?

— Porque, um dia, você lutou para estar aqui e não vai parar de lutar até ser feliz... como sabe que merece.

~ 2ª PARTE ~

Surpreendentemente Brilhante

André
9

*P**ego o copo d'água, bebo bem devagar, escutando com atenção a única pessoa que ainda não se calou durante todo o jantar: minha filha.*

— E depois ela pintou igual à foto e disse que eu poderia aprender se eu quisesse. E depois brincou comigo. E depois pintou minhas unhas dos pés e das mãos. E depois ficamos deitadas. E depois rimos porque um bicho pousou em mim. E depois fomos andar. E depois eu tive sede e pedi *Por favor,* e ela foi na cozinha da Clínica fazer um suco mágico pra mim. Ela falou que era mágico porque eu ia crescer depois de beber. E depois eu disse *Obrigada*. E depois bebi tudo porque quero ser grande. E depois fui fazer xixi sozinha. E depois lavei as mãos. E depois ela disse que eu era bonita e eu disse, outra vez, *Obrigada*. E depois papai apareceu. E depois dei um beijo na Paola. E depois ela foi embora. E depois...

— Já percebemos que foi muito divertido. — Felizmente, meu pai põe um freio na descrição da minha filha. — Que tal irmos para a sala e terminarmos de montar a locomotiva?

— Posso, papai? — Olho para o prato ainda com comida, mas a deixo levantar. Ela corre, apressada, arrastando o avô.

— Nunca imaginei que um dia ela fosse falar tanto — comenta minha mãe, enquanto ajudo-a a arrumar a cozinha. O mínimo que posso fazer depois de tudo que sacrificaram por mim, assim como é a minha penitência por ter agido feito um ogro na festa de Carnaval, quando aquele dia mudou tanta coisa para a minha filha.

— Nem eu. Mas é tudo tão novo para ela, que não sabe o que dizer. Todos os momentos são marcantes.

— E você tem conseguido trabalhar sabendo que a Sol está com alguém que não sou eu? — Ela me passa o prato, sem demora. Lá vem interrogatório.

— Tranquilo. Eu confio na Rafaela e na Clínica. Sei que eles têm melhor conhecimento do que eu, e, se acham que não há problema, não vou criar um.

Não é totalmente verdade. Entrei em pânico, imaginando a possibilidade de Paola ter outro episódio na frente da Sol, mas Rafaela me assegurou que não tornaria a acontecer, explicando que aquele era o aniversário do dia em que ela sofrera o ataque e por isso estava nervosa.

— E ela? Você confia naquela mulher?

— Sim — respondo, sem hesitar. — Ela tem os seus próprios traumas, mas sei que nunca faria nada para magoar a Sol. Pelo contrário, é muito dócil e paciente, tentando ensinar ela a pintar.

Desde que minha filha começou a frequentar a Clínica para estar com Paola, parece outra, ou, na realidade, é a criança que seria, se no passado as coisas tivessem sido diferentes.

Ao longo dos anos, Sol nunca perguntou pela mãe, e esse silêncio sempre me preocupou. Pedro me assegurou que isso se deve ao fato de não ter contato com crianças e não conhecer outra realidade familiar, assim como a avó dela ter uma grande importância na sua vida. Com Paola, algo fascinante tem acontecido. Minha filha a admira e diz que, quando crescer, quer ser como ela. Passou a admiração que os filhos têm pelos pais para ela.

Pequenas coisas do cotidiano são preenchidas pelo que Paola diz ou faz.

Tem dias que a Sol pede para não pentear o cabelo porque Paola trança melhor, pinta suas unhas e ensina coisas em que eu, por ser homem, nunca pensei, e às quais minha mãe, talvez pela idade e por cansaço, não dá muita atenção.

Quando fomos comprar roupas porque ela está crescendo, pediu para eu comprar leggings coloridas como as da Paola, dizendo que não quer mais usar roupas escuras porque Paola nunca usa.

E, dia após dia, sempre que vou buscá-la, ela pede para ficar um pouco mais com a amiga, e a despedida é um pouco mais demorada, mais dolorosa. O que me surpreende é que não é somente minha filha que está encantada. O olhar de Paola me faz lembrar o olhar que eu pedia para Renata ter, mas que nunca teve.

— Viajou para que lugar? — Um pano úmido bate no meu braço.

— Lugar algum. Continue. — Pego outro prato, retomando a ação.

— Como eu estava dizendo, todos temos problemas, mas nem todos têm o rosto dilacerado. Uma pena aquela aparência terrível dela, porque é muito simpática e a Sol gosta dela.

— Uma pena por quê? — questiono, limpando com vigor, pois sei que minha mãe compreende as coisas de maneira diferente.

— Porque nunca vai se casar, ter filhos ou uma vida normal. Já está difícil para as bonitas encontrarem um homem bom e honesto, imagina para alguém com a aparência dela? A primeira coisa que qualquer homem repara é no rosto e, bem, o dela não é bonito. Ela está muito longe de ser bela, e certamente o corpo também está marcado, pois reparei que as cicatrizes descem pelo pescoço. Como eu disse, uma pena. Outras mulheres foram abençoadas com beleza e são vazias por dentro, mas os homens não veem isso e ficam perdidos em encantos vazios.

Como estupidamente fiquei pela mãe da Sol.

— Paola é bonita por dentro, mas por fora... por fora é o oposto, e homem algum vai querer descobrir a verdadeira beleza dela. Não é, André?

— Isso não interessa agora. Sinceramente, tenho visto Paola e, às vezes, nem reparo que metade do rosto é desfigurado, porque o sorriso da minha filha é mais importante para mim e o único que cativa meu olhar.

— Mas aposto que ela repara em você — fala como a típica mãe que acha que os filhos são uma bênção na Terra para as mulheres.

Rio sem vontade.

— Acredite, se ela reparou, não foi com os melhores dos pensamentos. Meu tamanho inspira certo medo nela, apesar de, durante essas semanas que temos nos encontrado, eu tentar fazê-la mudar de ideia. Além disso, não conversamos muito. Respeito o medo dela, e ela prefere a companhia da Sol à minha. Alguém fez muito mal a ela, mãe. Alguém arrancou mais do que o rosto e a beleza dela. Sei que a minha presença a incomoda. Mesmo que não a amedronte como antes, ela ainda tem pavor de que eu faça algo que a machuque. Só espero que, um dia, ela perceba que eu seria incapaz de algo assim. Não gosto que pense algo errado sobre mim, mas as pessoas que olham para ela também a julgam sem saberem quem realmente é.

— Pobrezinha. E como será que ficou assim? Você sabe? Sabe se quem fez isso está preso?

— Não, nem me interessa, porque em nada vai modificar o que aconteceu.

Falo isso da boca para fora, pois tenho questionado inúmeras vezes a causa de tudo. Pior, sempre que vou buscar a Sol, tento ficar mais uns minutos na presença das duas. Todas as vezes que estamos os três juntos, muitas coisas acontecem simultaneamente: minha filha ri alto, abraça Paola o tempo todo e é genuinamente feliz, como tantas vezes pedi. E eu? Eu observo Paola interagindo com a minha menina como se amasse minha filha, mesmo com o jeitinho peculiar dela de ser. Sei que minha filha não é como as outras crianças, então ver alguém amando cada detalhe que a distingue dos outros é mais um copo de esperança numa jarra antes repleta de receios.

Saber que meu raio de sol é amado por mais alguém… significa tudo para mim. Além disso, noto que Paola nunca esconde o rosto na presença da Sol, mas comigo é o oposto. É como se não quisesse que eu olhasse e a julgasse, sem perceber que aquele lado dela tenta contar uma história que quero descobrir.

— Estava só curiosa pela Sol, mais nada! — exclama, abrindo mais os olhos.

— Mãe, eu te amo, mas sei como gosta de saber sobre tudo da vida dos outros. Ela bate com o pano de prato no meu rosto, mas não me desmente.

— Não tem problema Sol dormir aqui hoje? — pergunto, mudando de assunto. Não quero pensar mais na Paola e na quantidade de vezes que fico me perguntando sobre ela. Santa redundância.

— Claro que não. Eu e seu pai estamos cansados de ficar olhando um para o outro. Já estou farta das mesmas histórias que ouço desde que nos conhecemos. Além disso, pode ser que finalmente você encontre alguém. Como vai encontrar uma mulher se a sua vida é trabalho e casa? Elas não caem do céu, André! Só podemos perceber se uma pessoa é ideal para nós se dispusermos de tempo para conversar e descobrir seus sonhos na vida. Olhar para uma mulher e achá-la bonita é diferente de encontrar uma que caminhe contigo no bom e no mau da vida.

— Não quero esposa, mãe. E a minha vida está boa desse jeito. O trabalho me dá a segurança financeira de que necessito, e a única mulher na minha vida está naquela sala infernizando o avô com *"E depois"*.

— Não é a mesma coisa. Um filho é o amor máximo, mas não é exclusivo. Precisamos viver diferentes amores. Com vinte e nove anos, você tem uma vida pela frente. A Sol tem apenas quatro anos. O que vai acontecer quando ela tiver vinte e quiser ir embora? Eu sei: você vai ficar sozinho e rabugento. A solidão é uma vida triste. Mas talvez encontre alguém que ame a Sol como a uma filha.

— Sei lá, mãe. — Abraço-a por trás com carinho. — Não penso nisso.

Hoje vou sair com amigos e espero encontrar alguém para passar algumas horas sem dramas. Apenas sexo intenso, daquele tipo que eu não faço há tanto tempo que... só de imaginar, pareço um adolescente, tamanha é a vontade que estou sentindo.

Como algo que fazia quase diariamente passou a ser um ritual tão raro que parece um acontecimento?

Termino de ajudar minha mãe e beijo o rosto da minha filha. Bem no fundo, fico com peso na consciência por desperdiçar uma oportunidade de ouvi-la falar; entretanto, preciso urgentemente de ação a dois. Necessito ser um homem que procura prazer como qualquer outro. Por umas horas quero esquecer que a minha vida não é nada como sonhei há anos. Preciso de algo excitante nela, nem que sejam alguns minutos dentro do corpo de uma mulher.

Já no bar e com uma mulher linda nos braços, alguns beijos fervorosos e mãos exploradoras que prometem muito prazer, a vontade de transar diminui a cada flash. Olho em volta e reparo que as pessoas não saem para conviver, mas para publicarem nas redes sociais como falsamente se divertem.

Tento conversar com o mulherão ao meu lado, mas tudo é motivo para publicar no Instagram ou conversar sobre vídeos virais. Ninguém mais fala sobre a própria vida, mas a inventada em páginas. Deixo a bebida pela metade e parto, sabendo que, mais uma vez, a única ação será tristemente com a minha mão. Somos os melhores amigos há anos. Poderia procurar outra mulher, mas olho em volta e nenhuma me atrai. Parecem todas iguais às celebridades que elas seguem nas redes sociais.

O que aconteceu comigo? Era destas que eu gostava.

Dirijo para casa, desmotivado, até perceber que estou perto da Clínica. Apesar do horário, telefono para Rafaela. Quero falar sobre projetos futuros que prometi desenhar. Explico que a Sol está com os avós e preciso preencher o tempo. Na realidade, não quero ir para casa ver quão vazia é a minha vida. Ela concorda alegremente, pois apoia qualquer iniciativa de melhorar a Clínica, e dá permissão aos seguranças para que eu entre.

Fico quase uma hora desenhando o que um dia poderá ser mais do que projetos no papel, quando surge a dúvida de como levar água e luz até o local. Pego os desenhos e percorro os jardins. Faço todas as anotações iluminado por lampiões de led. Ideia minha para economizar na conta. Vou criando mais e mais projetos e me sentindo melhor por ser útil.

Percebo que muita coisa acontece aqui à noite.

Voluntários relaxam juntos, rindo um pouco de suas vidas em meio ao drama que é cuidar dessas pessoas.

Pais de crianças internadas conversam sobre suas lutas diárias, tentando encontrar forças para mais um dia. Sei disso, pois é assim que vivo, tentando não parar de lutar.

A sobrinha da Rafaela nada sozinha no lago e pede segredo quando sai correndo para o quarto onde fica quando está cansada para retornar ao apartamento da tia.

Alguns médicos fumam para relaxar. E, sozinha, desenhando, lá está ela. Afastada de todos. Iluminada por um dos maiores lampiões, dando cor à noite com suas roupas fluorescentes que, em qualquer outra pessoa, ficariam bizarras, mas nela... nela se encaixam perfeitamente.

Temo assustá-la, mas arrisco. Faço barulho para perceber que há mais alguém presente. Paola olha para mim, e eu vejo que está receosa, até notar que mais pessoas se encontram nas redondezas.

— Posso? — Aponto para o banco em frente, ao mesmo tempo que meu cérebro questiona por que quero estar perto dela.

Acena que sim, sem parar de pintar. Seus dedos estão coloridos como os da minha filha quando venho buscá-la neste mesmo lugar.

Continuo o trabalho e ficamos os dois em silêncio. Eu, no meu mundo cinzento e ela, no colorido. Como se fosse normal estarmos juntos. Natural.

— Sol está sozinha em casa? — pergunta, sem levantar o rosto, tentando não parecer nervosa, como sei que está, pois, às vezes, olha para as pessoas ao longe tentando confirmar que ainda estão no mesmo lugar, caso precise de ajuda.

— Não. Está na casa dos meus pais narrando passo a passo tudo que fez hoje.

Satisfeita com a resposta, não fala mais, mas eu sim.

— Paola, não quero que se sinta na obrigação de estar com a minha filha. Não sei como, mas a Sol percebeu algo entre vocês, e isso nunca aconteceu. Tenho noção de que contaram para você sobre ela ter vivenciado algo traumático. Algo que mexeu demais com ela, e por isso tem medo de ficar sozinha, mas também teme multidões. É complicado. Você tem seus problemas e etapas para vencer, e não quero pensar que a minha filha é uma obrigação na sua vida.

Ela para tudo, me olha sem se preocupar em esconder o rosto e diz com convicção:

— Eu adoro a Sol. Desde pequena, sonhava ter muitos irmãos, mas não foi possível. Fui crescendo, sempre com esse desejo de compartilhar com os mais novos tudo que eu sabia, principalmente a pintura. Infelizmente, não aconteceu, e nunca tive oportunidade de trabalhar com crianças, até a festa de Carnaval. Foi o dia mais feliz dos últimos anos. Saber que uma criança, a de que mais gostei, quer estar comigo e gosta de aprender tudo que eu sei... é fantástico! Pouco me interessa se ela e eu temos problemas. Quando estamos só nós duas, somos apenas pessoas que gostam de colorir o mundo. E para mim a Sol não é uma obrigação, André, mas uma bênção. A maior de todas.

Percebendo que falou como nunca antes, baixa novamente o rosto, recomeçando o trabalho, e eu fico muito tempo sem palavras.

"Uma bênção."

— E o que você gosta de colorir? — pergunto com curiosidade real, para não criar filosofias disparatadas sobre o que acabou de falar.

— Tudo que me faz feliz. — Resposta simples. Em seguida, olha para meu papel, tentando entender o que desenhei, disfarçando quando repara que eu percebi. Mas é tarde demais, porque encontrei algo para iniciar a conversa.

— São os próximos projetos da Clínica. Promete segredo? — Ela acena que sim. — São secretos. — Quase, quase sorrimos com a leveza súbita da conversa. Por não estarem habituados, meus lábios se recusam a fazê-lo.

Houve uma altura da minha vida em que eu ria muito e...

— Posso? — pergunto, apontando para a cadeira ao lado da dela, para mostrar melhor os projetos. Ela olha novamente para as pessoas, provavelmente tentando perceber se existe perigo, e vejo receio.

Não gosto que ela sinta que, de alguma maneira, poderei fazer-lhe mal. Na realidade, odeio. Paola é uma das pessoas mais meigas que conheço. Fico ainda mais curioso em saber por que alguém a machucou assim. Como tiveram coragem de lhe causar tanta dor quando é tão carinhosa e inocente?

— Ok, mostro daqui mesmo, não tem problema. — Levanto as folhas e explico. — A sobrinha da Rafaela quer abrir uma ala de equoterapia, e precisamos adaptar todo o terreno para que as crianças consigam fazer o percurso sozinhas, incentivando assim a independência de quem deseja e necessita. Por isso, decidi criar aqui um caminho para cadeirantes e pessoas com mobilidade reduzida poderem fazer o percurso. A Clínica pretende que as pessoas tenham uma vida o mais normal possível, por isso quero diminuir a necessidade de estarem sempre sendo vigiadas. Quero que elas tenham uma vida normal. Entende?

— Claro. Não faz ideia — diz baixinho e recordo que ela é paciente.

Fico falando sobre todos os projetos que existem e alguns que estão em andamento. Entusiasmado, mostro todas as folhas com ideias que fui criando, e ela escuta com atenção, dando sugestões, pintando algumas dicas no meu projeto. O que me surpreende, pois o seu medo desaparece aos poucos e surge a artista. Nesses momentos, tenho um vislumbre de quem ela era.

Pela primeira vez em muito tempo, estou relaxado conversando realmente com uma mulher que tem opiniões próprias.

— Quer ver o lugar onde tudo vai acontecer? — pergunto, apontando para uma área sem iluminação.

Paola me olha, não como as outras pessoas. Tenho a impressão de que está tentando ler meus olhos.

Veja a verdade em mim. Não sou mau, não te machucarei. Nunca, eles dizem.

— Se quiser, podemos ir até os seguranças da Clínica e avisar que você vai comigo. — Ela continua em silêncio, e meu coração acelera. — Paola, por milhares de motivos, sendo o principal que não sou violento, nunca faria mal a você. Confie em mim. Quero apenas mostrar a alguém o que estou desenhando e acho que você tem a mesma visão que eu. Nossa imaginação consegue construir o que os olhos não enxergam.

Coloco os cotovelos na mesa, enlaçando os dedos, enquanto a aguardo terminar a luta que sinto que está travando. O que para mim é uma simples decisão, para ela é algo assustador.

— Tudo bem — responde calmamente, e eu não escondo o alívio e, estranhamente, a felicidade.

Estamos caminhando pelo chão de terra após termos falado com os seguranças. Percorremos calmamente todas as construções que constituem a Clínica. Cada uma com a sua especialização e função. Quando a luz dos lampiões diminui à medida que vamos avançando, pego o celular e acendo a lanterna.

— Tem medo do escuro? — pergunta ela, continuando com passos lentos, abraçando o corpo.

— Não, mas achei melhor.

— Por mim não precisa. Pode desligar.

— Não tem medo? — pergunto, clicando novamente na lanterna e mantendo o ritmo dela, quando percebo que tenta acompanhar meus passos largos.

— Não do escuro. Talvez seja uma das poucas coisas que não temo.

Como não falo nada, ela continua:

— Tenho mais medo do dia que da noite, da claridade que da escuridão. Na realidade, acredito que quem inventou a ideia de que os monstros só atacam à noite, que vivem escondidos entre as sombras e a penumbra, foi alguém que quis criar uma falsa sensação de segurança para atacar vítimas desprotegidas na luz. A ideia de que durante o dia nunca nada de mau acontece, pois os vilões só saem quando o sol se põe, é a mais vil das mentiras.

— E quais mentiras mais foram inventadas? — Estimulo ela a falar.

— Que os monstros são seres assustadores e os príncipes são perfeitos.

— Qual a verdade?

— Alguns príncipes são os monstros que atacam de dia e precisam estar camuflados de beleza para ninguém gritar quando são vistos.

Paro de caminhar e ela também. A lua está cheia e a luz do luar toca suas feições massacradas. Dou um passo, ficando próximo, querendo, sem entender a razão, mais mentiras que viraram verdades.

Observo seu rosto atentamente, como sempre. Uma cicatriz parece nascer no seu olho mais fechado e caído, e terminar no canto de seus lábios desiguais. Sua maçã do rosto desfeita entre linhas brancas e vermelhas, e onde falta algum músculo. Surpreendentemente, não as acho medonhas. Não, não acho mesmo.

— Mais — peço, e ela olha para cima, para mim, com a convicção que a penumbra proporciona.

— A vida é a maior mentira.

— A vida? Por que razão? E qual é a verdade? — indago, curioso.

Ficamos parados, sentindo a noite fresca, escutando os animais que vivem na escuridão, vendo o mundo rodar sem sairmos do lugar.

— A morte é a verdade. É a verdade que sabemos estar todos os dias conosco a partir do momento que o nosso coração bate pela primeira vez. Ela está sempre presente. Vinte e quatro horas por dia. E se apresenta de inúmeras formas, umas mais dolorosas do que outras. Não temos como fugir dela e, talvez por isso, a humanidade goste tanto de mentiras, porque, às vezes, elas são mais bonitas. São tudo que nos resta.

— Como assim?

— Ninguém quer pensar que a morte está fazendo contagem regressiva da nossa partida do mundo, por isso dizemos que temos a vida toda para viver. O problema é que essa mentira se tornou tão forte que as pessoas não aproveitam para viver plenamente. Não valorizam suas próprias vidas e nem as dos outros. Não percebem que a vida foi a folga que a morte nos deu e não estamos sabendo lidar com isso.

— Mas, se vivermos pensando na morte, também não viveremos bem — ouso comentar.

— Não precisamos pensar nela. É como olhar para as estrelas. — Eleva o rosto e faço o mesmo. — Sabemos que elas não têm a forma estelar como desenhamos e que, na realidade, é impossível tocá-las, mas isso não tira a beleza nem o desejo de alcançá-las. A vida é como as estrelas. Uma bela mentira que, ao contrário de outras, precisamos tentar agarrar com toda a força porque é fugaz. É a mentira mais linda do mundo. Só existem essas duas mentiras que podemos aceitar: a vida para aproveitarmos ao máximo e as estrelas para tocar.

Completamente atônito e fascinado com sua visão de mundo, não resisto e peço mais, aproximando meu corpo do dela, como se fosse a estrela mais brilhante do céu.

— Que o amor dói. O amor não dói. O amor não nos faz sofrer. O amor não nos machuca, não nos amedronta. Amar não provoca lágrimas de tristeza.

— Qual é a verdade nessa mentira? — Meu tom nunca se eleva além de um suspiro fraco de quem descobriu algo na escuridão.

— Quem machuca é a pessoa que amamos. Quem nos faz sofrer é a pessoa que deveria nos proteger e fazer felizes. Que, no amor, as lágrimas deveriam ser

SORRISOS QUEBRADOS

sempre de felicidade. Que o amor pela pessoa certa pode ser a experiência mais bela da nossa existência, e por isso não conseguimos defini-la. Não sabemos, porque, quando amamos alguém com tanta intensidade e somos correspondidos, é como perceber que voamos sem asas.

Hipnotizado, me aproximo novamente.

— Mais uma Paola, mais uma mentira.

— Que um novo amor cura o que o anterior quebrou em nós.

— Qual é a verdade? — imploro, à meia-luz.

— Ainda não descobri. Infelizmente, ainda não descobri, mas sei uma verdade — confessa suavemente, olhando pela primeira vez para mim com convicção.

— Qual?

— A escuridão nos ajuda a falar o que na luz temos receio.

— Por que motivo?

— A verdade reluz, mas durante o dia seu brilho não é forte o suficiente para fazer as pessoas olharem para ela. É na penumbra que a verdade é soberana. E mesmo quem não quer ver é obrigado, pois é a única que brilha.

Paola volta a caminhar lentamente abraçada a si mesma, e eu fico parado, vendo-a se mover entre as pinceladas de luar que parecem rodeá-la.

O que aconteceu?

Continuamos conversando sobre o que Rafaela planeja melhorar na Clínica para poder ter mais pacientes. A verba que será necessária para isso se concretizar e os anos de trabalho para tudo ficar pronto.

Sei que estou entusiasmado. Desenhar e imaginar como os sonhos das pessoas podem se tornar realidade sempre foi uma paixão, mas compartilhar a visão com alguém que escuta, como se eu fosse importante, é fantástico. Neste momento, não meço um metro e noventa e três, mas sim dez metros.

No caminho para o lugar onde nos encontramos anteriormente, a pergunta, que tem batido nos meus lábios durante horas, escapa.

— Paola. — Paro quando chamo seu nome, fazendo-a olhar para mim e ficar também parada.

— Sim. — Inclina o rosto.

— Por que aceitou vir comigo, quando, até há pouco, parecia ter medo de mim?

— A certeza.

— Que certeza?

— De que nunca me faria mal. Não intencionalmente.

— Não entendo.

— Você é escuro, André. Durante o dia é apenas uma sombra, mas aqui, junto com a escuridão da noite, percebi que, assim como os vagalumes, só na noite sua luz surge. Ela não é forte para iluminar o caminho, mas você pisca. E, quando você brilhou na escuridão, ganhei coragem para também brilhar um pouco.

Desliza vagarosamente por mim até se sentar. Pega um lápis meu e volta a desenhar, como se não tivesse sacudido o meu mundo com a sua forma poética de ser.

— Não sabia que essa era a sua profissão — comenta quando me sento, claramente mudando de assunto.

Finco os cotovelos na mesa, pensando que o fascínio pelo que falei durante longos minutos será perdido assim que eu contar a verdade.

— Não é. Não terminei a faculdade, mas gosto de poder fingir que sim e que sou tão bom como quem se formou. Todos temos alguns sonhos que não se realizaram.

Tento não mostrar como é uma ferida aberta que dói.

— E o que faz? — Os dedos continuam desenhando algo com a rapidez de quem está sendo inundada por ideias.

— Trabalho para quem terminou a faculdade. Construo as casas que *eles* desenharam. Não é o trabalho dos meus sonhos, mas, pelo menos, consigo estar integrado em algo de que gosto e ter dinheiro no bolso todos os meses para alimentar e vestir minha filha. Por isso o meu corpo… — Finalmente, ela pisca os olhos, examinando o corpo que ainda não sei o que lhe provoca. — Não ficou assim para intimidar, Paola, mas em consequência de muito esforço e trabalho duro. São muitas horas pegando materiais pesados, e não halteres na academia.

Nem sei o que é uma academia, não tenho tempo para isso.

Ficamos observando um ao outro, até ela voltar para o que está fazendo e eu para o meu projeto.

Algum tempo depois, Paola se levanta, colocando um desenho perto.

— Está ficando um pouco tarde para mim. Obrigada pela companhia, André. E… — Abaixa a cabeça. — E… bem, obrigada.

Com isso, vira as costas e caminha apressada, como se estivesse fugindo de mim, parecendo que voltou a ser a antiga Paola.

Seguro o desenho com atenção e leio: *O mundo perdeu um talento, mas Sol ganhou um pai maravilhoso.* Quando desdobro o papel, o ar foge de mim correndo em direção a Paola.

Sou eu, desenhando degraus na vida da Sol porque ela é o meu maior projeto.

Sem pensar muito, dobro a folha e corro atrás do que fugiu de mim.

— Paola! — grito. Ela olha para trás e para.

Paola
10

"Estúpida, estúpida, estúpida", reclamo comigo mesma enquanto caminho depressa, surpresa com o que fiz. Eu só queria que André soubesse que não há vergonha em um trabalho inferior às expectativas, se este for honesto. Pela idade da Sol, consigo perceber que ele não deu continuidade aos estudos por causa dela. Não deveria ter vergonha, mas orgulho por ser bom pai.

Minhas pernas estão aceleradas por saber que conversei com um homem depois de tantos anos de medo. Mais, conversei com André. De todos os homens da Clínica, passei horas com aquele que pensei que fosse do mal. Não só conversei, como caminhei lado a lado pela escuridão, sem receio.

Falei muito e sem pensar nas palavras. Senti-me livre. Senti-me eu mesma. Na minha última consulta, meu terapeuta disse que eu precisava arriscar. Fiz isso. Fui capaz! Enchi o peito de coragem e conversei. Fiz, sabendo que um dia poderei ajudar a Sol porque me esforcei.

O mais impressionante? Eu gostei. Deus, como gostei da companhia dele. Poder ouvi-lo falar sobre os projetos. Sentir sua paixão por criar do nada algo maravilhoso. Poder encontrar vestígios da minha alma nas suas palavras, nos seus sonhos... nas suas desilusões. Ambos sonhamos com uma vida tão diferente, e tudo que não aconteceu moldou quem somos agora.

Amei poder falar em voz alta sem ser julgada e sentir que, de alguma forma, minhas palavras foram escutadas. E que o psicólogo tinha razão: se dermos oportunidade às pessoas, poderemos ser surpreendidas. E ele... ele é tão diferente de tudo que imaginei. Julguei-o pela aparência, quando eu mesma não quero que façam isso comigo.

— Paola! — grita por mim, e olho para ele, que corre como um predador. Surpreendentemente, não sinto medo.

Ele para perto, deixando um espaço entre nós. Um pequeno espaço, mas o suficiente para eu saber que ele compreende meus limites.

Tento não encará-lo, me concentrando na roupa que veste. Catalogo as botas marrons surradas, a calça jeans e a camiseta branca justa, na tentativa de me distrair, falhando terrivelmente quando meu olhar vai subindo devagar, sendo apanhada como uma mosca numa teia de aranha por olhos meigos que há semanas tenho observado.

— Obrigado pelo desenho. Não faço tudo pela Sol para receber elogios. Milhões de mulheres são mãe e pai diariamente sem receberem uma palavra de incentivo, como se fosse obrigação delas porque engravidaram. No entanto, é bom saber que estamos no caminho certo. Por vezes, é uma vida solitária.

— Imagino. Mas o importante é que a Sol não sente o vazio deixado pela falta de uma mãe.

— Não. Definitivamente, neste momento, não. — Seus olhos se movem como tinta que cai em água, e tento capturar o que querem dizer, mas não consigo.

— Posso? — pergunta, apontando para minha mão. — Eu prometo não machucá-la. — Aperto as duas mãos contra meu peito e ele dá mais um passo. Sua respiração quente toca minha pele, que se arrepia. — Pela minha filha, Paola, prometo, pela pessoa que mais amo no mundo, que não irei te ferir. Seu corpo está seguro comigo. Só quero agradecer por esta noite.

Estou nervosa, e ele sabe, por isso diminui o volume da voz e quase, quase me toca para ser escutado.

— Eu prometo — repete, estendendo sua mão gigantesca. Aguardando. Pedindo permissão. Respeitando meu temor. — Eu prometo, Paola.

Num ato de coragem, levanto a mão e sinto o coração batendo na ponta dos dedos.

— A outra. — Aponta para a que tem dois dedos reconstruídos e marcas parecendo raios vermelhos. Quero dizer que não, mas ele a pega, e meus cinco dedos parecem de criança apoiados nas mãos dele.

Com o polegar, faz movimentos circulares, e respiro fundo para não ter um ataque e passar vergonha. Quero dizer que é o primeiro toque delicado em anos, que quase choro por ele querer a parte feia.

Algo se passa com a minha respiração, e nada tem a ver com os problemas, mas tudo com o meu coração de vagalume, que começou a piscar na escuridão que habita em mim.

Sem desviar o olhar, André continua traçando círculos, ao mesmo tempo que começa a falar num tom totalmente diferente do que Roberto costumava usar. O homem que é a minha referência para o bem e para o mal.

— Paola, também queria que soubesse que não mereceu isso. — Passa o dedo sobre uma área da mão com um buraco fundo, onde os dentes arrancaram tudo e dois dedos ficaram menores porque foram comidos pelo cachorro. — Um dia, você voltará a ser feliz porque quem fez isso roubou a felicidade, os sonhos, a paz e a beleza exterior, mas não o mais importante.

O quê?, quero perguntar, mas fico calada olhando para ele, receando que consiga sentir como meu coração bate acelerado.

Estou tão nervosa.

— Quando arrancaram pedaços do seu corpo, o coração ficou aí dentro. Batendo.

Afinal, está sentindo meus batimentos loucos.

— Paola, a beleza é efêmera, mas quem somos no nosso interior é eterno. Um dia, alguém verá isso tudo, como minha filha viu, e se apaixonará perdidamente por você.

Será?

Os dedos dele sobem devagar, rodeando meu pulso com cuidado. Não por me achar frágil, mas porque é assim que age com as pessoas.

Tenho receio de começar a chorar de emoção se ele continuar sendo meigo.

— Peço também que faça mais um esforço. Acha que pode fazer algo por mim?

Minha cabeça desce e sobe lentamente, numa afirmação muda.

— Quando olhar para mim, não enxergue um homem com presença intimidante que pode te causar dor, mas um pai com muitas dúvidas sobre pequenos detalhes, tais como: qual o tom de cor-de-rosa correto da saia que a minha filha pediu, quando entro numa loja e vejo que existem quase dez variações da cor e não sei de qual ela vai gostar mais. — Ri sozinho e quase faço o mesmo. — Que percebeu que nunca tinha pintado as unhas da filha e que certamente ela não pediu, pois sabia que eu não tinha delicadeza suficiente ou sentia vergonha de pedir por achar que eu não pintaria.

Tristeza rodeia sua expressão, e não gosto de vê-lo assim, por isso, com a outra mão, seguro a dele, que estava quieta, mas agora entrelaça os dedos nos meus... naturalmente.

Dá mais um passo e ficamos tão... próximos.

— Ou, Paola, situações complicadas como ter uma filha que durante muito tempo não saía do meu colo com medo do mundo, sem perceber que eu não dormia com receio de que ela desaparecesse. Que, de nós dois, sou eu quem tem mais medo.

— Medo de quê?

Sei que algo grave aconteceu.

Ele larga a minha mão e, num gesto irrefletido, põe o cabelo que tapava minhas cicatrizes atrás da orelha. Descobrindo-me. Mostrando como realmente sou.

Ao contrário de Roberto, que nunca pedia para tocar meu corpo, a não ser para machucar, André... André... não sei o que pensar.

— Esta noite foi longa, e não é uma boa história para contar antes de dormir porque os monstros não vivem somente na luz, Paola. Os meus vivem debaixo da cama e aparecem sem a menor cerimônia quando fecho os olhos. — Sorri tristemente. — Além disso, eu vim atrás de você por outro motivo.

— Qual?

— Amanhã será aniversário da Sol. Ela fará cinco anos, e eu queria que você viesse. Sei que a minha filha vai adorar.

— Não posso. Eu... André... Não.

— Pense, é o aniversário dela. Não haverá coleguinhas, porque ela não tem. Seremos eu, meus pais e ela. Minha casa fica no final da rua, a do portão amarelo. Eu posso te levar e te trazer quando quiser. Nunca ficaremos sozinhos no carro, pois a Sol estará sempre conosco. Paola, se não fizer porque estou pedindo, faça por ela. Para a minha filha, você é a única amiga que ela tem e a pessoa que ela sonha ser.

— Eu...

— Não encontro melhor presente para a Sol do que a sua presença. Será inesquecível se você estiver com ela soprando as velinhas.

Como posso dizer não? Impossível.

— Está bem. Eu vou. — Ele respira, sabendo que Sol ficará feliz.

— Vai ser algo simples. Somente jantar e bolo de aniversário porque trabalho o dia inteiro e minha mãe está doente, então não será possível algo mais elaborado.

— Entendo. Se importa se eu conversar com a sua mãe amanhã para ver em que poderei ajudar?

— Claro! Te agradeço se puder me ligar, assim também gravo seu número no meu celular e depois envio o dos meus pais. É que você tem o meu, mas, como nunca foi preciso ligar, não sei o seu número.

— Sim. Pode ser.

— Mas basta sua presença, Paola. Somos pessoas simples. Muito simples, na realidade.

— Obrigada pelo convite. — Os olhos dele se suavizam num sorriso, e fico parada tentando entender o contraste entre a aparência e quem ele é por dentro. — Até amanhã, André.

Quando estamos desenlaçando os dedos com a rapidez de tartarugas, o dedo dele massageia meu pulso.

— Não posso me despedir sem contar uma mentira. Acho que é justo. E você, o que acha?

Minha pele se incendeia com seu toque, e o gelo que me prende há anos pinga no chão em gotas sonoras.

— Conte. — Evaporo.

— Esta noite eu deveria ir para casa chateado porque não aproveitei que estou sem a Sol para me divertir como desejava.

— Como? — pergunto, querendo saber mais.

— Perdido numa cama com uma mulher qualquer, como eu ansiava.

Sinto o rosto incandescer e tenho certeza de que as cicatrizes reluzem.

Não sei o que dizer.

— Este é o momento em que se pergunta qual é a verdade. — Seus dedos continuam a doce tortura.

— Q-qual é... a verdade? — gaguejo.

— Ainda bem que não me perdi com outra mulher, caso contrário eu não teria encontrado você.

Passa uma última vez os dedos pelo meu cabelo, e seu polegar toca de leve a maçã do rosto desfeita.

— Até amanhã, Paola.

Não falo nada. Fico vendo André se afastar sem perceber que derreteu todo o gelo e, apesar de ter me soltado, acabou me deixando desprotegida.

Sem pressa, percorro os vastos jardins da Clínica e olho as estrelas que amo. A primeira coisa que eu vi quando renasci naquela cama de hospital e percebi que tinha uma segunda oportunidade; as mesmas estrelas que todas as noites me visitam para dizer que vivi mais um dia.

Reflito sobre a conversa com André e como hoje algo mudou em mim.

Entro no meu quarto e tento parar de pensar em tudo o que descobri, nos sacrifícios que fez e como meu coração continua dizendo que ele não é uma pessoa má como, naquela tarde, gritava meu cérebro aterrorizado. Quando me dispo e passo creme sobre as marcas eternas, tento parar de escutar meu coração porque foi ele que proibiu o cérebro de tomar as decisões certas, e hoje vivo com as consequências.

Eu tento.

Tento.

E tento...

Mas meu coração grita, renascido, e meu cérebro não consegue combater tanta energia.

André
11

Estou exausto. Não dormi bem pensando no que aconteceu ontem. Estive por horas com uma mulher linda e de corpo escultural tocando o meu corpo, e vim embora pensando em outras coisas. Mas, ao deitar, fiquei na cama olhando para a minha mão tocada com medo pela Paola e observando mil vezes o desenho que ela me ofereceu.

Fazia anos que não conversava com uma mulher sobre mim, minha filha... sobre quem realmente sou e não o que finjo ser algumas horas por ano, quando não aguento mais estar sem o calor de outro corpo.

— Vou ter muitos presentes? — pergunta minha filha, pela terceira vez.

Estou com ela no carro, passando o tempo, dando voltas pelo bairro, depois de ter ido buscá-la na casa de meus pais. Minha mãe disse que Paola resolveu ajudar a decorar nosso pequeno jardim, mas estava atrasada e por isso precisava da ajuda deles. Percebi que ela não pediu minha ajuda.

— Não sei, não lembro se comprei. — Ela ri, sabendo perfeitamente que eu nunca me esqueceria dela. Nunca mais.

O celular vibra com a mensagem avisando que está tudo pronto, e dirijo em direção à festinha. Abro o portão e percorremos nossa casa até chegarmos ao pequeno jardim onde minha filha grita tão alto que todos ficamos assustados.

Larga minha mão e corre gritando.

— Uma caixa mágica! Papai, uma caixa mágica! — Salta, e as suas duas tranças parecem ganhar vida com a energia que irradia.

No jardim se encontra uma caixa igual àquela em que minha filha colocara os braços quando estavam pintados, mas de tamanho gigante.

Olho para meus pais, mas sei de quem foi a ideia. Emoções, que pensei terem desaparecido junto com Renata, ressurgem e não sei como agir.

Não depois de ter passado a noite com a cabeça confusa.

Paola surge de dentro da caixa vestida de preto — o que nunca imaginei — com pequenos potinhos de tinta nas mãos, sorrindo para a minha filha, que chora de felicidade.

— Pronta para a magia, *meu raio?* — pergunta.

— Sim! — responde ela, correndo com velocidade até se chocar contra as pernas de Paola, que se desestabiliza com o impacto e começa a cair. Chego a tempo de segurá-la.

Meu braço envolve seu corpo sem dificuldade, puxando-a com força até seu peito tocar o meu.

— Obrigada — agradece, corada, e tenho vontade de tirar o cabelo que a esconde. Mas, quando ela se mexe, percebo que devo largá-la.

— De nada. Ela está um pouco excitada. Não é, macaquinha? — Puxo as tranças da minha filha.

— Desculpa, Paola, mas *este* é o melhor presente do mundo e é meu. Só meu. — E volta a saltitar, cheia de energia.

Paola pinta a Sol, e fico encostado à parede, observando tudo com atenção, principalmente a felicidade das duas na presença uma da outra. Acredito que nem se lembram de que estamos aqui.

Elas conversam, riem e ficam dentro de um mundo só delas.

Quando, de repente, desvio o olhar, minha mãe está me observando com uma expressão estranha, e procuro algo para fazer.

— Vamos, papai! — Eu a sigo, afinal não tenho outra opção.

Entramos os cinco na caixa preta cujo interior está todo salpicado de tinta néon fluorescente, e reparo que meus pais e Paola também estão pintados, brilhando no escuro. Como ela os convenceu é uma incógnita.

Paola está salpicada com azul brilhante e cor-de-rosa. Seu cabelo também está pintado nas pontas com tinta néon e ela parece feliz por estar assim.

— Paola, pinta o papai. Ele não tem magia. Precisa de magia. — Paola me olha, indicando para eu sair com ela.

Novamente fora, seu rosto, antes multicolorido com splashs de tinta que tapavam as imperfeições, fica quase no seu normal na luz artificial.

Sento no banco à espera dela, que caminha com as tintas especiais, mas, ao se aproximar, o pé tropeça num fio e, instintivamente, minhas mãos voltam a segurar sua cintura, estabilizando-a.

— Obrigada. Duas vezes numa noite é sinal de que preciso ser mais cuidadosa — agradece, envergonhada. Ninguém gosta de tropeçar em público.

— Era o mínimo que eu poderia fazer depois disso tudo. — Aponto com a cabeça para o jardim decorado.

— E *isso tudo*. — Imita o meu gesto. — Era o mínimo que eu poderia fazer depois da alegria que a Sol trouxe para a minha vida — explica casualmente, misturando as tintas, mas consigo sentir a carga emocional.

Olho para ela, tentando não deixá-la constrangida pelo sucedido, mas não desvio o olhar porque, a cada dia, meus olhos se acostumam às cicatrizes, como se elas não fossem mais sinais de algo feio, mas uma característica da sua identidade.

Não, Paola não é uma mulher linda. Em qualquer lugar do mundo, independentemente dos diferentes padrões de beleza, nunca será considerada como tal. Mas algo nela também não permite que seja feia. Não para mim.

Questiono-me se olho para ela sem sentir o impacto de suas feições cortadas porque me acostumei, ou pela minha filha. Se o que me atrai nesta mulher que me assustou quando a vi é a sua delicadeza com a Sol, ou se sinto curiosidade em tentar entender como alguém que sofreu algo tão macabro caminha na escuridão, não porque quer se esconder, mas para reluzir. Se toda a sua falta de beleza exterior é encoberta com tudo de lindo que traz dentro de si.

— Levante mais o rosto, por favor, e estenda os braços — pede, e eu noto que não tinha largado seu corpo.

Pressiono os dedos na sua pele antes de retirá-los, sabendo que é errado, reparando que ela sentiu, mas não consegui evitar.

Com um pincel na mão, Paola passa-o desde meu dedo indicador, subindo lentamente pelo pulso. Os pelos finos do pincel atravessam os músculos do meu braço, despertando os nervos, e arrepios percorrem o mesmo caminho. Todos os pelos do meu corpo se eriçam com as sensações, e fecho as mãos para não tremer.

É um pincel, pelo amor de Deus.

Com lentidão, ela o mergulha na tinta e, ainda mais devagar, recomeça. Novamente meu corpo quase treme, e fecho ainda mais os punhos na cadeira.

Continuo olhando-a, notando que seu cabelo soltou detrás da orelha e cobriu suas feições. Tenho vontade de retirá-lo, mas, *Oh*, ela passa o pincel numa área qualquer do meu braço que é ainda mais sensível, e mordo o lábio para não expirar com a força que desejo.

Minha respiração aumenta e sinto meu peito subir e descer com mais intensidade do que há segundos. Paola também morde o dela, completamente concentrada nas tintas, sem imaginar o efeito de seu toque.

Mergulha o pincel novamente, repetindo no outro braço. Os fios criam eletricidade quando passam por mim, arrepiando-me cada vez mais, de uma forma erótica que não deveria estar acontecendo. Fecho os olhos, expirando de uma só vez, e logo me arrependo, porque as sensações se intensificam.

Ela continua pintando devagar, e a cada pincelada fecho as mãos com mais força. Quando sinto os joelhos dela tocando os meus, abro os olhos com o coração batendo descontroladamente porque Paola dá um passo à frente, tentando chegar ao meu rosto. Abro as pernas e ela dá outro passo, ficando entre elas. A meros centímetros do meu rosto, do meu colo e da vergonhosa consequência de uma parte do corpo que estranhamente não estou conseguindo controlar.

Caramba. O que está acontecendo?

Começa pintando meu pescoço, as maçãs do rosto e, quando tenta pintar a testa, dá mais um passo à frente, ficando mais próxima daquilo que não consigo controlar. Tão próxima que, se o vento soprar às suas costas, ela sentirá.

Observo sua delicadeza com o pincel no meu rosto. Sua atenção e a forma como me olha enquanto pinta, o erotismo dos gestos. Quando pousa o pincel, expiro novamente, atirando a cabeça para trás, começando a relaxar. Sentindo-a mover-se, cometo um erro, olho.

Paola enfia um dedo na tinta e o desliza sobre os meus lábios, sem retirar o olhar da minha boca que se abre. Todo o meu corpo endurece, todo. Sem pensar, porque é impossível, minhas mãos soltam a cadeira e agarram possessivamente a cintura dela. Paola para, me olhando com surpresa, mas não vejo medo, não vejo tudo aquilo que não faz dela uma mulher linda. Não, não vejo nenhum dos defeitos. Passando o dedo na minha boca está uma mulher sentindo o mesmo que eu. Atraída por algo. Excitada. Querendo ser tocada por mim, assim como eu por ela. Querendo quem eu sou, mesmo tendo visto algumas das minhas cicatrizes internas.

Os olhos dela recaem novamente sobre meus lábios, e minhas mãos puxam seu frágil corpo mais para o meu, até ela perceber o efeito que está causando. Sei que ela consegue ouvir a minha respiração. Não dá mais para disfarçar.

— Paola — sussurro muito perto dela.

Ela abaixa a cabeça.

Tiro minha mão da sua cintura, segurando o cabelo que tapava o lado marcado.

Ela deixa o dedo pousado em meus lábios, e minha língua toca vagarosamente nele. Rodeando-o.

Ela solta um suspiro e fecho os lábios à volta dele.

Ela se aproxima e...

— Papai!

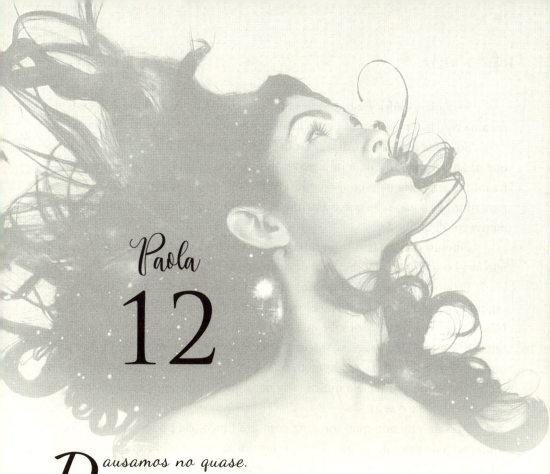

Paola
12

Pausamos no quase.
O que estava acontecendo?
Olho uma última vez para André, sentindo seu braço apertar mais, antes de largar meu corpo que estremece, mas não de medo. Não. É tudo, menos medo.

Seus lábios continuam entreabertos e sua respiração forte acaricia minha pele. Os mesmos lábios que, segundos atrás, pensei como seriam se encostados aos meus.

Será que os meus conseguiriam ser suaves, ou ele sentiria a deformidade? Ele seria gentil ou agressivo?

Retiro o dedo de sua boca, colocando-o em seguida, sem refletir, nos meus lábios, como se necessitasse saber que foi real. A outra mão dele vai soltando meu cabelo, mas antes coloca-o com cuidado atrás da orelha, como fez ontem.

Preferiria que não o fizesse. Preferiria que a expressão em seu rosto mostrasse que havia sido um erro de julgamento, um impulso, mas, não, ele continua olhando como que querendo algo mais. Como se estivesse vendo pela primeira vez que sou uma mulher, feia, mas mulher.

— Papai. — *Meu Deus*, o que se passou conosco? A festinha é dela. Uma menina com traumas demais para a idade e que merece ser o centro das atenções.

Sol puxa o pai até a Caixa, e André me olha uma última vez. Fico fingindo que organizo tudo, o que é impossível, pois o que aconteceu foi muito grande na minha vida. Ele nem consegue imaginar o quanto esse momento significou para mim, pois não sabe que é a primeira vez que um homem me olha como se eu tivesse algum poder.

Durante a festa, tiro fotografias, pinto e volto a pintar o rosto da Sol, que não larga o pai. O mesmo homem de quem tento ficar longe.

É claro e muito visível o amor que ela tem pelos avós, mas a forma como segura a mão do pai é poderosa. Ele não é somente seu pai, único amigo e mãe. Não. De alguma forma, Sol sabe que ele é a única razão para ela estar aqui. E eu também sei que algo grave aconteceu, alterando eternamente quem um é para o outro. Foi essa certeza, do homem que André é com a filha, que aniquilou o receio que senti. Porque ele nunca faria nada que comprometesse a relação que ambos têm. Ela é o seu tudo.

Mesmo sabendo que, somente com um braço, ele poderá destruir o que sobreviveu de mim no ataque. Posso estar sendo uma mulher que comete erro atrás de erro, mas há algo nele que vejo em mim. Algo quebrado. Pela nossa semelhança, sei que ele seria incapaz de cometer um ato monstruoso como o de Roberto. Mesmo assim, o que aconteceu hoje não pode se repetir. André falou que meu coração sobreviveu, e é verdade. Eu já não amava Roberto. No entanto, se eu me permitir fantasiar possibilidades entre nós dois, sei que o único desfecho serão lágrimas. É impossível ele querer algo. Foi um erro que não se repetirá, e eu... eu não quero que se repita, ou assim tento pensar.

De repente, no meio da festa, André pega a filha apressadamente e corre para dentro de casa.

— O que aconteceu? — pergunto à mãe dele.

Ela olha para mim, mas primeiro para o marido, que parece permitir algo.

Os pais de André são pessoas simples. Um tipo de família bem diferente da minha e das que cresci visitando. São pessoas gentis e generosas, mas também desconfiadas devido às amarguras que devem ter vivido por razões econômicas.

— Paola — segura minhas mãos num típico gesto maternal —, ainda não sabemos o que aconteceu para vocês serem próximas, mas se Sol te ama é porque viu mais do que a aparência. Não que haja algo errado com você — apressa-se

Sorrisos Quebrados

em se desculpar. — Continuando, minha neta tem medo de tudo e todos, entretanto, seu rosto não causou temor nela e agora vocês são amigas. Minha querida, o que aconteceu com nossa pequenina somente meu filho poderá contar. Ele sofreu demais, e não sei se um dia vai conseguir amar outra mulher como amou a mãe da Sol. Foi esse amor louco por alguém que nunca mereceu que destruiu essa possibilidade. — Olha como se estivesse me alertando, e algo dentro de mim se entristece com suas palavras.

— Mas como isso está relacionado com o que aconteceu agora? — Não desejo escutar sobre ele não ter espaço no coração para amar porque eu também não quero saber.

— A mãe da Sol quebrou meu filho de todas as maneiras possíveis. Esmagou o amor dele por ela, eliminou seu futuro profissional, humilhou seu ego e destruiu uma ilusão, mas, para espanto de todos, André aguentou. — Uma lágrima escorre pelo seu rosto cansado. — Aguentou até não conseguir mais, Paola. Ele sobreviveu a tudo, menos à dor de ver sua filha viver em sofrimento. Algo muito ruim aconteceu, querida, e desejo que um dia ele te conte, pois quero acreditar que, assim como você foi a exceção da Sol, também desejo que seja a dele.

Será que ela viu o que aconteceu enquanto eu o pintava?

— Paola, o que aconteceu agora foi mais uma consequência das atitudes daquela... bem, prefiro não dizer o nome como a chamo. — Bate as mãos, tentando sorrir. — A Sol, quando sente emoções muito fortes, não controla a bexiga. Hoje, foram *muitas*, e aconteceu. É mais uma dor que afasta minha neta das outras crianças. A vergonha e a humilhação que já viveu. Com quatro anos, as crianças sabem ser cruéis quando querem, e a nossa Sol é especial e mais sensível do que as outras. — Uma lágrima igual à dela me escorre pelo rosto, ao pensar em seu sofrimento. Seco-a apressadamente quando o pai de André pigarreia para mudar de assunto.

— Voltamos! — A voz alegre do meu anjo corta a tristeza. Seu sorriso é suficiente para eu tentar esconder a dor, falhando com André, que percebe que a mãe dele conversou comigo.

Que homem é esse? Como pude temer alguém como ele?

— Por que está chorando? — pergunta ela, aproximando-se de mim. Afinal, não consegui disfarçar.

Pego-a no colo, observando o vestido com pequenas lantejoulas douradas.

— Porque estou muito feliz por estar presente na melhor festa de aniversário do mundo!

— A melhor? Melhor do que as festas das outras crianças que têm muitas crianças? — A pergunta é feita em tom de insegurança. — Melhor do que todas que você foi convidada?

— Claro! E essas festas têm, por acaso, caixa preta mágica? Avós com pintura facial que brilha no escuro?

— Ã-ã. — Ri, olhando para eles. As últimas pessoas que eu imaginaria aceitarem ser pintadas em néon.

— Por isso esta é a melhor festa de todas as festas.

Ela sai do meu colo, correndo novamente para o seu abrigo.

— Ouviu o que a Paola disse? A minha festa é a melhor!

Pela primeira vez em horas, olho para ele sem vergonha do que aconteceu antes, porque preciso colorir esse momento dos dois na minha memória. E André me olha como se estivesse revivendo tudo o que aconteceu, me prendendo com ele nas memórias quentes de algo irrefletido mas excitante.

Cantamos "Parabéns pra Você", Sol abriu todos os presentes e abraçou cada um com fervor, mas não resisti e abracei-a mais vezes e com mais força. No final, prendi seu corpo ao meu até ela adormecer em meus braços.

Enquanto dorme pacificamente sendo protegida por mim, André e a mãe limpam tudo.

Passo as mãos pelo seu cabelo, sabendo que por ela enfrentaria novamente Roberto e o pitbull. Nem que morresse, eu não a deixaria sofrer mais. Nenhuma criança merece ser vítima da maldade humana.

O avô da menina coloca uma manta sobre ela, beijando sua pequena testa.

— Nós vamos embora; se quiser, passamos pela Clínica. Como é perto, podemos ir a pé, mas está tarde.

— Sim, agradeço. Vou pôr a Sol na cama e desço já.

— Sem pressa. E, Paola, ela nunca adormece no colo dos outros, só no do pai. Eu e minha esposa reparamos nisso e, tenho certeza, nosso filho também. Pode não demonstrar, mas reparou.

Subo a escada de uma casa muito simples e pequena. Dois quartos, uma sala, uma cozinha e um banheiro. Algo de que, no passado, eu não imaginaria que pudesse gostar. O mobiliário também é básico, mas a decoração foi feita para criar aconchego, com suas paredes preenchidas por fotografias da família, mas principalmente do anjo que dorme em meus braços. Quando entro no quarto da Sol, vejo que ela nunca vai perceber as dificuldades do pai porque, ao contrário do restante da casa, tudo foi decorado em pormenores. Esta casa é mais do que isso, é um lar com recordações e amor.

Tiro seu vestido, coloco o pijama nela e fico sentada, admirando.

— Te amo, meu Sol — confesso, beijando-lhe a testa. Quando me levanto, André está na porta, ocupando todo o espaço. Mais uns centímetros, e não passaria por ela. Olho para ele, temendo ter ultrapassado algum limite. — Estava exausta, e, como vocês se encontravam ocupados organizando tudo, decidi ajudar — justifico.

Ele cruza os braços, encostando-se na entrada, olhando para a filha e depois para mim. Somente a presença do seu corpo é suficiente para me despertar mil sensações.

— Obrigado, Paola. A ideia da Caixa... não sei como agradecer por algo tão maravilhoso para minha filha, mas não posso permitir que fique gastando dinheiro conosco. Pagarei tudo.

— André, foi presente de aniversário.

— Foi mais do que isso. Ela nunca vai esquecer este dia, como todos os outros em que está com você.

Instintivamente, dou um passo em sua direção, abaixando o tom de voz, não com receio de acordá-la, pois claramente está apagada de cansaço, mas por sentir a presença daquela energia que não consigo identificar totalmente.

— André, foi o mínimo que pude oferecer. Queria poder dar a ela tudo que merece, mas depois lembrei que já tem tudo.

Os olhos dele se movem com emoção. Continuo olhando, dando mais um passo corajoso, dizendo o que penso. O que quero que ele ouça incontáveis vezes.

— A Sol sabe que tem o que mais precisa. Quando abriu todos os presentes, brincou e comeu o bolo, fez de mãos dadas com o maior presente na vida dela: você.

Ele coloca a mão sobre a boca, esfregando depois o rosto numa tentativa de encobrir as emoções. Seu rosto é sempre duro e sério porque não quer mostrar quem de fato é. André quer afastar todos, pois um dia alguém chegou perto demais e lhe causou dano.

Ficamos nos olhando até ele dar um passo, e sinto meu corpo querendo fazer o mesmo. Desejando encurtar a distância, não em pequenos passos, mas correndo a toda velocidade.

Sofia Silva 90

— Paola, eu... — começa, e meu coração acelera com a rapidez de um trem desgovernado.

— Já vamos. — O pai dele aparece, interrompendo. — Está pronta, Paola?

Balanço levemente a cabeça, despertando para a realidade.

— Sim. Só um minuto. — Volto para perto da Sol, dando um último beijo em sua testa.

Quando tento sair, o corpo de André continua bloqueando a passagem. Ele abaixa a cabeça, falando perto do meu rosto, fazendo-me sentir seu hálito quente.

— É tarde. Pode dormir aqui. Eu durmo no sofá e amanhã de manhã prometo que te levo.

Nossos olhos se encontram, e lá está a força que me puxa para a profundidade que existe no olhar dele. O mistério que quero desvendar.

— Preciso ir, seus pais foram atenciosos; além disso, tenho que limpar toda a tinta do corpo.

Ele abaixa mais o rosto, e seus lábios tocam na minha orelha, queimando-a.

— Fica. Eu preciso... — insiste.

— Vamos, Paola. Estou cansada.

A mãe dele empurra o corpo do filho com a força de quem está acostumada a conviver com um gigante, entrando no quarto para beijar a neta. Aproveito para escapar, não antes de a mão dele segurar a minha. Seu olhar implora para que eu fique e, por tudo que é mais sagrado, eu quero. Contra todos os receios, contra todo o meu passado, contra todas as promessas que fiz e contra tudo o que pensei alguma vez sentir, eu quero ficar.

— Boa noite, André.

Fujo quando, pela primeira vez, não quero.

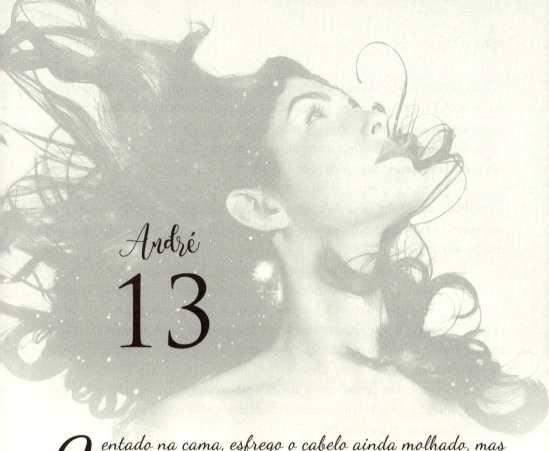

André
13

Sentado na cama, esfrego o cabelo ainda molhado, mas estou cansado e frustrado demais para me preocupar com a água que pinga.

Pego o travesseiro, preparando-me para dormir, e paro quando ouço algo. Como não se repete, penso ter escutado coisas, até ouvir o mesmo barulho. Desço a escada e percebo que alguém está batendo à porta. Imediatamente, fico alerta para a possibilidade de ladrões, mas, quando olho pelo olho mágico, abro rapidamente, puxando um corpo para dentro.

— Está tudo bem? — apresso-me a indagar, passando as mãos pelo corpo de Paola para confirmar.

Seguro seu rosto com as duas mãos, forçando, em vão, seu olhar a encontrar o meu.

— Aconteceu alguma coisa? — pergunto, mas ela não responde, preferindo perguntar:

— O que aconteceu com a Sol? O que aconteceu com vocês? Eu tentei não me intrometer. Tentei explicar a mim mesma que não tenho o direito de saber. Tentei não me preocupar. Tentei, mas não consigo. — Seu queixo treme de emoção.

— Não consegui ficar debaixo d'água sabendo que ela sofre e tem vergonha de ser como é. Para mim, ela é perfeita assim. Eu sei o que é termos medo de mostrar quem somos porque as pessoas são más.

Finalmente, seus olhos marejados encontram os meus e suas mãos pousam em cima das minhas, que ainda prendem seu rosto.

— Porque sou eu, e só eu, a única culpada por estar assim. Meu rosto é resultado da minha falta de coragem, mas vocês não merecem sofrer. Não merecem! — exclama, com lágrimas pela minha filha e por mim. Lágrimas que não param de escorrer.

Fico atônito observando a dor que emana. Quando sinto que vai voltar a questionar tudo, eu... faço algo que desejo: com suavidade, empurro-a levemente contra a porta. Abaixo o rosto até nossas testas se tocarem e os lábios encostarem de leve. Nossos peitos se encontram em respirações profundas, enquanto ficamos três segundos pedindo permissão para algo mais, sabendo que, se acontecer o que desejamos, nada vai nos deter.

Paola molha os lábios com a língua, e não consigo me segurar.

Com calma, meus lábios conhecem os dela pela primeira vez.

Beijamo-nos calmamente.

Provamo-nos profundamente.

Até minha língua sair da boca e, sem permissão, entrar entre os lábios de Paola, procurando a dela. Quando se encontram na sua umidade, consigo sentir seu sabor em todo o meu corpo. É doce como ela.

Há anos que não provava algo assim.

Ela está nervosa como se quisesse o que está acontecendo, tanto quanto eu e, ao mesmo tempo, temendo se entregar.

Meu corpo, que enrijece com rapidez, pressiona o dela, que solta um gemido quando sente o que não quero esconder. Sem pensar mais, pego Paola no colo com um braço só e caminho pela casa sem nunca abandonar sua boca.

O ar fresco da noite bate em seu corpo, e sua boca para. Imediatamente, sinto falta. Quando olha ao redor, percebe que não estamos mais em casa e que está escuro.

— Não quero acordar a Sol com o barulho. Eu nunca trouxe outra mulher aqui, Paola.

Seguro o rosto com a mão, querendo ver o que está pensando.

— Olha para mim, Paola. — Ela atende, e vejo compreensão sobre o que eu disse, mas também alguma insegurança.

Nesse momento, somos duas almas perdidas que se encontraram, mas que receiam ser mais uma miragem no deserto triste que tem sido nossa caminhada.

— Passe a noite comigo, Paola. Prometo te tratar bem.

Como sei que alguém não tratou, penso nessa certeza, preferindo não mencioná-la.

— Não sei o que está acontecendo, mas queremos isso. Consigo sentir que estamos confusos, mas queremos. Não vamos pensar mais.

Sua boca responde num encostar gentil, nervoso e inseguro de lábios, e algo muda entre nós. O fogo que quer consumir os dois está lá, mas ela merece mais do que dez minutos contra uma parede fria, então levo-a para onde merece. Onde sei que é a sua casa.

Entro na Caixa com Paola agarrada a mim, pousando a manta que peguei na cadeira do jardim. Com cuidado, eu me deito e a cubro com meu corpo, mas falta algo.

Beijo-lhe os lábios, levantando-me.

— Volto já.

Corro rapidamente para que nenhum de nós tenha tempo de refletir. Porque sei que, se fizermos isso, ela fugirá e eu me arrependerei.

Se deixarmos a parte medrosa de nós comandar, fugiremos em direções opostas sem olhar para trás.

Paola
14

O que está acontecendo? Como vim parar aqui? Não tenho tempo para pensar na loucura de meus atos, pois André torna a cobrir meu corpo com o dele. Embora nessa posição seu tamanho e força pareçam maiores, não sinto medo. A escuridão ajuda a suprimir muitos dos receios, e a verdade... a verdade é que é tão bom ser tocada com carinho, suavidade. Sentir o calor de um corpo cobrindo o meu, que estava tão frio e sozinho.

André segura meu rosto com ambas as mãos e volto a sentir seus lábios. Devagar, recomeçamos. Percebo que ele sabe o quão nervosa estou, mesmo porque não paro de tremer. Com doçura, beija meus lábios até a língua começar a lambê-los vagarosamente, descendo pelo pescoço e tornando a subir até a orelha. Sua língua é lenta, sensual, erótica, e, quando ela passa novamente pelo meu pescoço, meu corpo não consegue ficar quieto. Ele sabe disso e sorri, beijando-me no mesmo lugar e sugando para deixar marca.

Beija.

Lambe.

Suga.

Ficamos tanto tempo apenas nos beijando que não sei se já se passaram minutos ou dias.

André me segura com toda delicadeza, sabendo o quanto estou frágil e posso quebrar a qualquer instante, ao mesmo tempo que continua me fortalecendo a cada sopro de sua boca na minha. Cada toque quente no frio que há dentro de mim.

Quilos de músculos, que deveriam ser pesados sobre mim, são como uma muralha que não permite que o medo entre.

Se ele sente a diferença de espessura em meus lábios ou como minha boca não abre como as outras, não comenta. Preferindo me beijar, até aperfeiçoarmos minhas imperfeições ao que sua boca pede. É tão meigo, como se soubesse que sonhei com esse tipo de carinho tantas vezes em fantasias solitárias.

Suas mãos tocam as alças do vestido, descendo-as lentamente até meus seios sentirem o sopro de sua boca em cada mamilo, e memórias, que eu não queria, explodem como balões de tinta.

"Parecem peitos de criança. Deitada é como uma tábua. Nem consigo olhar para eles." A voz de Roberto consegue perfurar a escuridão.

Fico constrangida e cubro-os com as mãos.

— O que foi, Paola? — O sopro quente da voz de André abandona meus seios, tocando meus lábios.

— Não tem problema se não quiser tocar neles. Não precisa. Prefiro que não toque — sugiro.

— E por que não tocaria? — Parece confuso.

— São pequenos, não há muito para... explorar. — Estou envergonhada e agradeço à escuridão por me esconder. E vendar a imagem deles.

Ele segura meu rosto, querendo que eu olhe para ele, apesar da escuridão.

— Um dia *alguém* me disse que a verdade brilha no escuro, por isso, Paola, acredite que não há lugar algum em você que eu não queira tocar, sentir, provar ou ver. Nenhum. Eu nunca mentiria sobre isso.

Minha garganta engole as palavras dele junto com milhares de emoções.

— Eu quero tocar neles. Mais do que tocar, Paola, farei muito mais do que isso. — Sem esperar, sua língua quente e úmida passa por um mamilo, que endurece, enquanto dois dedos tocam no outro.

É a primeira vez que uma boca beija meus seios, e as sensações me pegam de surpresa.

Em seguida, sua boca se fecha por completo em meu seio, e só sei sentir.

— Por favor — peço, sem saber o quê.

Talvez André esteja gostando porque está escuro e não viu como são pequenos. Sei que há homens que não se importam com o tamanho, mas os meus são realmente pequenos.

Não tenho tempo para pensar nas inseguranças — não *mesmo* — enquanto ele continua tirando o vestido com a mão, sem nunca abandonar meu seio. Isso só acontece quando sua mão passa por onde estou queimando, reparando que estou sem calcinha.

Saí da Clínica tão desorientada que só tive tempo de colocar o vestido.

Bem devagar, solta o mamilo e beija novamente meus lábios, descendo pelo pescoço, abdômen, e com as mãos abre minhas pernas, fazendo outra coisa que eu nunca tinha experimentado: beija-me onde nenhuma outra boca tocou.

Sinto-me inexperiente e inocente a cada carícia dele em mim.

Sobe novamente até eu perceber que também está nu. Quando cobre meu corpo com o dele, sinto o calor masculino como nunca acontecera antes e estupidamente estrago tudo. Abraço-o com força e desespero.

Envolvo seu corpo com meus braços e pernas, prendendo-o como uma mulher carente que não sabe o que é afeição, chorando silenciosamente. Um abraço de quem sente saudades de sentir o toque meigo, desejo e carinho.

Os tremores de meu corpo aumentam quando começo a chorar, mais por saber que estraguei algo que começou tão bem. Que estava sendo bom como nunca fora antes.

A boca de André encosta na minha orelha. Fecho os olhos receando as palavras que sairão, as que certamente dirão como sou decepcionante. Que sempre estrago tudo.

— Quando foi a última vez, Paola? — sussurra.

— Há seis anos — respondo, surpreendida com a pergunta.

— Não, quando foi a última vez que um homem cuidou de você?

— Nunca.

— *Como?* — murmura, mas eu ouço.

O surpreendente então acontece.

A mão dele segura a minha perna que o envolve, dedos cravados em minha coxa, enquanto a outra segura meu rosto como os homens fazem nos filmes. Em seguida, beija pela primeira vez e com carinho extremo o meu lado desfigurado. Beijos doces que me provocam mais lágrimas.

Os lábios dele conseguem sentir os altos e baixos da pele e as costuras. Os pequenos buracos eternos que impossibilitam a suavidade.

Ele está amando com carinho toda a minha deformidade. Cada medo e vergonha. Todas as dores e inseguranças.

— Prometo que esta noite somos um do outro, sem vergonha de como somos aqui. — Passa os dedos pelas cicatrizes. — E aqui. — Pega a minha mão, pousando-a sobre seu coração. — Sem o passado presente nesta Caixa, sem as pessoas que nos transformaram, só nós dois, Paola. Quero terminar esta noite sabendo que fizemos tudo que queríamos. Talvez por um impulso ou carência, mas fizemos, e que, de alguma forma, te dei algo de que precisava e você a mim. Se for somente dormir abraçados, que assim seja. O fato de eu estar aqui com você é suficiente para mim. Eu só preciso ter você comigo por uma noite para dar luz à minha vida.

Ficamos parados e, mesmo eu sentindo o pulsar de seu membro querendo me penetrar, ele não se move. Sei que se pedir para ficarmos abraçados a noite inteira, será somente isso que fará comigo. Contudo, ganho coragem.

— Não quero dormir, André. Se é apenas esta noite que temos. Se nesta noite não estamos pensando, mas agindo por carência de anos de solidão, por favor, quero sentir que sou uma mulher desejável. Faça-me acreditar que sou bonita. E, se puder, eu sei que é um grande pedido, finja que sente algo por mim. Só hoje. Faça com que eu acredite nas suas palavras. Quero pensar que um dia poderei ser amada por alguém que verá algo bonito em mim. Quero ouvir a expressão mais forte entre um casal e fingir que é verdade. Por favor, André, torne real o que sempre desejei.

— O quê?

— Pensar que sou o sonho tornando realidade as suas fantasias. Que não existe mais ninguém porque sou a única que vê.

Ele beija minha testa com carinho.

— Prometo.

Encosto os lábios em seu pescoço, sentido sua garganta se contrair.

— E você? O que deseja, André? Não tenho muita experiência, mas faço o que quiser.

Um homem como ele pode ter as mulheres que quiser. Aposto que nunca duvidou de quem é devido à sua aparência; no entanto, as palavras que saem de sua boca me surpreendem.

— Esta noite quero acreditar que ainda tenho dentro de mim a capacidade de amar outra mulher. Conseguir me expressar apaixonadamente. Quero fazer amor como há anos não faço e que duvido, depois desta noite, que volte a fazer. Fantasiar que sou suficiente para fazer alguém feliz e esse alguém lutar por mim, querendo ficar só comigo porque basto. Amar-me mais do que todo o resto. Amar-me mais do que tudo que lhe faz mal, mas, ainda assim, esse alguém escolheu o mal em vez de mim.

Será que estamos irremediavelmente quebrados? E se sim, qual dos dois está mais?

— Vamos fingir, André.

André
15

Paola continua presa a mim quando me sento, ficando no meu colo com o rosto próximo ao meu. Basta eu puxá-la para entrar nela como anseio, mas não agora. Vou cumprir seu pedido e amá-la, nem que seja apenas por horas de irreflexão de duas pessoas que não aguentam mais o frio das memórias que as atormentam.

O cheiro de seu desejo preenche o espaço, e minha língua implora para voltar a lamber seu mais íntimo sabor. E vou fazer isso, porque uma amostra não me saciou.

Preciso de mais. Quero que esta noite seja a exceção à nossa realidade. Uma noite que recordaremos como algo bom.

Uma noite de verão no inverno que são as nossas vidas.

Na escuridão da Caixa, seguro seu rosto que estava escondido no meu peito. Passo os polegares sensivelmente por seus contornos distintos, beijando sua boca com calma por saber que mais ninguém teve a sorte de conhecer seu sabor durante tantos anos. Como um vinho guardado para quem aprecia sabores raros, vou bebê-la até distinguir o seu paladar como o melhor de todos.

Como se tivéssemos mandado parar todos os relógios, cada toque é lento, profundo e sem reservas. Há tanto tempo que ela não abraça alguém ou recebe o carinho de um homem.

Somos como plantas: sem afeto murchamos, e o que havia de bonito em nós seca.

Beijo somente seus lábios, com o toque lento de nossas línguas que se exploram, pois há algo de sensual e mais prazeroso em beijar lentamente outra pessoa.

Minha mão continua massageando seu rosto; e a outra sobe e desce em suas costas que se arrepiam; e as mãos delicadas dela tocam minha nuca e cabelo, retirando todas as preocupações. Sem nunca pararmos o beijo mais longo da minha vida, desço a mão, ajudando Paola a se aproximar mais de mim e sentir o quanto quero isso. Instintivamente, seu corpo sobe e desce lentamente sobre a minha ereção, e, cada vez que balança, respiramos com mais dificuldade porque é quase uma penetração que nunca acontece, mas faz aumentar o desejo e a frustração. Por isso, coloco minha mão onde ela está encharcada de tesão e, sem separarmos as bocas, meus dedos rodeiam seu centro em movimentos circulares ligeiros, contrastando com a lentidão das línguas.

Ela começa rodando o quadril, as unhas me espetam e pequenos gemidos são passados para minha boca no beijo. Seu corpo começa a tremer, e aumento o ritmo, circulando com mais fervor onde outro homem não toca há anos.

Sinto que ela está quase lá, mas, distraído com seu prazer, não percebo que retirou sua mão de mim e que agora, timidamente, segura a minha ereção. Ainda mais envergonhada, Paola começa a movimentá-lo, e eu mordo sua boca com o prazer que me assola.

Não conseguimos mais continuar o beijo e encostamos nossas testas.

Com respirações ofegantes que sopramos na boca um do outro, meus dedos circulam, ávidos, e a mão dela sobe e desce, provocando gemidos que ecoam na escuridão.

Não me recordo da última vez que estive tão excitado.

Percebendo como está próxima do gozo, insiro um dedo e depois outro em penetrações rápidas. Ela acelera seus movimentos com a mão e, quando grita atingindo o orgasmo, eu não aguento. Com um rugido rouco, atinjo o meu, que dura mais tempo do que o normal, espalhando-se pela mão e barriga dela, deixando-me sem forças.

Deitados lado a lado, recupero o fôlego, enquanto Paola prefere continuar abraçada fortemente a mim, e passo os dedos desde a sua perna até a curva da cintura.

— Acordada?

A cabeça dela se move, e eu sorrio, sabendo que isso nunca aconteceu.

Foi o primeiro beijo inocente que dei em muito tempo e o mais erótico pela forma como terminou.

Surge uma dor no peito porque compreendo a escuridão que minha vida tem sido. Já estive com outras mulheres depois de tudo que vivi com Renata. Algumas foram para conseguir reconstruir quem sou hoje e outras, por uma necessidade mútua de sexo, mais nada; porém, intimidade como aqui nunca existiu com elas. Nunca permiti, pois sei o que é entregar o coração para alguém e essa pessoa olhar para nós com um sorriso no rosto enquanto esmaga-o diante dos nossos olhos.

Esta mulher em meus braços, que tinha todas as razões para estar amargurada, brilha, não para se iluminar, mas para trazer luz aos outros. Pensando nisso, estico o braço até encontrar o que procuro. Quando desatarraxo, o som parece alto e ela levanta o rosto.

— O que é isso? — pergunta na escuridão, arrepiando os pelos do meu peito com a proximidade, mas não se desprende de mim e eu não me importo.

Não tenho certeza de qual de nós se beneficia mais com o abraço.

— Você tem sempre tinta na pele. Até quando não está pintando — afirmo baixinho, quase em seu ouvido, mostrando que tenho notado pequenos detalhes, e fico surpreendido comigo. — E sempre no lado marcado pelo que aconteceu. — Coloco o dedo na tinta e, com esforço, pois não quero quebrar a nossa proximidade, passo em sua sobrancelha com cicatrizes.

Imediatamente reluz, aparecendo diante de mim.

— Não vou perguntar o motivo. — Cubro o olho que ficou desnivelado. — Mas sei que, de alguma forma, a tinta e as cores estão relacionadas com aquele dia. — Pinto a maçã do rosto que foi a mais castigada, metade do lábio e a orelha. — E sei que com tintas no corpo você se sente protegida. — Ela confirma com um gesto e continuo passando no braço e na mão, beijando cada dedo torto de quem sofreu dores terríveis.

Olhando para mim está uma mulher com sua beleza destruída reluzindo no escuro, e não me assusto mais.

Minhas mãos fazem carinho no que alguém quebrou, e digo o que ela precisa ouvir:

— Paola, o lado feio não existe em você. Não para mim.

Ela aperta mais o meu tórax, deixando escapar um soluço da garganta e, docemente, beija meu peito até largar meu corpo.

— Minha vez — fala com a voz repleta de emoção.

Pega o pote de tinta e, para minha surpresa, me empurra até eu estar deitado de costas, sentando-se, em seguida, em cima de mim. Com a mesma mão que horas antes acordou algo que eu não imaginava, pinta meu braço devagar e depois o outro.

— Quando os vi, grandes e fortes, pensei na destruição que poderiam me causar, mas agora sei que são o abrigo mais seguro onde jamais estive. Esta noite vou imaginar que terei esses braços por toda a minha vida e não sentirei mais medo. Eles não foram feitos para esmagar, mas para proteger.

Beija-me na boca.

— Pensava nas palavras que poderiam sair daqui contra mim, mostrando como sou feia e assustadora. De como poderiam doer, mas, afinal, esta boca serviu para me trazer vida e os melhores beijos que dei em toda a minha existência.

Pega minhas mãos, fechando-as, pintando-as.

— Não tenho medo de que encostem em mim. Sei que nunca destruirão outro ser humano porque servem para cuidar de um anjo que dorme graças à proteção delas.

Por fim, beija o lugar do coração e, com a mão aberta, deixa a marca de seus cinco dedos.

— Espero que, um dia, volte a acreditar que merece ser feliz, pois a mulher que conseguir tocá-lo aqui será a mais amada.

Em seguida, suas pequenas mãos seguram cada lado do meu rosto.

— Eu acho… — começa, mas para, como se estivesse procurando as palavras certas. — Eu acredito que sou um quadro abandonado por alguém que nunca desejou ser pintor. Alguém me pegou quando eu era uma tela branca e, em vez de me pintar com a suavidade dos pincéis, me feriu com o lado pontiagudo. Perfurou vezes sem conta até eu ter um buraco grande em vez de uma obra de arte.

"Pensei que seria somente uma tela sem uso porque alguém estragou todo o potencial, mas hoje, aqui nesta Caixa, você mostrou algo. Os buracos estarão

SORRISOS QUEBRADOS

sempre presentes. Continuarei sempre rasgada e nunca serei admirada, mas, se um dia alguém quiser colar tudo com muita paciência, poderá depois pintar. Nunca será igual a um quadro de tela lisa, mas será um quadro que o pintor gostará de guardar para sempre."

Com o coração batendo descontroladamente, giro o corpo, ficando por cima, e beijo-a com emoções sobre as quais não quero refletir. Sinto que esse beijo é diferente de todos os outros. Beijo sua boca e todos os cantos do rosto. Digo com a minha boca o que receio que saia por entre os lábios se não a estiver beijando.

— André, por favor. — Não sou o único alterado.

— Não aguento mais esperar — falo em sua boca. — Tem certeza? Podemos parar.

— Não, não pare — implora, até segurar meu rosto com as mãos. — Mas, por favor, faça como se estivesse com uma mulher que realmente deseja. Mostre como um homem faz amor com uma mulher que ele ama.

— Prometo que será tudo que deseja... desejamos.

Com os joelhos, abro as pernas dela, coloco o preservativo e, tão lentamente quanto os ponteiros do relógio me permitem, entro nela. Paola agarra meu corpo com força quando a penetro, e sei que está desconfortável.

Seis anos. Seis anos sem um único homem. Sem saber como é doce. Sem sentir como é quente.

— Oh — geme, tentando acomodar meu tamanho em seu corpo. Sou tão grande e ela tão pequena, que temo causar-lhe dor. Não quero machucá-la quando a agonia é a sua inimiga mais fiel.

— *Shhh* — sussurro, passando as mãos em seu cabelo. — Apenas sinta como é bom. Sinta como pulso dentro de você. — Pego a mão dela, colocando em cima de seu ventre. Torno a entrar e sair para conseguir me sentir. — Foram muitos anos sem fazer isso, Paola. É normal o desconforto. Respire — peço, e ela o faz, audivelmente.

Estamos na posição ideal para fazer amor, como eu disse que faria com ela.

Devagar, começamos a nos movimentar, e nossas mãos coloridas com tinta fluorescente vão pintando nossos corpos. Fazemos amor na escuridão, mas surpreendentemente brilhamos mais do que estrelas.

A Caixa ecoa com os nossos sons. Os que saem pelos lábios e os causados por dois corpos que batem um no outro com o aumento da intensidade.

Quero proporcionar a essa mulher maravilhosa a melhor noite da sua vida. Nada nunca chegará perto do que estamos vivendo aqui.

Ficamos saboreando o que é fazer amor com alguém que fingimos amar. O orgasmo dela é intenso, e suas paredes se contraem com força, pedindo que eu também me perca no prazer intenso.

Sentindo que estou próximo, aumento o ritmo, mostrando-lhe que o corpo dela é muito mais do que amor delicado. Causa loucura em um homem que não consegue se controlar.

Durante muito tempo, somos um, e nunca desvio o olhar de Paola, que brilha em êxtase, até ocorrer algo que nunca vivenciei: atingimos o orgasmo simultaneamente e, como dois cometas que se chocam, explodimos.

A luz gerada me cega momentaneamente ou me dá a visão que pensei ter perdido.

— Eu te amo!!! — exclama a expressão que tem saudades de pronunciar, apertando meu corpo quando se contrai com a intensidade do prazer.

Falando as palavras mentirosas, mas que pedimos.

— Também te amo — respondo, tocando a testa na dela. Tentando sobreviver a esta noite e às emoções. Mentindo porque ela pediu e eu quis. Dizendo algo que acredito nunca mais pronunciarei com sinceridade, mas que necessitava saber se conseguiria dizer sem recordar outra pessoa. E sim, naqueles instantes, eu disse a Paola sem que Renata se materializasse.

É só uma noite. Estamos fingindo.

Ficamos recuperando o fôlego, sem comentar o que aconteceu.

Paola adormece de exaustão física e emocional em cima de mim, e eu também me sinto cansado. Abri uma arca fechada e estou tentando colocar novamente tudo lá dentro. Com cuidado, pego ela no colo e entro em casa, indo diretamente para o banheiro. Quando acendo a luz, fico parado, olhando seu rosto pintado, recordando as palavras: *"Se um dia alguém quiser colar tudo com muita paciência, poderá depois pintar"*, sabendo que nunca serei o pintor.

Entro no chuveiro, e as gotas tocam primeiro em mim. Com cuidado, começo a lavá-la, e, pouco a pouco, ela desperta.

— *Shhh*, pode dormir. Só vou tirar a tinta.

Ela acorda, e seguro-a até ficar de pé, e desta vez não grita como quando nos conhecemos. Nossos olhos vagueiam pelo corpo um do outro. Nudez total. Exposta. Paola consegue ver todos os meus músculos, e nu, ao seu lado, pareço ainda maior. Sua expressão não é de medo, mas de quem gosta do que vê. Sei que meu corpo, que lhe causou pânico, é um atrativo para as mulheres. Mas a opinião silenciosa dela, enquanto percorre cada saliência, vale mais do que os elogios de outras. Paola enxerga quem eu realmente sou.

Também observo seu corpo com atenção. Retiro suas mãos dos seios que ela cobre, envergonhada, colocando um dedo em seu queixo e, apenas com o olhar, declaro que não tem nada de que se envergonhar. Sim, Paola é magra, seus seios são os menores que já vi e, debaixo do vapor, as cicatrizes ficam mais proeminentes, mas a atração não diminui porque, para mim, ela é mais do que um corpo.

— Não. Não se esconda de mim, Paola. Estou olhando e gostando do que vejo à minha frente.

O que está acontecendo é maior do que a solidão e os traumas que trazemos e nos fizeram explorar algo único. Eu sei que é, mas prefiro não pensar a respeito.

Decidimos nos lavar mutuamente e, quando ela não consegue chegar ao meu cabelo, por ser baixinha, levanto-a.

— Você é gigante!

— Pensei que já havia reparado lá na Caixa — brinco, e algo acontece que nos faz parar: rimos.

Disfarçamos, porque não sabemos como agir com essas mudanças, com tudo que está acontecendo. A felicidade repentina na nossa realidade.

Como é possível sentirmos leveza quando o peso do mundo tem sido carregado por nós?

Passo os dedos com cuidado pelas partes marcadas e vejo algumas que apenas tinha sentido quando fazíamos amor. Beijo cada uma debaixo da água que tem o poder de tirar a beleza da tinta, mas não o que eu desejaria que ela não tivesse.

— Obrigada — comenta, com a cabeça encostada em mim. Abraçando-me.

— Por quê? — Continuo passando as mãos em suas costas, gostando que ela precise de mim.

É óbvio que não queremos que essa noite termine, por isso deixamos a água correndo sobre nós como uma cortina que nos esconde do resto das nossas vidas.

— Por fingir que não fica incomodado com a minha aparência, por me fazer sentir bonita. Por me deixar estar aqui despida e com coragem de ser quem nunca sou. Por permitir que eu não me cubra quando é tudo que penso ao imaginar a imagem de meu corpo aos seus olhos.

Paro de esfregar sua pele, tocando em seu queixo e levantando sua cabeça até olhar para mim.

— Eu não estou fingindo, Paola. A única coisa que me incomoda é saber que elas significam dor.

Pela expressão, sei que não acredita. Beijo delicadamente seus lábios.

— Só um tolo não se apaixonaria por você depois de te conhecer. Porque essas cicatrizes não são maiores do que a beleza daqui. — Toco o lado esquerdo do seu peito. — Um dia, alguém vai aparecer e comprovar o que estou dizendo.

— Obrigada, André. Não imagina o quão agradecida estou. — Beija meu peito, prolongando o abraço de que eu não imaginava necessitar.

Quando secamos o corpo um do outro, ela fica procurando o vestido.

— Está na Caixa — digo, passando a toalha em seu cabelo.

— Tudo bem. — Caminha em direção à porta, mas faço-a parar, pego-a no colo e nos deitamos na cama, onde cubro seu corpo com o meu.

— Só esta noite. Vamos dormir juntos esta noite — peço, passando os dedos em suas feições que me prendem cada vez mais na curiosidade de tentar desvendar o que aconteceu.

Sei que não deveríamos dormir juntos. Prometi nunca trazer uma mulher para debaixo do mesmo teto da minha filha, só que Paola é... única.

— E a Sol? — interroga.

— Ela dorme a noite inteira. Só esta noite, Paola. Vamos fingir até a noite terminar.

Seus olhos percorrem a cama, e as mãos se entrelaçam nervosas por estar decidindo o que fazer.

— Está bem. — Deita-se, e eu também, puxando-a para mim quando percebo que está no canto extremo da cama, como se fosse normal um casal ficar tão distante.

Apesar de exaustos, nenhum de nós desliga devido a tantos pensamentos. A cabeça não descansa.

Deitada, com o dedo fazendo desenhos no meu peito e uma perna em cima da minha, começa a falar:

— Foi o meu ex-marido que me fez isso.

Algo de que suspeitava. Foi vítima de quem amava. A vontade de caçá-lo e fazê-lo pagar caro grita nas minhas veias, mas fico calado, simplesmente puxo-a mais para mim e ela aceita o conforto.

— Eu tinha amigas e gostava de sair. No nosso círculo, as pessoas costumam passar os dias em festas.

Já tinha percebido pela postura e educação que Paola vem de família rica.

— Roberto era mais velho, não muito, mas para uma garota de dezoito ele parecia um sonho: bonito, alto e esbelto. Todas as minhas amigas tinham uma queda por ele, eu inclusive. Por algum motivo, que só anos depois descobri, ele me escolheu. Quando sabemos que não somos as mais bonitas, sermos a primeira escolha de alguém é uma dádiva.

"Eu vivia meu próprio conto de fadas... até não viver mais. No começo, Roberto apoiava meus sonhos de ter uma galeria de arte infantil, e o fato de ele querer que nos entregássemos um ao outro na lua-de-mel parecia romântico."

Olha para mim, mas estou concentrado no teto porque essa história e a minha têm semelhanças.

— Eu era tão feliz, André. Amava e era amada. Namorava havia dois anos quando aceitei o pedido. O que poderia dar errado? — *Tudo*, quero responder, porque foi o que aconteceu comigo.

"Casamos, e a lua-de-mel aconteceu. Eu estava nervosa porque era virgem, mas achava que ele não. Roberto parecia não querer iniciar nada, e suspeitei que aquele homem perfeito também estava procurando alguém especial para algo único. Eu me achei a mulher mais sortuda do mundo. Seríamos os primeiros e únicos um do outro; entretanto, a nossa primeira vez foi diferente do que imaginei, mas considerei normal por sermos inexperientes. Acreditei que, com tempo e prática, melhoraria até ser bom, mas isso nunca aconteceu. Ele não iniciava nada sexual entre nós. Quando eu ganhava coragem porque queria fazer amor com meu marido e também queria descobrir tudo o que as minhas amigas diziam ser maravilhoso, durava sempre dois, três minutos, no máximo. Outras vezes, nem ereção tinha, e ficávamos fingindo que era normal. E ele não saía de mim enquanto eu não simulasse um orgasmo. Algo que nunca tive com ele e, hoje sei, sempre fingi mal, porque naquela Caixa entendi o que é atingir o máximo prazer."

Sei que não deveria pensar nisso, neste momento, mas um leão ruge de orgulho por ter sido eu a proporcionar-lhe esse clímax.

Aperto sua mão, trazendo-a aos lábios onde beijo cada dedo, tentando dar-lhe força para continuar.

— Procurava conversar sobre isso com Roberto, mas ele fingia não entender e eu acreditava que era por se sentir humilhado, e sofria por ele. Foi quando cometi o erro. Usei seu laptop para pesquisar sobre disfunções sexuais masculinas, sem imaginar a quantidade que existe. Então, decidi procurar o melhor especialista e conversei com ele, mas, sem o médico conseguir analisar Roberto, não pôde me dar respostas.

Para, respirando profundamente.

— E foi nesse dia que marquei o meu destino. Na hora do jantar, conversei com Roberto sobre a hipótese de procurarmos ajuda, e tudo mudou.

— Ele bateu em você?

— Naquele dia, não, mas mudou. Começou sendo mau, até que aconteceu.

A raiva preenche todos os meus poros. Mesmo quando Renata agiu como um monstro sem alma, eu nunca levantei a mão para ela.

— Nós estávamos numa galeria a convite de uma amiga em comum, e o irmão dela, adolescente naquela altura, disse que eu era a mulher mais bonita da festa. Ele disse aquilo porque todas as outras eram mais velhas ou parentes dele. Nesse dia, apanhei pela primeira vez e cometi o segundo erro: perdoei. Ele chorou, falando que havia sentido ciúmes porque sabia que nossa vida sexual era ruim. Eu acreditei, e tudo piorou.

Beijo sua testa, percebendo que precisa respirar novamente. Recordações são como facas afiadas.

— Ele ficou paranoico comigo e passava os dias treinando pitbulls para me protegerem, quando sabia que eu tinha medo de cachorros desde a infância.

Ela continua narrando tudo, comentando como devo achá-la fraca, mas entendo esse tipo de amor em que perdoamos coisas graves porque acreditamos que nosso amor pode modificá-las. Que as pessoas são más por motivos desculpáveis, e vamos ficando até percebermos que deveríamos ter partido. Quando conta sobre a jaula, faço um esforço para não esmurrar algo. Aperto-a contra mim, querendo que nunca mais se sinta desprotegida.

— Doeu muito. Tem noites em que os pesadelos são tão reais que sinto os dentes do cachorro. Por isso pinto o corpo, para afastar essa dor que não existe. Quando o pitbull estava desfazendo meu rosto e eu não tinha mais forças para lutar, tentei uma última vez arrebentar a coleira e, com a força que fiz, em um último ato de salvação, latas de tinta caíram sobre nós dois. Algumas se abriram, pintando meu corpo, e outra acertou a cabeça do cachorro, que parou o ataque.

"Lembro-me de Roberto abrir a porta e o cachorro sair; depois morri. Decorrido um mês, acordei num hospital, sem rosto, traumatizada e viúva.

SORRISOS QUEBRADOS

"Na carta de despedida, Roberto disse que se encontraria comigo na outra vida porque nunca viveríamos separados. Eu sempre seria dele. Não imaginava que eu estivesse viva. Por isso, matou o cachorro e depois estourou a própria cabeça.

"A razão por que estou sempre pintada é simples: a tinta me salvou da morte e de viver eternamente com ele."

Olho para seu rosto com lágrimas e limpo todas com cuidado.

— Não vou permitir que você sofra mais, Paola — falo antes de beijá-la, mostrando a paixão que lhe foi negada na vida, e ela se entrega ao beijo com a intensidade de quem necessita algo bom depois de recordar o pesadelo.

Quando distanciamos as bocas, volto a recolher as amostras de tristeza que molham sua pele, e ela agradece com um pequeno sorriso.

— Queria acreditar, André. Quero ser feliz, mas errei muito e estou pagando por isso.

— E um dia será. Um dia só haverá sorrisos. Você não errou, apenas amou.

Quero afastar as pessoas com a minha aparência, e ela não quer que a dela seja um fator de solidão, mas, no final, somos duas pessoas que só querem dormir sem pensar como estão marcadas eternamente por quem não as merece.

Permanecemos deitados, trocando carícias, e reparo que ela está traçando meus músculos abdominais com o dedo, mas com a mente distante.

— Ei. — Seguro sua mão. — Que tal irmos à cozinha fazer algo para comer?

— E se a Sol acordar com o barulho?

— Não acordará, ela está exausta da festa. Vai dormir a noite inteira e, talvez, a manhã toda, mas, se acordar, diremos a verdade.

— A verdade? — Seus olhos se abrem espantados.

— Que está muito escuro para você ir para casa e por isso ficou aqui.

— Mas não tenho nada para vestir!

— Não vejo problema nisso, mas vou buscar qualquer coisa. — Levanto-me e procuro a menor e mais colorida camiseta nas gavetas.

— Esta serve — digo.

Paro quando vejo que ela continua deitada.

— O que foi?

Ela volta a tirar o cabelo que coloquei atrás da orelha, tapando o rosto.

— Quando há pouco você falou que não via problema se eu ficasse despida... você... você estava falando sério ou está relacionado com o meu pedido?

Sento-me na cama, olhando-a também sentada, mas por baixo do lençol. Toco a ponta do tecido e vou retirando-o de cima dela até seus seios surgirem.

— Sim, eles são pequenos, mas lindos, Paola. — Passo o polegar pela ponta, que se arrepia.

Com força, pego-a, colocando-a em meu colo. Seguro sua cintura com um braço e, com a outra mão, afasto o cabelo, colocando-o por cima do lado que, às vezes, ele ainda esconde.

— Consegue sentir o efeito em mim? — Timidamente acena que sim. — Então está aqui a resposta.

Com seus dedos pequenos, segura meu rosto e delicadamente o massageia com os polegares. Devagar vai subindo o olhar até estar frente a frente com o meu.

Ficamos assim, e meu coração torna a bater de forma estranha quando ela não diz nada, apenas me olha com os dedos suaves abrandando o que de áspero tenho.

Seus dedos tocam meu rosto com tanto carinho, que arrancam arrepios. Avança ligeiramente o corpo e, sem nunca parar de me olhar, seus lábios descem sobre os meus. Nossas bocas se encontram com calma e nossos olhos falam algo que não quero interpretar.

Tentando curar algo nela ou em mim, voltamos a fazer amor sem nunca desviarmos o olhar um do outro.

No final, repetimos palavras fortes que só os apaixonados dizem, sabendo que tudo não passou de fingimento entre duas pessoas cujo único erro foi amarem quem nunca soube o significado do amor. Uma mentira entre pessoas que estão cansadas de viver em sofrimento e sem afeto.

Foi somente uma noite.

Foi somente fingimento.

Uma doce ilusão.

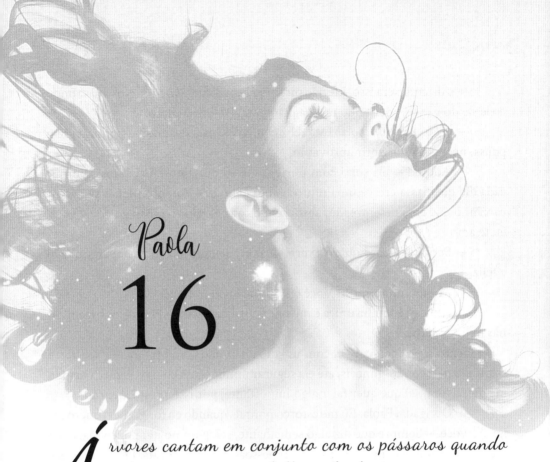

Paola
16

Árvores cantam em conjunto com os pássaros quando a brisa acaricia as folhas. Ao longe, crianças com mobilidade reduzida fazem os exercícios diários nos jardins adaptados.

Concentrada e alheia à realidade que a rodeia, Sol morde a língua e passa o pincel uma última vez.

— Consegui, Paola! — Olha para trás, sorrindo.

— Deixa eu dar uma olhada. — Demoro mais tempo que o necessário e, pelo canto do olho, consigo ver suas pernas se agitando, nervosas. Próxima da tela, dou a entender que encontrei algo.

— *Hummm* — murmuro, e ela fica em alerta. Não resisto, olhando muito séria para seu rosto ansioso.

— Tem certeza de que foi você quem pintou tudo? — A boquinha dela abre, surpreendida, e endireita a coluna com orgulho.

— Fui eu. Pintei tudo sozinha. É... papai pintou isso. — Aponta para uma nuvem bem pintada. — Mas eu fiquei zangada com ele porque eu não precisava de ajuda. — Cerra os punhos em cada lado da cintura, mostrando descontentamento.

— Ah, então era isso. Ele não pinta tão bem quanto você. — Nós duas rimos, e ela sai do banco, apertando minha mão para dar-lhe atenção.

— Você gostou, Paola? Está feliz comigo? Gosta de mim? — pergunta sem pausa, necessitando sentir aprovação.

— Adorei! — Ela sorri com pureza. — E estou sempre orgulhosa, porque cada dia que passa cresce uma pintora aqui dentro. — Aponto para o seu coraçãozinho que bate desenfreado, absorvendo cada elogio. — E não gosto de você, eu te amo.

— Sério? — Duas bolinhas vermelhas esquentam seu rosto envergonhado e feliz.

— Muito, muito sério! Você é a minha melhor amiga, Sol.

— E você é a minha única e melhor amiga de todas. — Prende os bracinhos nas minhas pernas.

Sento-a no meu colo e, com uma toalha úmida, vou limpando seu rosto salpicado pela cor dos pincéis, até ela segurar minha blusa com os dedos. Quando me toca assim, sei que quer falar algo importante, por isso presto atenção.

— Obrigada, Paola. Eu me esforço porque, quando eu for grande, quero ser igual a você. — Sempre que diz algo semelhante, sei que amo um pouco mais essa menina que, um dia, mostrará para mais pessoas como é perfeita do jeitinho dela.

Beijo-lhe o nariz, recebendo um abraço apertado e confortável. Tento não pensar nos outros braços com poder de me fazerem feliz. Essa família nasceu para abraçar, e alguém desperdiçou os dois.

Percebendo que a tinta não sai, trago-a comigo para o meu quarto. Lavo seu corpo e visto a roupinha extra enviada por André. Pra variar, a Sol se sujou toda de tinta.

Quando estou terminando de pintar suas unhas dos pés, alguém bate à porta.

— Fique sentada para não borrar — peço.

— Sim. — Obedece, ficando parada como uma estátua.

Quando abro a porta e vejo André, faço um esforço para não demonstrar o que se passa dentro de mim.

— Oi, Paola.

A voz, o cheiro, o corpo, os olhos... Ele!

— Oi.

Queria dizer-lhe tanto, mas guardo para mim com receio do que possa sair. André deve ser daqueles homens que dormem com mulheres, dizem coisas lindas e no dia seguinte nem recordam. A vida seguiu para ele e eu fico revivendo tudo.

— Procurei por vocês no lugar de costume até alguém dizer que estavam aqui.

— É... ela estava muito pintada e, como sua mãe disse que hoje ela tem dentista, resolvi dar um banho. Talvez devesse ter perguntado, mas achei que não haveria problema, da próxima vez pode deixar que eu envio uma mensagem antes. — Quase não respiro com a rapidez das palavras.

Ele dá um passo à frente e segura minha mão. A mesma de sempre. Os mesmos dois dedos que ela rodeia com o polegar.

— Não tem problema, Paola. Quando vocês estão juntas, eu sei que ela está bem. Nunca pense o contrário.

— Ok. — Retiro a mão, encostando-a em meu corpo, longe dele. Se ele soubesse as noites que tenho passado relembrando seu toque, sonhando com mais, certamente correria para longe de mim.

— Posso entrar?

— Claro. — Abro totalmente a porta.

É a primeira vez que ele entra, e fico ansiosa.

As paredes estão preenchidas por cores simulando as galáxias, e, quando está escuro, pequenas estrelas coloridas brilham. Foram a minha companhia nas noites em que era impossível dormir. Parece que estou flutuando entre elas.

— Papai! — Como todos os dias, o sorriso dela quando vê o pai é pura felicidade. — Não posso dar beijinho, preciso ficar sentada até secarem. — Mexe os dedinhos dos pés.

Ele caminha, dando-lhe um beijo e puxando as duas tranças que fiz em seu cabelo, arrancando um gritinho dela.

— Cuidado, papai. Tenho que ficar quietinha. — A formiga reprime o gigante.

Ele se levanta, faz uma reverência com as mãos e fala com humor:

— Peço desculpas, princesa.

Enquanto as unhas da Sol secam, André percorre o quarto, explorando tudo com curiosidade, até que...

Não, não, não. Oh, não!

... pega a moldura, observando-a, atento.

É uma fotografia de nós três com o rosto pintado. Um braço do André segura a filha no colo e outro, a minha cintura. Quem olha pensa que somos uma família tradicional.

— Sua mãe trouxe ontem. Disse que era a que tinha ficado melhor — explico, para ele não pensar que fui eu quem colocou em destaque.

— Foi um aniversário inesquecível — comenta, tirando os olhos da fotografia, fixando-os em mim, e tento não relembrar tudo novamente, mas é impossível.

Será que temos o poder de apagar da memória a melhor noite da nossa vida?

— Sim, a Sol não fala em outra coisa. Fico muito feliz por saber que o dia ficou gravado na sua lembrança.

Coloca a fotografia de volta no lugar e, por sorte, Sol avisa que suas unhas secaram antes de ele dizer algo. De mão dada com a filha, percorre o quarto que parece cada vez menor.

Param perto de mim, e ele se aproxima até quase... quase me tocar com seu corpo.

— Temos que ir. A consulta no dentista está marcada para as seis.

— Sim, não tem problema. — Abro a porta, dizendo *Até amanhã* aos dois, e mostro um sorriso para esconder o nervosismo.

Duas semanas se passaram desde aquela noite em que nos cansamos de sermos solitários e vivemos intensamente horas de paixão. Todos os dias finjo que não penso mais no que fizemos, no calor dos braços de André ou na umidade de sua língua. Como fez tudo para eu sentir o que é intimidade real e prazer que nunca pensei viver, principalmente depois de ter sido o único que me viu completamente depois do ataque. Como ele me fez sentir bonita, desejada... uma mulher como todas as outras.

Preparo as tintas para o dia seguinte, converso com meus pais, que amo profundamente, mas com os quais não aguentaria viver.

A culpa da minha mãe é grande demais. Sempre que me olha ela chora e pede perdão, por mais que eu explique que não deve se sentir culpada. Eu não poderia adivinhar que Roberto era louco.

Quando alguém decide cometer um ato de maldade, não existe uma só vítima. Trago os sinais exteriores e interiores mais profundos, mas meus pais e os de Roberto vivem se perguntando *"Como não suspeitei de nada?"* ou *"Onde foi que eu errei?"*.

Por isso, parti. Não queria viver com essas inadequações quando a passagem dele na minha vida estará eternamente gravada em mim.

Sorrisos Quebrados

A noite está quente. Eu me viro e reviro na cama. Bebo água e aumento o ar condicionado do quarto. Quando o sono começa a surgir, uma batida na porta tira meu corpo ardente dos lençóis.

Abro a porta e o sono desaparece. Não tenho tempo para perguntar o que está acontecendo, pois dois braços me seguram com força, me empurrando contra a parede. Minhas pernas se enrolam à volta de uma cintura dura com saudade e meus braços também rodeiam o corpo que está pressionado ao meu.

Ficamos os dois respirando no rosto um do outro. Ele, como se tivesse corrido quilômetros e eu, surpresa com o que está acontecendo.

André encosta o nariz no meu e lentamente esfrega-o.

— Só mais uma noite, Paola. — Percorre todo o meu pescoço com a boca, ficando com os lábios entreabertos quase tocando os meus. — Preciso de mais uma noite. — Beija-me. — Porque aquela não bastou para mostrar tudo que um casal pode fazer entre quatro paredes. Você pediu para sentir o que é ser uma mulher desejada. Quero mostrar como um homem faz isso.

Fico sem ar para respirar, quanto mais para falar, contudo tento.

— Mas nossa noite foi a melhor da minha vida. Nunca imaginei que pudesse ser tão bom como foi — confesso, sabendo que, depois de ter narrado tudo, ele conseguiu perceber minha falta de experiência.

Sua boca queima minha pele com lábios molhados de desejo que traçam caminhos, até pará-la a um sopro da minha.

— Foi só uma amostra, Paola. Uma *pequena* amostra. Quando um casal tem química, sente algo, é diferente de uma noite qualquer. Mostrei como um homem faz amor, mas há outras maneiras de viverem esse sentimento.

— Quais? — pergunto, parecendo ainda mais confusa.

Ele me olha e sorri daquele jeito que os homens fazem quando têm confiança de que vão derrubar a resistência de uma mulher. Desvia a boca da minha, aproximando-a do meu ouvido, murmurando:

— Sexo sem doçura, apenas prazer. Onde o nosso corpo quer ultrapassar qualquer raciocínio lógico. Um prazer tão grande que, por momentos, pensamos que o corpo não vai aguentar. Sexo sujo como deve ser, sem tabus ou lugar para vergonha. Onde entregamos o corpo ao parceiro e ele faz o que quer com um único objetivo.

— Qual?

— Orgasmos tão intensos que compreendemos por que são chamados de pequena morte.

Sinto-me corar, não por vergonha, que também existe, mas por não conseguir controlar o desejo que estou sentindo.

— Sei que nunca teve uma noite dessas, e isso ficou martelando a minha cabeça até não aguentar mais. Não consigo parar de pensar que você não sabe como funciona a loucura entre duas pessoas quando estão entre quatro paredes.

— Pensou na nossa noite? — pergunto, surpreendida.

— Todos os dias desde que acordei na minha cama sozinho e percebi que havia tanto ainda a te ensinar. Que deixei você partir sem mostrar o que quero e o que sei.

Se o coração tivesse voz, o meu estaria gritando, mas, como não tem, bate forte e parece que vai saltar corpo afora. Nunca um homem falou assim. Nunca alguém mostrou tanta vontade de ficar comigo. E eu quero tornar a senti-lo dentro de mim, nem que seja por apenas alguns minutos. Depois voltaremos a agir como amigos, e eu continuarei fingindo que com ele entrego só o corpo, quando dei tudo de mim, mesmo sabendo que nunca irá guardar.

— Só mais uma noite. — Beija a minha boca que se abre e, novamente, ficamos presos entre línguas. Ele vai descendo a cabeça, beijando o pescoço, os ombros, de onde puxa a alça, deixando o tecido cair e expor meus seios.

Olha para eles como se fossem perfeitos e deliciosos, fazendo-me sentir desejada.

Conosco tudo demora uma eternidade e tempo nenhum. Cada toque é eterno e simultaneamente fugaz.

Os lábios torturam um mamilo, a mão dura e áspera castiga o outro, fazendo-me bater com a cabeça na parede completamente ofegante, num misto de dor e prazer que não consigo controlar.

Ele vai descendo até se ajoelhar e tira o pequeno tecido que me cobre intimamente. Com um braço pega a minha perna, colocando-a em seu ombro, expondo-me de uma forma íntima demais, com luz demais.

Tento me cobrir porque estou nua e numa posição em que não existe maneira de ele não ver como sou por inteiro, mas André não me deixa questionar.

— Posso... — Abre-me com os dedos. — Passar... — Sopra. — A noite... — Beija-me. — Aqui? — Esfrega a língua tortuosamente devagar.

Com lágrimas de desejo, aceno o sim. Quando penso que vai continuar, ele me pega, atirando meu corpo na cama como se eu fosse uma pluma, e tira em segundos toda a sua roupa.

SORRISOS QUEBRADOS

Não resisto e olho para ele sabendo que, durante dias, sempre que me mover, vou senti-lo como se estivesse dentro de mim. Algo dele ficará comigo, evaporando lentamente nos dias seguintes. Mas, enquanto é minha, só minha, eu abraço essa sensação até ela desaparecer.

André vem para a cama, me beija e vira meu corpo com a rapidez de quem já fez isso muitas vezes. Fico de joelhos com o rosto encostado ao lençol e ele se posiciona atrás. Novamente fico consciente da minha exposição e tento imaginar o que ele está observando e se gosta do que vê.

Tento me virar, mas ele não permite.

— Está perfeita assim. Perfeita — murmura no meu ouvido, encostando seu corpo despido e quente no meu.

Perfeita.

Beija minha coluna e algumas cicatrizes nas costas, onde demora um pouco mais. Seus lábios são chama e vão queimando tudo por onde passa. Desce até a minha bunda, mordendo-a, e grito de espanto quando a mão dele bate sem machucar.

Olho para trás, trêmula, pronta para reclamar, mas fico fascinada com a expressão de desejo dele olhando para o meu lugar mais íntimo. Envergonhada, volto a cabeça para frente, enterrando-a no travesseiro. Não falo nada, estou muito confusa.

Em seguida, André beija onde bateu e torna a morder, bater, acariciar e, sem aviso, entra em mim, retirando todo o ar dos meus pulmões com a invasão.

— Delícia — murmura entre dentes.

A força das batidas cria sons afrodisíacos entre os corpos que se chocam. Continuo gritando no travesseiro quando ele agarra meu cabelo com força, puxando meu rosto até as nossas línguas se encontrarem em danças que só tinha visto em filmes para adultos. É proibido e excitante.

Eu me sinto poderosa, sensual, feminina... devassa.

Nunca foi tão intenso como agora. É como se meu corpo existisse apenas para dar prazer, mas, simultaneamente, faço parte dessa busca pelas sensações que, sem mim, ele não sentiria.

Apesar de o ato ser mais selvagem: o braço dele rodeia a minha cintura por baixo, o peito duro toca as minhas costas, a respiração sussurra no meu pescoço e o nosso ritmo é igual ao que os bailarinos ensaiam durante meses pela sincronia perfeita.

E eu quero correr no palco, saltar no ar em câmera lenta, sabendo que ele estará lá para me segurar quando o corpo começar a cair. Imaginar que ele não me deixará encontrar o tablado.

Estou saltando, André.

Afasta o cabelo que cai como cortina, desvendando minha feiura.

Beija-a.

Beija-me.

Toca nas marcas.

Toca em mim.

Eu salto mais alto.

Alço voo.

Grito.

Ofego.

Flutuo...

Não lembro se me segurou porque pareço desmaiar quando o prazer atinge o limite e o corpo dele cai em cima do meu.

Morremos por segundos a melhor das mortes.

Remexo o corpo e ele faz o mesmo até estarmos lado a lado, e, apesar de estar encharcado e visivelmente cansado pelo que acabamos de fazer, sinto que está pensando algo quando balança ligeiramente a cabeça. Com energia, move-se ficando em cima de mim, retirando o cabelo suado da minha testa, beijando-me em seguida.

— Estou viciado — comenta.

Beijos com língua preguiçosa.

Lentos e saborosos.

Uma doçura que ele parecia não querer hoje.

Sua mão acaricia sempre o meu rosto, fazendo-me sentir especial, e todo o seu corpo em cima do meu é reconfortante como um cobertor em dias gélidos.

Sem saber o que fazer, agarro-o prolongando o beijo que ativa o prazer de segundos atrás, pois não quero que vá embora.

E ele nunca se livra do meu corpo. Não, ele segura a minha perna que rodeia suas costas, querendo que esteja lá.

Ele me beija tão vagarosamente que permanecemos assim por um tempo infinito, e sei que amanhã farei um esforço enorme para sorrir como se ele não andasse com meu coração nas mãos porque fui idiota, pois para mim a primeira noite foi real e hoje também.

Nunca fingi.

— Eu deveria ir embora — comenta, mas não me solta. Pelo contrário, aperta mais meu corpo contra o dele, parecendo amar a forma como eu o abraço. — Mas não quero.

— Então não vá. Fique.

Elimine por minutos a solidão em mim... em nós.

— Não deveria, mas também não consigo partir quando estou bem aqui.

E eu estou feliz que você esteja aqui. Que se sinta bem na minha presença.

— Quando estou com você é como se ressurgisse o André que uma vez fui, e sei que, se sair por aquela porta, ele voltará a desaparecer — diz, mas sinto que não gosta de ter essa noção. Que preferiria não ter confessado.

Somos dois seres carentes de afeto.

— Paola — chama quando estou adormecendo, embalada pela delicadeza com que sou cuidada.

— Sim.

— Eu sei por que gosta de pintar e a importância que as tintas têm na sua vida, principalmente a conjugação entre o escuro e o brilhante, mas por que pinta todas as paredes? — Não preciso abrir os olhos para saber que ele está observando tudo. Sei que é diferente. *Eu sou diferente.*

— Porque é a minha casa.

— Como assim?

— Um dia me fecharam num frasco com receio de que eu pintasse o mundo.

— E?

— Pintei o meu mundo no frasco.

— Ele é assim? — Aponta para o teto pintado como galáxias brilhantes e coloridas. Não somente o céu noturno, mas todo o espaço sideral.

— Por ora é. Não é tão pequeno quanto o frasco em que estive presa e ainda não é tão grande como desejo que seja um dia, mas por ora serve.

— E como será o próximo lugar que vai pintar?

— Não sei.

Mentira. Imaginei um lugar onde não estou sozinha. Um universo onde posso viajar à vontade sabendo que tenho a melhor companhia do mundo para viver novas aventuras.

Não querendo falar mais sobre isso, inicio o assunto sobre o qual ambos gostamos de falar.

— Como foi o dentista?

André permanece em silêncio até eu olhar para ele e vê-lo olhar para mim com uma expressão indecifrável.

— Como foi a consulta da Sol? Fiquei pensando como ela se comporta, pois sei das dificuldades.

Ele passa o polegar em meu queixo com uma linha sorridente iluminando seus lábios, e fico vidrada observando cada detalhe de seu rosto, até conhecer de cor todas as curvas. Quando ele sorri é… magnífico.

— Bem. Por incrível que pareça, a Sol não se importa de ir ao dentista. Porque sabe que não haverá conversa.

— E porque você está presente — completo.

— Sim, e por isso. Ou talvez hoje tenha se comportado melhor do que normalmente porque *alguém* falou que haveria um prêmio para ela, fazendo a criança, durante o jantar, tagarelar com o avô sobre o que poderá ser. Acredito que meus pais terão dificuldade em botá-la para dormir, tamanha é a excitação para descobrir.

Minha expressão serena desaparece.

— Eu… eu não sabia que ela se comportava bem e pensei… bem, fiz o que meus pais faziam quando eu receava algo. E eu, ansiosa pela premiação, agia bem — começo a falar sem grande coerência.

André segura meu rosto pequeno com uma das mãos, prendendo-nos naquele fio invisível mas grosso que existe entre nós. O polegar desce e sobe entre os altos e baixos das cicatrizes.

Como vales e montanhas por descobrir, ele é o aventureiro que tenta conquistá-las.

— Obrigado — diz somente essa palavra, não precisando de mais porque nela estão contidas mil frases subentendidas.

Eu queria falar mais. Perguntar tanta coisa. Simplesmente conversar com ele e descobrir mais. Tudo que tenho descoberto sobre André é fascinante e aterrorizante, pois é como abrir a caixa mais brilhante, mas, quando tentamos pegar o que está em seu interior, ela torna a se fechar e ficamos sempre curiosos sobre o que continha.

Não conversamos mais. Permanecemos assim durante algumas horas, até ele se levantar de forma seca na despedida. Esse afeto desaparece rapidamente quando não está mais na cama. Sai do quarto e leva consigo a mentira de ter sido só mais um noite.

Talvez para ele... Para mim não foi.

Paola
17

Coloco o chapéu, não para me esconder, mas porque o sol está forte e o contato com a minha pele aumenta a rigidez das cicatrizes, porém é bom caminhar sem ser o centro das atenções.

Passeio com lentidão pelas ruas próximas à Clínica, comprando algumas coisas necessárias, e aproveito para observar as casas, acreditando que um dia destes viverei novamente numa, mas por ora a Clínica é o melhor lugar. A minha casa.

Recordo a decisão de vir para o interior de São Paulo. Não foi complicado. Estava deprimida porque olhava todos os dias para o meu rosto e recordava o que vivera, e, nas horas que eu esquecia, sempre alguém o fazia. As amigas, que olhavam pensando na sorte que haviam tido em serem rejeitadas por Roberto quando tentaram algo mais. Outras pessoas, mesmo vendo os estragos que ele causara no meu corpo, continuavam céticas sobre até que ponto a culpa havia sido dele. Para muitas foi complicado acreditar que um homem como Roberto fora capaz de um ato tão bárbaro, desculpando-o como sendo ciúmes.

"Há homens que amam tanto as mulheres que não conseguem controlar os ciúmes", diziam como se fosse desculpável.

SORRISOS QUEBRADOS

Mas o pior não eram esses olhares, e sim os de pena. Para muitas, deixei de ser a Paola, pois minhas feições não eram mais as mesmas, mas isso eu não permiti. Roberto roubava muito de mim, e outras partes minhas eu acabara entregando, escondendo e guardando... até perceber que, se sobrevivera, fora por algum motivo.

Um dia, eu estava assistindo a uma matéria no telejornal sobre adaptação de crianças com deficiência em sala de aula, e uma mãe narrava como a sua vida mudara quando o filho começara a frequentar a Clínica. Na tal reportagem, Rafaela falava com a calma usual e o sorriso de quem ama o que faz, explicando que era o projeto da sua vida. Fiquei pensando como alguém com trinta anos conseguira conquistar tanto, mas no final compreendi que era algo pessoal. Para ela, todas as pessoas merecem ter um lugar onde possam ser quem são sem julgamentos. À medida que ia assistindo, percebi que seria o ideal para mim.

Uma semana depois, parti.

Foi a melhor decisão.

Esses dois anos têm sido dolorosos porque comecei a aprender a amar quem sou, mas é difícil quando, durante muito tempo, não nos amamos e não fomos amados. Mais do que o abuso físico, o psicológico infligido por Roberto foi profundo. No passado, os terapeutas só pensavam em falar sobre o casamento: "Tenta relembrar tudo com outra visão." Aqui não. O foco sou eu. E, pela primeira vez, consegui perceber isso: Roberto não era a minha vida. *Eu* sou a minha vida.

Ainda tenho um longo caminho, mas foi aqui que a pintura e a liberdade de ser quem eu sempre quis voltaram. O lugar onde percebi que, se alguém nos tirar algo, não poderemos esperar que nos devolvam. Vamos ter de correr atrás para recuperar.

E se a pessoa sumir com o que nos roubou? Se não conseguirmos detê-la?, perguntei à Rafaela numa consulta.

Voltamos a trabalhar para repor o que nos foi tirado, sabendo que temos de proteger com mais força e atenção. Valorizando mais ainda o que é nosso, porque lutamos muito por isso.

Cansada do percurso, pois está um dia quentíssimo, fico sentada num pequeno banco de jardim bebendo água. Algumas pessoas reparam em mim, outras seguem suas vidas.

Um dia, vou querer agir normalmente. Ter uma rotina. Encontrar gente conhecida. Frequentar museus. Comprar nos mesmos lugares e conversar sobre tudo e nada. Mas não agora. Tenho preferido entrar e sair rapidamente dos lugares sem dialogar, e, para ser honesta, as pessoas também não fazem perguntas, sabendo que seria rude.

Enquanto recupero o fôlego, um jovem casal passa por mim e sorrio quando vejo que ele morde quase metade do bolo da namorada de uma só vez. Após ela reclamar, ele espalha a boca coberta por glacê em seu rosto, fazendo-a rir.

Não sinto inveja, mas um sentimento melancólico. Um anseio, ao imaginar como seria estar numa relação onde podemos ser quem realmente somos sem recear olhares, palavras reprovadoras... ou punhos fechados.

Estar com alguém entre risos e momentos de felicidade, sem ter que preparar com antecedência o que dizer.

A vida não deve ser medida por "mais um dia". Não. Ela é feita por pequenos e efêmeros momentos que mudam tudo.

O segundo em que meus olhos encontraram os de Roberto.

O segundo em que eu disse *Sim* na igreja.

O segundo em que eu não disse *Não* quando ele me obrigou a fazer o que eu não queria.

O segundo em que, em vez de gritar *Basta*, saíram de meus lábios molhados por lágrimas: *Te perdoo.*

O segundo em que dei mais uma chance.

Estou pensando sobre tudo isso, quando sinto um pequeno corpo se chocando com o meu. Automaticamente, minhas mãos pegam esse corpinho pelos braços, sentando-o no meu colo.

— O que está fazendo aqui? — pergunta Sol, ao mesmo tempo que pega meu chapéu e o coloca.

— Descansando, e você?

— Passeando com o papai. — Aponta o dedo para trás.

Olho, e lá está André caminhando com seu jeito. Passadas pesadas e calmas de quem sabe que a filha está em segurança. Olho para ele e, pela primeira vez, consigo perceber o efeito que provoca por onde passa. Nenhum dos olhares é de medo como o que eu fiz quando o vi pela primeira vez.

Na praça estão mais pessoas, e algumas mulheres olham sem tentar esconder o que estão pensando. Surpreendentemente, André não fixa a atenção em nenhuma delas. Apenas na filha... e em mim.

— Oi, Paola.

Sorrisos Quebrados

— Oi.

Duas letras, dois cumprimentos, uma troca de olhares. Mil sensações.

— Papai, estou bonita? — Sol toca no chapéu que afunda na sua cabecinha.

— Sim, mas queria saber por que recusou este chapéu e fez birra — aponta para a própria mão — e agora está de sorriso no rosto com o da Paola?

A pequena agita os ombros magros e responde:

— Porque o dela é mais bonito!

— Foi você quem escolheu este aqui — comenta, completamente atônito, respirando profundamente e colocando dois dedos na testa.

— Sim, mas agora eu gosto mais deste aqui. — Abaixa as abas laterais, escondendo mais o rosto dentro dele.

André esfrega a barba com a mão, na tentativa de se acalmar. Sol, quando quer, pode ser bastante teimosa.

— Está um dia quente e Paola precisa proteger o rosto, filha. Melhor devolver o chapéu dela. — Abaixa-se, tirando o meu chapéu e colocando o dela. Em seguida, ergue ligeiramente o corpo, aproxima-se de mim e, quando estico a mão para pegar, ele sutilmente balança a cabeça.

— Insisto. — Com sua habitual gentileza, coloca-o na minha cabeça.

— Estou me sentindo uma criança — brinco.

Ele pousa o chapéu com os mesmos dedos que percorreram lugares nunca antes tocados, falando perto e baixinho para que Sol não escute.

— Não há nada de infantil em você. Nada, Paola.

— Obrigada — agradeço, porque mais nada me ocorre.

Ele olha para o céu, observando os raios de sol fortes que nos atingem, decidindo sentar-se no banco e assim trazer a sombra de que eu estava necessitando.

— O que você está fazendo aqui? — pergunta, espiando discretamente a sacola antes de voltar a acompanhar passo a passo as brincadeiras da filha.

— Comprando algumas coisinhas — respondo, também observando a Sol brincar muito perto de nós, mesmo com escorregadores e balanços na praça.

— Não sabia que saía da Clínica — comenta com honestidade e alguma curiosidade.

Brinco com os dedos que me distraem da presença dele tão perto de mim. Não sei muito bem como agir depois de tudo que fizemos.

— É raro mesmo, somente quando preciso de algo. Não vivo reclusa, apenas me sinto confortável estando na serenidade que a Clínica proporciona.

Além disso, quase todas as pessoas que estão diariamente comigo moram lá também, então não existe muito o que me faça vir para o exterior.

Quando André se mantém em silêncio, olho para ele e consigo perceber em seu rosto que ia dizer algo, mas escolhe o silêncio.

— Vocês costumam vir aqui brincar? — Inicio com algo normal.

— Não muito, devido ao meu trabalho. Costuma ser minha mãe, mas hoje estou livre e, sempre que isso acontece, o que é raro, eu venho.

— Que bom.

— Honestamente, preferia não estar aqui — confessa.

— Por quê? — Desvio minha atenção da Sol, espantada com o que disse.

— Hoje e amanhã estarei com ela porque, na próxima semana, terei de viajar a trabalho e não queria. Não gosto de ficar sem vê-la um único dia, por isso, se na próxima semana seu celular estiver tocando de cinco em cinco minutos, não se espante. Fico um pouco paranoico — avisa, e sei que isso acontecerá. — Queria poder recusar o trabalho, mas não posso.

— Não faz mal. Eu cuidarei dela — explico.

— Eu sei, e isso me deixa mais descansado. — Olha também para mim. — Muito mais. Nem imagina.

Imediatamente, movemos o rosto para frente, quebrando o momento, e permanecemos assim, apenas atentos à Sol e à forma como está de costas para o lugar onde as crianças brincam animadamente. Cuidando dela da melhor forma que sabemos.

— Paola, ó que folha linda! — Com as mãos em forma de concha, Sol carrega uma folha com cores em *dégradé* que vão desde o verde-escuro até o castanho.

Coloca-a na minha mão, e seguro-a com cuidado para não esmagá-la.

— Realmente, que linda! — digo. — Podemos fazer découpage. — A ideia surge imediatamente.

O nariz dela se franze de incompreensão pelo que acabei de falar, e, nos minutos seguintes, enquanto saio do banco e juntas apanhamos mais folhas diferentes, explico que é uma técnica de colagem bem simples, boa para decorar diversos objetos. Imediatamente, seu rosto é tomado por um misto de felicidade e ansiedade.

Fico ajoelhada com ela, apanhando as folhas mais legais que encontramos, até termos um pequeno monte. Durante todo o tempo, André segue nossos movimentos com atenção. Talvez outra mulher ficasse sentada com ele no banco, tentando conversar como uma adulta. Outras, mais confiantes, abordariam as noites que não tenho coragem de mencionar, perguntando se ele pensa no que aconteceu com a mesma intensidade. Se revive as palavras, os toques e as sensações. Mas eu não sou assim. Apesar de um lado meu pedir mais, porque foi perfeito. *Melhor do que a fantasia mais secreta.* O outro vive no contentamento de saber que algo dentro de meu corpo e alma foi recuperado com a ajuda de André, e isso basta.

Refletir sobre o que poderia acontecer se ficássemos juntos seria mais uma fantasia, mas que dessa vez ele não conseguiria tornar realidade.

Sentada no chão do jardim com a Sol no meu colo, ficamos contando e dividindo as folhas, colocando-as com cuidado na sacola para não se partirem. É um processo lento, pois explico passo a passo tudo que faremos com elas, e a Sol faz mil perguntas iguais, querendo mil respostas diferentes.

— Estou com fome. — O estômago dela aproveita para rugir como um filhote de leão.

Levantamo-nos do chão, e sacudo a terra de sua roupa. Quando está limpa, ela corre para avisar o pai.

Ajoelhada, eu continuo limpando minha roupa onde o tecido ficou manchado de verde, até uma sombra gigante tapar qualquer vestígio de claridade. A mão de André surge à frente de meus olhos e seguro-a, levantando-me.

Ele dobra o braço e meu corpo fica perto do seu.

— Quer lanchar conosco? Acredito que deva estar com fome. — Sua voz acaricia minha pele quando espreito seu rosto. — Pois eu estou faminto.

Um segundo.

Uma decisão.

— Não — respondo, corrigindo-me rapidamente: — Não posso.

Os olhos dele dançam, tentando ler os meus que fogem.

— É só um lanche, Paola.

Sempre "Só".

— Eu sei, mas estou cansada. O dia está muito quente e preciso descansar. Acho que tomei muito sol. — Pouso a mão na minha testa. — Prefiro ir para a Clínica, descansar e preparar tudo para amanhã. — Levanto a sacola com as folhas e encolho os ombros.

Dobrando mais o braço, André praticamente cola o corpo ao meu, e fico sentindo o calor que irradia.

— Tudo bem. A Sol adoraria que você viesse... e eu também, mas entendo. — Coloca a mão na minha testa, certamente para ver se estou quente. Se eu me sentia com calor, neste momento fervo.

— Estou bem. — Dou um passo para trás, e tanto a mão na testa como a que segura meus dedos deixam de me tocar. Um misto de sensações me acompanha. A de querer continuar sendo tocada por ele e a de não poder porque cada vez gosto mais de senti-lo em mim.

— Tem certeza de que não quer vir?

— Tenho — respondo.

Caminho para o banco, pegando a sacola das compras, aproveitando para dar um beijo na Sol e me despedir dos dois com rapidez, a mesma que acompanha cada passo que dou até entrar no quarto.

Deitada na cama, olhando meu mundo, questiono-me se aquele segundo poderia ter alterado algo se eu tivesse dito *"sim"* em vez de *"não"*.

A vida é um labirinto onde todos tentamos localizar a saída e onde poucos têm a sorte de encontrar o parceiro ideal para a aventura que é viver. Alguém que não solta a nossa mão quando erramos na escolha do caminho ou porque não temos mesmo vontade de acertar, pois percebemos que mais importante do que localizar a saída é conhecer o labirinto.

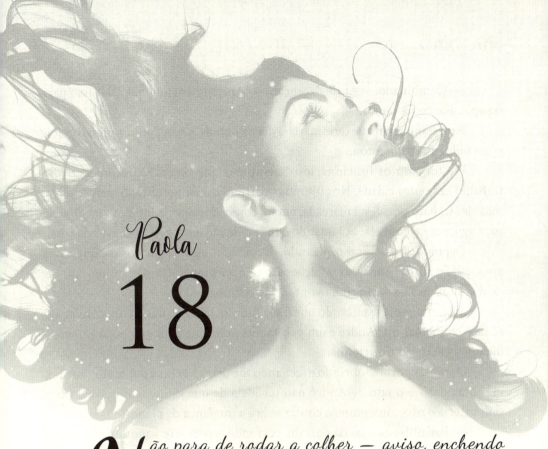

Paola
18

—Não para de rodar a colher — aviso, enchendo o copo medidor com leite.

— Pode deixar, Paola — Sol fala em pé na cadeira, com o avental todo sujo de chocolate.

Estou na cozinha de André fazendo um bolo, algo que não acontecia havia anos e que nunca tinha experimentado com uma criança.

— Por acaso, dona Sol, pedi para a senhorita parar ou provar o chocolate? — pergunto, quando vejo que tem um dedo enfiado na massa.

— Foi só pra ver se estava ficando bom!

— Com o dedo? — Ergo a sobrancelha.

Ela fica envergonhada e sem saber o que fazer. Pego sua mãozinha e coloco o dedo sujo de chocolate na boca, indicando que ela pode provar, para entender que eu estava brincando.

— Que tal?

— Tá *bommm*! Estou animada pra comer tudo! — Continua a provar, e, quando mais uma vez vai colocar o dedo na massa, imediatamente passo água nele.

— Uma fatia. Só uma fatia e só depois do jantar.

— Combinado. — Ar de decepção. — Mas também tem que falar isso para o papai. Ele come muito.

Nunca imaginei que terminaria o dia na casa de André, preparando o jantar e um bolo, mas aqui estou.

Ele foi com os funcionários da empresa que o contratou finalizar um trabalho em outra cidade. Nos últimos quatro dias, Sol tem ficado com os avós, mas eles tinham uma festa marcada, então, como André volta hoje, eu me ofereci para aguardá-lo com ela. Foi quando a mãe dele me entregou as chaves da casa.

Depois de duas horas esperando, decidi fazer algo de que gosto e que havia anos não fazia. Na Clínica, as refeições são sempre preparadas na cantina, e, antes de me internar lá, eu não tinha vontade de cozinhar.

Sol põe a mesa explicando que é sua função diária, e, nas nossas conversas, só faço confirmar que André é um paizão. Ele preenche a filha com amor incondicional, educação e disciplina.

O som da porta se abrindo e fechando me deixa nervosa por muitas razões, mas uma delas é o fato de André não ter ideia de que estou aqui porque ficou sem bateria e não conseguimos contar sobre a mudança de planos.

— Papai!!! — Sol sai da cozinha correndo e percorre sonoramente a casa ao encontro de André. Quatro dias sem ele é uma eternidade.

E se ficar chateado? E se achar que ultrapassei os limites?

Questões e dúvidas, que não surgiram antes, aparecem tardiamente. Não tenho tempo nem para me preparar. André aparece como um raio na cozinha com a filha no colo.

Fica parado me olhando.

Surpreso.

Permaneço imóvel, recebendo seu olhar.

Nervosa.

Algo acontece que não imaginei. Quando nossos olhares se cruzam, não encontro dúvidas, mas desejo, em sua expressão.

Como eu sei? É assim que também estou olhando para ele. E, enquanto nos olhamos, pinto uma história colorida de uma mulher que corre apaixonadamente para os braços de um homem de quem estava morrendo de saudades. E o que o homem faz? Ele abraça a mulher dizendo que também sentiu o mesmo.

Pinto dezenas de quadros em segundos de uma história irreal. Quando estou prestes a dependurá-los eternamente, a voz de André os faz cair no chão.

— O que está fazendo aqui? — pergunta, intrigado.

Seguro o pano de prato com as mãos repentinamente trêmulas, esticando e dobrando o tecido entre os dedos.

— Seus pais tinham uma festa, e, como você não atendia às chamadas, resolvi ficar com a Sol para eles poderem ter um dia de descanso. Ela já tomou banho e fez as tarefas diárias, só falta assiná-las. Depois resolvi cozinhar, para o caso de você chegar mais tarde e ela não ter que esperar. Uma coisa levou à outra, e um bolo de chocolate surgiu, mas ainda bem que chegou, assim posso ir. Ainda não escureceu. — Sinto que estou mais nervosa a cada instante que passa.

Ele afasta os olhos de mim.

— Sol, vai na minha bolsa e pega o embrulho. É uma surpresa.

Ela sai de seu colo e corre, excitada, pela casa.

Eu me viro, passando o pano na bancada para deixar tudo limpo antes de sair.

Ele cola o peito nas minhas costas em instantes, colocando as mãos de cada lado do meu corpo. Dobra ligeiramente os joelhos e consigo senti-lo atrás do meu pescoço.

Inspira.

Respira-me.

— Fique — implora, comanda, pede tudo de uma só vez.

— Sim — respondo sem saber se o convite é para o jantar ou algo mais.

— Um anel colorido! Paola, olha o que papai comprou para mim! — grita, entrando na cozinha, e saltamos os dois com sua presença.

— Que lindo! — Abaixo-me para observar o anel que brilha se pressionado, enquanto André continua agarrado à bancada com as mãos dobradas com força.

Fecho a porta do quarto onde a Sol dorme saciada após duas fatias de bolo de chocolate que a deixaram feliz, sem perceber que, na realidade, dividi em duas a que ela ia comer.

Gracinha de inocência.

— Quer ajuda? — pergunto a André quando entro na cozinha, imaginando que deva estar cansado, mas mesmo assim disse que lavaria a louça.

Observo como se movimenta agilmente.

— Não. Obrigado. Já está tudo praticamente limpo.

Aproveito que a noite está quente e vou me sentar na cadeira gigante que está no jardim, claramente a dele. Fico sentada com as pernas dobradas sob o corpo, contemplando a noite. Pedindo às estrelas que me guiem, porque estou tão perdida que... Não sei se devo ir embora ou ficar. Quando ganho coragem para partir, André aparece com um prato de bolo.

— Se a Sol descobre que você comeu mais do que ela... — advirto com um tom de voz leve, embora sinta o peso do céu em mim.

Ele sorri, e quase me derreto feito o chocolate que cobre a fatia.

— Eu culpo você. Há muito tempo que não comia tão bem, e seu bolo é viciante. Está convidada a fazer todos os dias. Come mais um pedaço?

— Obrigada.

Se ele imagina que me cura com coisas tão simples, não demonstra.

Se ele percebe que eu não me importaria de curá-lo da mesma forma, esconde.

— Mas acredito que, se comesse bolo todos os dias, acabaria enjoando. O sabor não seria tão especial.

Para com o garfo espetado em mais um pedaço e lentamente o leva à boca.

— Não, Paola, depois de ter provado seu sabor, tenho certeza de que isso não acontecerá. — Seus olhos brilham intensamente para mim durante todos os segundos em que o bolo sacia sua gula.

Ao se deliciar com a última migalha, pousa o prato na cadeirinha da filha e se ajoelha à minha frente, tocando sempre o mesmo lado, e me deixo esfregar suavemente na palma de sua mão.

— Como posso agradecer tudo que tem feito pela Sol... por mim? — Seus olhos procuram respostas, e tenho receio de que veja o que tento esconder.

— Não precisa. Eu adoro a Sol e... não precisa. Sério — respondo baixinho na penumbra da noite.

— Deixe-me agradecer. Não estou habituado a pessoas como você.

— Como eu? — Agora sou eu olhando-o curiosa.

— Que dão sem querer algo em troca.

Mas eu quero. Você nem imagina o que eu quero. Tudo que tenho pensado e quero é que me dê seu coração como estou dando o meu.

— Quer mesmo agradecer? — pergunto.

— Sim. — Labaredas de fogo incendeiam seus olhos.

— Faça-me companhia antes de eu ir embora. — Fujo delas porque sei que, se ceder ao desejo, irei me queimar ainda mais.

— Apenas isso? — Inclina a cabeça, tentando compreender.

— Para mim não é *"apenas isso"*. Às vezes, pode-se estar acompanhado e sentir que se é a pessoa mais só do mundo.

Sei que entende o que digo.

Contemplamos em silêncio o céu, a escuridão e os barulhos de uma cidade que tenta adormecer, mas a realidade não permite.

Sinto que André está cansado e eu também, mas nenhum dos dois quer dizer adeus porque sabemos que assim que acontecer o mundo voltará a girar.

Um pequeno saco dourado é colocado com cuidado no meu colo. Olho para André, mas ele continua observando as estrelas. Com mãos trêmulas, abro-o.

— É a sua forma de agradecer? Não era preciso, André — digo, entre a felicidade, o espanto e tudo mais que está em mim.

— Não é pagamento ou agradecimento por tudo que tem feito pela Sol — explica, continuando sem olhar para mim. É como se não quisesse me oferecer o presente, e simultaneamente desejasse que eu goste muito.

— Então por que comprou isso para mim? — pergunto, pegando em algo tão delicado.

— Porque, quando vi, pensei em você — diz suavemente, virando o rosto, olhando para mim.

Em meus dedos está uma pulseira fina com o símbolo dos batimentos cardíacos e um pequeno coração.

— A vida que você tem, mesmo com tudo que viveu, sem nunca perder a vontade de viver. Não é de ouro, mas...

Não o deixo continuar, pois salto da cadeira e me atiro em seus braços, que rapidamente me rodeiam. Seu rosto toca o meu, e sinto o quanto de mim ele absorve sempre que isso acontece.

— Depois da Sol, nunca recebi nada tão lindo na vida. Obrigada, André. — Aproximo os lábios para beijá-lo no rosto, mas ele o vira e ficamos com os lábios se tocando singelamente.

— De nada. — Toca o meu rosto, e a energia cresce.

Seus dedos circulam a pele que foi dilacerada, porém, nos dedos dele, não sinto os altos e baixos. Não. Eu me sinto bonita. Eu me sinto inteira.

— André, o que vê quando olha para mim? — Respiro a pergunta em sua boca, necessitando entender como sou para ele. Precisando de uma verdade.

Seu contato continua acordando nervos destruídos há anos. Como se tivesse o poder de ressuscitá-los.

Olha-me com tantas emoções contidas, e seus lábios tornam a encostar nos meus por breves segundos, o suficiente para fecharmos os olhos. Respirando um através do outro. Sentindo que pertencemos um ao outro neste vasto cosmo.

Inspira profundamente, e um braço me prende a ele. Nunca me senti tão livre por estar presa a alguém.

Sua boca abre com o calor de quem o guarda com medo de compartilhar.

Num sussurro tão sutil para um homem tão grande, responde:

— Cores, Paola. Tantas cores e todas belas. As mais lindas que já vi. — Seus dedos descem, tocando meu pulso pintado com azul fluorescente. — Algumas eu nem conhecia porque são somente suas, de mais ninguém. Foram criadas por você. — Pega a pulseira que me ofereceu, colocando-a no seu devido lugar.

Roda o polegar, conseguindo sentir minha pulsação acelerada, e a pulseira brilha como se estivesse batendo junto comigo. Vivendo.

Neste momento, não olhamos um para o outro. E tenho certeza de que, se ele espreitasse, conseguiria ver o que quero dizer.

Em seguida, o polegar passa áspero e suave em meus lábios.

— Quando estou com você é como se toda a escuridão que sinto dentro de mim tivesse uma finalidade.

— Qual?

— Ter a capacidade de admirar o quanto você brilha. E, Paola, é sublime. Ninguém brilha tão intensamente.

Aqui, neste colo, nestes braços, neste toque, sei que todas as promessas que fiz de não entregar mais o meu coração por inteiro foram quebradas. Ele não é mais meu.

Nossos lábios ficam se tocando de leve.

— Paola, fique. Só mais uma noite — pede na minha boca.

Permaneço segundos em silêncio, receando que possa sair por meus lábios o que grita em meu coração.

No meio dessa luta, o celular dele toca dentro de casa, mas ele não se move.

— Passe só mais uma noite comigo.

— É melhor atender antes que a Sol acorde — aviso, saindo sem vontade de seu colo.

Ele fica indeciso até perceber que a chamada vai persistir.

— Paola, fique — pede, antes de correr para casa.

Eu fico... olhando para a pulseira. *Quando a vi, pensei em você.* Percebendo que estou irremediavelmente apaixonada, e por isso decido ir para casa.

Hoje, eu não conseguiria fingir que finjo.

André
19

Não me recordo de como cheguei aqui. A viagem de carro foi feita entre a agonia e o desespero. Quando soube o que havia acontecido, parti sem pensar duas vezes.

Nestas semanas, tenho trabalhado longe porque não posso recusar mais dinheiro ou ficar malvisto com meus contratantes. Sei como as coisas funcionam. Quem não aceita acaba esquecido, simples assim.

Entro na casa de meus pais, apressado.

— Onde ela está? — pergunto, procurando minha filha.

— Adormeceu. Pode relaxar. — A mão de meu pai em meu peito consegue estabilizá-lo minimamente.

Esfrego o rosto, frustrado, zangado, cansado... derrotado. Uma sensação de incapacidade consome todas as minhas células.

— Ela estava indo tão bem — comento, sentando-me no sofá.

Todos os dias em que estive longe, meu celular tocava mil vezes com fotografias e pequenos vídeos da minha filha, enviados pela Paola. Sol sorrindo, desenhando, pintando... e até escrevendo que sentia saudades minhas. Completamente feliz, embora saudosa.

Minha mãe se aproxima com chá, mas não aceito. Nada tem poder sobre tudo que sinto. Nada consegue acalmar a tempestade dentro de mim.

— O que aconteceu?

Ela fica perto de mim com ar cansado.

— Nós estávamos na praça. Como sempre, tem só uma ou duas crianças na hora em que vamos, mas de repente chegou um grupinho. Nesse momento, Sol estava dentro daquele tubo, sabe? O que ela diz que fica imitando um tatu. Bem, quando ouviu as vozes das outras crianças e percebeu que era um grupo grande, ficou lá dentro sem se mexer.

Jesus.

— Tentei tirá-la, mas o tubo é estreito, e as vozes das crianças falando para ela sair, rindo e tudo mais que pode imaginar, pioraram a situação.

Consigo imaginar o pânico da minha filha e me sinto impotente.

Minha mãe continua narrando tudo, e cada descrição dos acontecimentos é como um corte no meu peito. Minha guerreira em pânico é a maior tortura.

Com medo e sem mim, outra vez.

Sigo para o meu antigo quarto, abro a porta e lá está ela deitada na minha cama. Tão pequena numa cama estreita, mas comprida. As paredes ainda têm desenhos de projetos que fui criando e acreditando que um dia seriam importantes. Ficarão para sempre como sonhos desfeitos.

Passo a mão em seu cabelo tão claro que a faz parecer um anjo. Acredito que ela é, e por isso o mundo tem dificuldade de compreendê-la. Tem bondade demais dentro de si, e, quando tentaram tirar-lhe isso, ela decidiu nunca mais mostrar como é feita de amor, a não ser para Paola. As duas são tão iguais que me assusto.

A realidade foi tão cruel para ambas que, em vez de ficarem como eu, elas decidiram criar luz própria. Brilhando onde ninguém consegue.

Indubitavelmente, minha mente viaja para o passado e agradeço por minha filha não ter traços de Renata. Não quero nada daquele monstro manchando ainda mais a vida de Sol.

Meu peito se expande com tantas emoções que as paredes parecem querer me esmagar. Saio do quarto com dificuldade de respirar e escondo as mãos no bolso para não quebrar nada.

— Preciso sair. Eu sei que deveria pegá-la e levá-la para casa, conversar com ela, mas... — abaixo o rosto — ... não consigo.

As mãos enrugadas e exaustas de minha mãe seguram meu rosto, e me sinto profundamente culpado por ela estar tão envelhecida. Tão acabada.

Todos nesta casa sofrem por minha culpa.

Cada um deles sofre a seu modo, e a culpa é toda minha.

— Ela vai ficar bem, André. Há meses não acontecia nada igual, e acho que relaxamos um pouco, mas é que ela parecia recuperada. Não está, mas também não é a mesma menina. Demorou, mas acabou por sair sozinha. Mesmo em pânico, engatinhou até a luz.

— Será que, um dia, ela vai conseguir? E como será na escola? E... E... E... — O desespero consome meus pensamentos.

— André, um passo de cada vez. Não esqueça que Paola está na vida de vocês. Ela é a exceção de Sol. Acredito que, com o tempo, Paola mostrará que não há nada de mal em confiar em mais pessoas e que nem todas irão te machucar. — Abranda minha expressão com os dedos de mãe amorosa. Não interessa o quão velhos estamos, o carinho de quem nos ama é sempre um bálsamo vital. — Agora vá dar uma volta e tente aliviar o coração furioso.

Dirijo sem destino até aparecer diante de mim a imagem de Paola como um sinal de algo que tento não ver por muitas razões. Desligo o carro e não me deixo refletir. Saio e caminho em passadas pesadas, com todos os conflitos que carrego.

Bato à porta, que momentos depois se abre.

Ela surge com seu corpo pequeno e delicado, vestindo uma legging colorida demais, mãos sempre com tinta, cabelo amarrado de forma estranha e rosto marcado com linhas grandes, vermelhas e profundas.

A minha antítese.

Seguro seu corpo, que automaticamente se prende ao meu num cruzar de pernas apertado.

— Só mais uma noite, Paola — imploro, destroçado por tudo.

Ela não responde e torno a pedir.

— Só mais uma noite — sussurro, sentindo-a se arrepiar. — Uma noite para fingirmos que somos duas pessoas que sentem saudades uma da outra. Em que você não foge, sabendo que não posso correr atrás. Foi isso que você fez na outra noite. Fugiu de mim. Correu para longe, onde eu não alcanço.

Beijo suas cicatrizes em vez do outro lado liso. Porque é este que me entende, que vê que, por dentro, sou igual.

— Só mais uma noite. — Capturo sua orelha entre o sussurro, o beijo e a mordida.

Suas mãos tocam meu rosto e consigo sentir a tinta.

— Só mais uma noite em que você é a pintora da minha escuridão. — Aproximo minha boca. — Me ilumina, Paola. Por favor, me faz brilhar.

E é isso que ela faz: Seus lábios tocam os meus, e sinto o brilho das tintas entrando em mim quando sua língua pincela a minha com doçura.

Caminho até a mesa de pintura, sentando em seu banco. Vagarosamente tiro seu top e ela, minha camisa. Ficamos despidos de quase tudo.

Tiro a tela que ela estava pintando de cima da mesa e coloco-a no lugar. Minha musa. Minha artista. Minha cor.

Minha exceção.

Nenhum de nós fala. Não é seguro.

Fica sentada como uma tela, só minha, e não permito que se cubra. Para mim ela é perfeita com todas as suas imperfeições.

Olho para as tintas espalhadas na mesa, mergulho os dedos e, lentamente, vou cobrindo seu corpo, que treme.

Passo-os lentamente em seus braços finos, mas que me apertam com intensidade.

Em seu pescoço delicado que se contrai e onde eu viveria respirando com felicidade.

Em seu peito que sobe e desce e onde seu coraçãozinho bate com força.

Um fio de tinta escorre entre seus seios, passando pelo umbigo com um único destino.

Aproximo o rosto, beijando-a, porque necessito de tudo que ela coloca no beijo, ao mesmo tempo que minhas mãos pintam suas pernas até subirem e somente dois dedos terem a sorte de pintar onde ela queima.

Retiro meus lábios dos lábios dela com dificuldade, precisando olhá-la. Permaneço com os dedos em seu centro e vou pintando, circulando, rodando.

Seu corpo se deita, espalhado na mesa, e vai se movendo, se contorcendo. Pouco a pouco, minha obra de arte ganha cada vez mais vida.

A transpiração de Paola se mistura às cores, e ela se torna o quadro mais lindo que já tive o privilégio de admirar.

E eu não paro. Meus dedos continuam pincelando onde ela implora, até suas costas se arquearem e, *ahhh*, ela grita, mostrando todas as suas cores.

Ficamos os dois respirando descompassadamente até ela sair de cima da mesa como uma pintura que ganhou vida. Quando se levanta, toda pintada, sei que quadro algum jamais será tão perfeito.

Ela é *A* obra de arte. É inigualável.

— Minha vez — diz, com tom suave.

Passa as mãos por seu corpo e, com cuidado, pinta meu rosto, meus ombros, peito e barriga com a mesma tinta que a cobre. Seus dedos finos e delicados, como pequenos pincéis, vão dando cor a cada canto meu, mas é quando sua boca volta a se encostar à minha que reluzo como deseja.

É no meu encostar de lábios com os dela que a dor some completamente e todo o vazio é preenchido por ela. E só ela.

Lentamente se senta, movendo-se no meu colo e, centímetro a centímetro, permite que eu alcance sua profundeza.

Sobe e desce com a precisão de um pintor que quer criar algo memorável.

Não retira o olhar de mim, como se não quisesse errar, e eu faço o mesmo. Aprecio minha musa o tempo todo que meu corpo se move com o dela e nossas mãos coloridas vão pintando nossos corpos.

Não é uma explosão de cores.

Não é uma pintura frenética.

Não.

Somos duas pessoas pintando duas telas que foram rasgadas e precisam ser tratadas com todo cuidado.

É poético.

A mão de Paola descansa sobre o coração, tentando fazer com que a tinta penetre onde estou mais escuro, e eu pouso a minha por cima, desejando que isso aconteça. Imaginando as cores dela dentro de mim para sempre.

Ela continua subindo e descendo suavemente com a mão no meu coração e a outra no meu rosto.

Devagar, os tremores vão surgindo das emoções. Sei que nunca fiz amor assim com outra mulher, e isso… isso é assustador.

Quando não aguentamos mais a intensidade de olhares que mostram a verdade, escondemos o rosto no ombro um do outro até os tremores darem lugar ao prazer. Só então nossas bocas falam num gemido que é mais que prazer. Muito mais.

SORRISOS QUEBRADOS

Meu peito sobe e desce com a intensidade de quem sabe que hoje as batidas foram diferentes, e, quando ela levanta o rosto e me beija, retribuo o carinho. Beijo-a até nenhum dos dois ter mais força ou ar.

Deveria ir embora.

Deveria parar de beijá-la.

Deveria deixar de tocar seu corpo.

Deveria, mas continuo aqui. Continuo beijando como se ela tivesse algo que procuro.

Não deveria ter vindo.

Não deveria ter existido a primeira noite, muito menos esta.

Não deveria pensar nela como penso.

Não deveria querer mais.

Permanecemos segundos que se transformam em longos minutos sem nos separarmos. Mesmo não devendo, meus braços rodeiam seu corpo, prendendo Paola a mim com virilidade.

Os lábios dela tornam a encontrar os meus, acalmando ainda mais todo o tumulto que vivo.

— Vou embora da Clínica. — Ela interrompe o beijo e o silêncio com a confissão, e eu não deveria sentir o que estou sentindo.

Não deveria.

Não deveria.

Não deveria.

Não...

Paola
20

— *E*mbora?!? — *admira-se, comigo ainda em seu colo.*
— Sim.
— Para onde? Por quê? — Parece desesperado.

— Preciso aprender a viver dentro da normalidade. Ser uma mulher como as outras. Não quero olhar para trás e pensar que, durante anos, vivi enjaulada e depois fechada para o mundo por opção.

Preciso mostrar que posso tentar porque quero mais. Quero que me veja. Quero que consiga perceber que posso ser como as outras mulheres e fazer parte da sua vida em todos os momentos. São as frases que quero dizer, mas guardo.

— E a minha filha? Pensou nela? Claro que não. Vocês são todas iguais. Todas. Entram e saem quando querem, sem pensar na destruição que causam.

Alguma esperança de que a expressão de pânico estivesse relacionada com algum sentimento por mim... morre. Mexo o corpo como se estivesse desconfortável, mas ele não cede, prendendo-me entre dois braços gigantes. Com alguma fúria (mais mágoa que outra coisa) olho em seus olhos.

— Eu seria incapaz de abandonar a Sol. Amo demais aquela criança para fazer isso. Eu disse que vou embora da Clínica, não da cidade. Quero mostrar que posso ser uma mulher como as outras. Roberto roubou minha aparência, mas quero ser normal. E o que você fez? Você me comparou a ela. A única a quem não quero ser igual.

— Desculpe. — Seus olhos estão arrependidos, mas eu fiquei magoada. — Pensei o pior e não deveria, mas depois do dia que tive e do que aconteceu aqui... Pensei que também partiria e em como a Sol reagiria. Você não imagina como é a minha vida. Hoje... foi tão difícil.

— Não sei de nada; você não se abre, André. Porque para você é *"só mais uma noite"*, mas para mim é mais do que isso.

— Paola... — Tenta me silenciar com receio das palavras que há muito desenhei no coração.

— Peço desculpas, mas não estou fingindo. Não mais. Não desde que vi o que mora aí dentro. — Ponho o dedo em seu peito. — E eu estou... estava disposta a tentar entrar aí, mas sei que é impossível porque você não quer. Porque vai me comparar sempre a ela e, infelizmente, mesmo depois de tudo que Renata te fez, quem vai perder com as comparações serei eu.

— Paola...

— Preciso tomar um banho. — Empurro ligeiramente seu corpo e ele cede até eu estar livre. — Por favor, quando sair bata a porta com força porque ela está com algum problema e não fecha direito.

Caminho para o chuveiro. Deixo a água escorrer em mim. Não se passam nem dois minutos, a porta bate e finalmente deixo cair uma lágrima, mesmo tendo feito a promessa de nunca mais chorar por um homem. Mas foi ele quem me procurou. Foi ele quem apareceu. Foi ele quem fez amor comigo tão carinhosamente como nunca alguém fez e eu sei que ele sentiu algo, eu sei.

Não pedi nada. Foi ele quem olhou e beijou minhas cicatrizes.

Foi ele quem me fez sentir mulher, bonita e desejada.

Foi ele quem me deu esperança para recomeçar.

Foi ele quem me ofereceu um presente porque se lembrou de mim.

Foi ele...

Deixo a água lavar tudo até dois braços abraçarem meu corpo por trás.

— A porta já está consertada — comenta baixinho, beijando atrás da orelha.

Ficamos com o som da água encobrindo o barulho dos nossos pensamentos. Quando tento respirar, sai um suspiro típico de quem tenta engolir o choro.

André me vira até estarmos frente à frente. Com os polegares, seca os meus olhos, que se escondem, não querendo seu toque. Por isso, ele me levanta, como sempre faz, e tento ficar imóvel, mas não consigo. Minhas pernas se cruzam às suas costas e meus braços prendem o pescoço com força.

Abraço-o intensamente enquanto um braço dele segura meu corpo junto ao seu e a outra mão agarra minha cabeça.

Ele olha com arrependimento e algo mais.

Observo com tristeza e muito mais.

Muito, muito mais.

Como se ambos soubéssemos que esta será a última vez de algo que não deveria ter acontecido, tocamos as bocas num encontro de despedida. Estamos quebrados demais por quem passou nas nossas vidas e, por mais que queira acreditar que talvez pudéssemos tentar, somos pessoas com problemas em confiar nossa felicidade a alguém. À mínima dúvida, iríamos questionar tudo. Apesar disso, eu queria arriscar com ele.

André consome todas as minhas dores quando me pede silenciosamente para deixar a sua língua tocar na minha. Eu deixo, porque negar essa boca é tentar negar o ar que respiro. E ele é um tipo de oxigênio que vicia.

Percebo que não estamos mais no banheiro quando minhas costas molham os lençóis. Sua boca só se separa da minha para rasgar a embalagem do preservativo, entrando em mim ao mesmo tempo que volta a me beijar.

Retira minhas mãos de seu pescoço, entrelaçando nossos dedos e apertando-os possessivamente.

Com movimentos em um ritmo diferente de fazer amor, André penetra sucessivamente meu corpo, que já se acostumou ao dele.

Gosto de tudo nele. E tudo em mim sabe que nunca poderei tê-lo.

Quero alguém que me ame, mas, principalmente, que não me faça sofrer. Alguém que queira estar comigo, não para manter uma imagem, mas porque sou importante em sua vida. Que nunca será mau comigo. Eu queria muito que fosse ele, mas Renata ainda vive no lugar que quero ocupar, e isso dói.

— Não pense mais. Não vamos pensar mais. — Aumenta o ritmo das estocadas, beijando-me também com mais tesão. E não penso mais. Entrego o corpo ao prazer. Retiro as mãos dentre as dele e passo as unhas em suas costas até sentir que algo meu irá com ele quando tudo terminar. Que ela não será a única. Contudo, desaparecerá em dias, e ela… ela não sei se algum dia sumirá.

A mão dele desce e, com movimentos circulares, provoca a melhor das dores, fazendo minhas costas se elevarem. Com mais algumas penetrações profundas, mordo seu pescoço sabendo o poder que os dentes têm em nós, e como quero tanto que ele olhe e veja que nem todas as marcas precisam ser dolorosas. Que todas as minhas são de amor.

André faz o som grave habitual com as veias de seus braços e pescoço aumentado de tamanho, até, com um som ainda mais gutural, deixar cair o rosto no meu peito, pulsando dentro de mim.

Mas não vai embora.

Não se afasta de mim, mas também não me prende com um abraço.

Ficamos os dois encostados, mas separados, olhando para o céu pintado, perdidos no infinito universo.

— A Sol virá sempre em primeiro lugar, Paola. Ela é o motivo número um e todos os números existentes para eu acordar de manhã e trabalhar seis dias por semana. A felicidade dela é a minha felicidade, mas isso não quer dizer que eu não tenha ficado triste com a possibilidade de nunca mais te ver, até perceber que você queria mostrar que está pronta para tentar algo, e não partir de vez. A verdade é que existe tanto entre nós, mas não é suficiente para mim. Talvez... Talvez eu tenha confundido as coisas e, por mais que eu queira mais, não posso.

As palavras dele doem, mas a honestidade é uma característica rara.

— A verdade é que você é especial e sei que qualquer outro homem será um filho da mãe sortudo. O mundo está podre. Nós somos exemplo do efeito dessa podridão, porém, onde eu fiquei escuro, você brilha como as estrelas. — Seu dedo mindinho segura o meu, mas eu quero o corpo todo. — Eu sentia que existia algo mesmo antes do nosso quase primeiro beijo. Beijar e fazer amor com você naquele dia mudou uma peça em mim. Temos rara afinidade na cama e fora dela, mas não quero viver para outra pessoa que não seja a minha filha, e você merece alguém que respire para te fazer feliz. Alguém que nunca te faça sentir menos do que é.

— Eu não quero que tenha que escolher entre nós duas — murmuro.

— Eu sei, Paola. Mas trabalho quase doze horas por dia. Quando não estou trabalhando, estou lutando para vencer os pesadelos dela. Foram necessárias duas semanas para eu aparecer, quando eu queria ter vindo assim que voltei do telefonema e você não estava esperando por mim. Não vim só porque tenho uma filha que precisa mais de mim do que certos filhos.

Consigo sentir toda a sua culpa. Com valentia, fico sentada e passo minha mão em seu rosto, até a mão dele tirar a minha e beijar cada dedo.

— O que aconteceu? Me deixe entender. Preciso saber por que não há chance de tentarmos algo mais.

Olha para mim, decidindo o que falar.

— Por favor. Não precisa contar tudo para explicar por que não devemos tentar algo mais, mas para eu perceber melhor o que a Sol viveu. André, olhe para mim. — Ele faz isso. — Entendi que não vamos ficar juntos. Dói. Neste momento, quero ficar sozinha e chorar, porque sinto que estou perdendo alguém que nunca foi meu, mas, daqui a alguns dias, vou compreender que talvez tenha sido melhor assim. E mesmo que eu nunca encontre amor em outro homem, guardarei comigo que, por algumas horas, fui amada. Não interessa se fingimos, eu acreditei. Você conseguiu eliminar muitas dúvidas que não estavam relacionadas com a minha aparência após o ataque, mas com a minha feminilidade. Porque eu sei que serei sempre assim e este será sempre meu corpo, mas foram anos de ataques enquanto mulher. E você me olhou como nunca fui olhada. E, por isso, só posso te agradecer.

"Quando cheguei em casa, depois da nossa primeira noite, não foi o meu rosto que fiquei observando no espelho. Não. Foram meus seios de que eu tinha vergonha por serem pequenos demais, os braços finos e as pernas magras. Olhei e vi pequenas curvas que você elogiou, e coloquei mais uma pedra em cima de anos de abuso verbal. Hoje, senti que, apesar de não existir possibilidade de mais, foi você quem veio me procurar. Foi você quem quis mais. Foi você quem não aguentou ficar sem mim. Foi você quem me amou ali... tudo você."

Ele torna a beijar cada dedo, suspirando.

— Por favor, você conhece todos os meus medos, todos os meus traumas, André. Ao menos, saia da minha cama eu entendendo o que aconteceu para não podermos ser mais do que eu desejo.

Ele move o corpo, sentando-se com as costas na cabeceira da cama, e indica que eu me sente entre suas pernas. Faço isso, encostada em seu peito.

Ele retira o cabelo do meu lado desfigurado e beija com carinho as cicatrizes, desde o ombro até a orelha.

É a despedida, eu sei.

— Meus pais não sabem dizer o que aprendi primeiro, se falar ou desenhar. Desde novo gosto de imaginar casas e edifícios. Criava famílias na minha imaginação e desenhava a possível casa do sonho. Essa minha paixão levou meus pais a fazerem sacrifícios para eu estudar arquitetura. Nunca tivemos muito dinheiro, mas o suficiente para viver. Você conheceu meus pais. São pessoas humildes mas trabalhadoras. Os melhores pais que eu poderia ter.

"Sempre fui um excelente aluno, e na faculdade isso não mudou. Meu objetivo era terminar e prosseguir o sonho. Não quer dizer que não me divertia, fazia tanto quanto qualquer jovem. Numa festa, conheci a Renata. Estávamos os dois um pouco alcoolizados pelo fim das provas, e ela era a alma da diversão. Não foi amor à primeira vista, mas luxúria. Ela estudava, mas também era modelo fitness. Enfim, era o tipo de mulher que, por onde passava, nenhum homem ficava indiferente. Eu me senti atraído pelo corpo dela, confesso, mas também pela pequena loucura que continha."

Bem o meu oposto.

— Passamos a noite juntos e, sem percebermos, todas as outras. E eu me apaixonei como não pensava ser possível. Tudo nela era perfeito. O rosto, o corpo, a disposição. Ela era o centro das atenções, e eu vivia bem com isso porque sempre fora difícil passar despercebido por causa do meu tamanho, então não ser o alvo número um de olhares foi libertador. E ela adorava a atenção que recebia.

"Éramos compatíveis em tudo, ou assim eu pensava. Ela queria ter sucesso como modelo e eu, como arquiteto. A única diferença é que sua relação com os pais era complicada, enquanto eu e os meus sempre fomos unidos. Por isso, todas as celebrações ela passava comigo. E foi aí que minha mãe, um dia, falou que achava que Renata bebia demais, era alegre e extrovertida demais sem motivo. Isso provocou uma discussão entre nós. Eu não queria ver falhas nela. Amava-a cegamente, até ser obrigado a deixar a cegueira no passado."

Pausa, certamente recordando o exato momento.

— Devido à carga de estudos, eu nem sempre frequentava as festas da faculdade. Eram três horas da madrugada quando recebi um telefonema de uma colega nossa. Renata estava no hospital, e o motivo fora algo que eu não percebera: drogas. Naquele dia, senti que fui esmagado por um caminhão. Durante dias tratei dela e, otário, acreditei que os sintomas que apresentava eram consequência da overdose e não do corpo pedindo mais e mais por estar viciado. Disse que tinha sido a primeira vez, e acreditei. Lá no fundo, eu sabia que era mentira, mas preferi fechar os olhos. A partir daí, as coisas pioraram. A notícia da overdose se espalhou, fazendo-a perder contratos com a agência. O aumento das idas às festas, bebidas e drogas aconteceu sem que eu conseguisse impedir, porque mais uma vez acreditei que era uma depressão passageira. De todas as vezes que eu soube, sempre tentei ajudar como podia, acreditando que meu amor e dedicação tirariam a vontade dela de consumir.

"Quando dizia que estava limpa, tudo ficava perfeito novamente, mas ela voltava a consumir, e eu corria atrás. Minhas notas caíram, e o sonho passou para segundo plano. Renata ocupava todos os meus pensamentos e preocupações. Eu passava noites limpando o vômito dela, cuidando e amando um pouco mais, na esperança de que percebesse que eu estava ali com ela e a droga não era maior do que o meu amor.

"As pessoas diziam que eu via nela algo que nunca existira. Que fui iludido por alguém que vira em mim apoio, uma bengala. Outras falavam que eu era o namorado, mas não o único homem. Eu nunca acreditava em nada. Quando, por algum motivo, eu a questionava, ela dizia que me amava. E eu, o idiota do ano, não via nada mais do que a verdade nela."

André faz uma pausa, respirando com força, e eu passo as mãos em seus braços, dando-lhe apoio.

É tão difícil mostrar nossas fraquezas. Como se amar alguém que não merece fosse um ato vergonhoso. Que *nós* somos os fracos por amarmos.

Ele torna a beijar minhas cicatrizes e fica uns segundos com o rosto descansando em meu ombro. Inclino minha cabeça para trás e beijo-o com carinho, recebendo a mesma ternura.

— Tudo piorou com o aumento do consumo. Ela não conseguia parar e, por mais que eu tentasse, o amor pelas drogas era maior. Terminamos muitas vezes, mas ela voltava e eu sempre perdoava. Porque acreditava que, se mostrasse que a amava um pouco mais, ela encontraria força de vontade para parar.

"Não foi o que aconteceu. Um dia, ela roubou meu material da faculdade, comprado com muito suor, e o relógio que meu pai me dera de aniversário. Ele estava extremamente orgulhoso por ter me presenteado com algo bom, pois sabia que, no futuro, eu estaria com pessoas importantes.

"Fiquei sem nada e ferido, mas continuei. Tentei me reerguer com dificuldade e estava conseguindo, só que três meses depois ela reapareceu e, após uma briga feia, confessou que voltara porque estava grávida e não sabia o que fazer."

Ele para novamente, e quero dizer que não precisa contar mais, pois sei o quão doloroso é. A realidade é que preciso saber até onde ele sofreu por ela. O que mais aconteceu para ele não querer ser feliz.

— Nunca tive muito dinheiro, Paola, e, sabendo que seria pai, decidi não continuar os estudos. Contei a meus pais e vi a decepção deles. Tantos anos de sacrifícios por mim e eu jogara tudo fora. Meu pai trabalhara em três empregos para poupar dinheiro, e eu... eu falhara. Eu jogara fora os anos de esforços deles por mim. — Sinto o coração sangrar pela dor dele. — Encontrei um emprego, mas acabei perdendo porque passava mais tempo nas ruas atrás de Renata do que trabalhando. Foi quando, de forma humilhante, pedi ajuda. Meus pais tiraram todo o dinheiro guardado de uma vida de trabalho, para eu poder cuidar da mãe do meu bebê. Tinha que estar sempre com ela, senão fugia para se drogar. Eu não queria uma filha marcada pelas drogas. Posso ter errado muito, mas não permitiria que um ser inocente sofresse por decisões erradas.

"Quando fomos ao médico, as datas de concepção bateram com a época em que eu e Renata ainda namorávamos. E, Paola, o momento em que ouvi os batimentos cardíacos da minha filha, ainda sem forma real, através de um monitor, eu sabia que faria de tudo para protegê-la. Cuidei de Renata e dei tudo que ela pedia. Com muitas dificuldades e dúvidas, criamos uma família. Ela não consumia mais porque eu estava sempre com ela, e meses depois nasceu o meu pequeno raio de sol."

É a primeira vez que sinto felicidade em sua voz e, frase após frase, em vez de compreender por que não existe lugar para mim, meu coração fica mais rendido.

— Mas ela sofria muito com cólicas, e eu tive que procurar trabalho, pois o dinheiro estava no fim. O choro da minha filha e o fato de não poder estar vinte e quatro horas com Renata geraram discussões. Ela reclamava da falta de grana, mas não queria estar sozinha com uma criança que chorava e acordava de duas em duas horas. Das mudanças de seu corpo. De tudo. E eu tentava. Tentava trabalhar, cuidar da minha filha e amar uma mulher que, pelo caminho escolhido, ficara diferente daquela por quem um dia me apaixonara.

"Durante quase dois anos dormi pouco, trabalhei muito e amei uma mulher que eu acreditava que um dia amaria a nossa filha como eu amava. Renata se ressentia desse amor. Odiava o fato de a primeira pessoa que eu procurava depois de trabalhar dezesseis horas ser a minha filha."

Consigo imaginá-lo exausto, mas com um sorriso de felicidade pela Sol.

— Nossa vida sexual também mudou. Eu estava exausto. Havia dias em que eu trabalhava virado para ganhar mais e assim poder poupar para comprar remédios, para o caso de minha filha ficar doente. E quando fazíamos sexo não era mais igual. Ela achava que era por ter engordado, quando não se tratava disso. Simplesmente aquela vontade de consumir a outra pessoa, tocar o corpo sem motivo, deixara de existir. Ela não era mais a pessoa que eu procurava para me preencher, e, numa noite, brigamos feio. No calor da discussão, eu disse que, entre as duas, a Sol vinha em primeiro lugar... e foi quando... foi quando...

Ele para por tanto tempo, que fico preocupada.

— O que aconteceu? — pergunto, beijando seus braços, e sinto seu rosto novamente me tocando. Sua barba acaricia meu ombro, e consigo sentir o sofrimento saindo de dentro dele.

Ele fica agarrado a mim, e não suporto sentir tanta dor. Saio de seu abraço e, ajoelhada na cama, toco no seu rosto. Roberto chorou muitas vezes quando pedia perdão, mas agora, ajoelhada perante este homem, sei o que são lágrimas verdadeiras.

— O que aconteceu? — insisto, e ele me olha de olhos vermelhos com lágrimas e sofrimento. Este homem gigante parece encolher a cada instante, e não tenho poder para ampará-lo.

Ainda me olhando e parecendo frágil, eu me inclino e, com cuidado, beijo seus lábios.

— Eu não sou louro, Paola. Meus pais também não. Renata tinha cabelo preto, escuro como os pais dela, mas o da Sol é tão louro que, às vezes, parece branco.

Meu Deus. Não, não, não.

— A Sol não é minha filha, Paola. A pessoa que eu mais amo neste mundo não é verdadeiramente minha.

Ah, meu Deus! Não.

— Naquela noite, bati a porta e fui beber. Não parei, até estar deitado sobre meu próprio vômito numa esquina nojenta.

"Minha filha, que eu amava mais do que tudo, era de outro homem. Eu fora o idiota que sacrificara tudo por uma mulher que nunca fora minha. Por horas, neguei uma criança sem culpa. Bebi por tudo que abandonara: o dinheiro de meus pais e todos os sonhos quebrados. Bebi por tudo que sacrificara por amor. *Ela não é sua filha!* gritava tão alto, que por horas acreditei que a Sol não era minha. Deixei que isso cegasse meu amor pelo meu anjo. Todas as vezes que eu cantava para ela adormecer, trocava a fralda e recebia abraços, era de uma bebê que não tinha nada meu nela. Mas isso não foi o pior."

Por algum motivo, meus pelos se arrepiam como se soubessem que algo mau está prestes a ser dito.

— No dia seguinte, após ficar sóbrio, entrei numa casa vazia. Renata não estava mais, tinha ido embora e levado a Sol com ela. Meu inferno havia começado.

"Procurei ajuda, contatei todos os serviços de apoio à criança. Expliquei que a mãe era viciada em drogas, e isso só piorou. Ninguém quer ajudar um homem pobre com uma mulher drogada. Somos rotulados de marginais. Eles olhavam para mim como se eu fosse mais um vagabundo metido em encrencas, e, se a minha filha desaparecesse para sempre, seria menos um menor infrator. Senti isso nos olhos deles."

Meu coração quebra a cada revelação.

— Durante uns três meses, eu não soube de nada. Todos os dias, procurava por ela com fotografias. Não tinha dinheiro, mas nunca desisti; afinal, a culpa era minha por ter virado as costas naquele dia.

"Com o pouco dinheiro que possuía, pagava os moleques para obter informação. Não me orgulho dos lugares por onde andei e o que fiz, mas estava desesperado, e ninguém conhece melhor esses lugares do que quem vive neles.

"Paola, se necessário, eu pediria dinheiro na rua para procurá-la, mas não foi preciso. Um dia, recebi um telefonema, pensando que meu sofrimento tinha terminado, sem entender que outro começava. A Sol foi encontrada, mas seu pequeno corpo estava febril e cheio de infeções causadas pela falta de higiene. Suas partes íntimas estavam em carne viva porque a fralda não era mudada havia dias e assara a pele até o limite da dor.

"Minha filha, Paola, a minha menina que no dia do nascimento pesava mais de três quilos, estava a um passo da morte por desidratação e fome. E seu corpo, marcado por manchas de abuso físico. Queimaduras de cigarros, toda mordida, hematomas, pústulas, entre atos desumanos que não quero citar.

Deixo cair lágrimas à medida que a história piora.

— Renata abandonou a própria filha com homens e mulheres perdidos para as drogas, mais exatamente para o crack, que ouviam uma bebê chorando e não faziam nada, a não ser maltratá-la. Se não fosse um dos moleques que paguei, ela teria morrido.

André esfrega o rosto com as mãos, tentando eliminar as imagens que viu.

— Nesse dia, quando a pedido dos médicos abracei o corpo já quase sem vida da minha filha, eu estava preparado para me despedir dela.

Suas mãos se movem, e sei que está recordando o momento em que pegou a filha nos braços, desesperançado.

— Eu já estava preparado para dizer adeus, mas algo aconteceu: a Sol parou de chorar, como se soubesse que mais nada de ruim lhe aconteceria, pois eu não iria permitir. Então, naquele instante, com ela no colo, eu soube que a capacidade de amar outra mulher morrera, porque na minha vida ela seria o centro de tudo.

Para de falar.

Seca as minhas lágrimas e eu as dele.

Ficamos olhando um para o outro, antecipando a despedida dolorosa que está prestes a acontecer.

André segura meu rosto, e suas palavras despedaçam meu coração de dor por ele:

— Paola, por mais que eu queira te amar, sei que nunca vou conseguir.

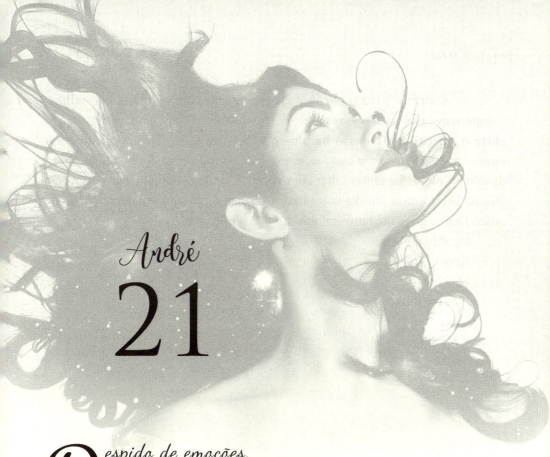

André
21

Despido de emoções.
Desnudo de segredos.
Tento cobrir o corpo.

Paola está sentada na cama, abraçando os joelhos. Tentando esconder a alma. Fracassando.

Vestir-me, neste momento, é a antítese mais dolorosa de tudo que aconteceu aqui.

Percorro o quarto, pegando as roupas que espalhei na ânsia de consumi-la, e vivo o dilema terrível entre me vestir rapidamente e desaparecer da frente dela, sabendo que vai chorar em seguida, ou demorar para adiar suas lágrimas.

Cada peça de roupa é um pedaço de muro que construo entre nós.

Paola não se move.

Não fala.

Ainda não chora.

Já vestido, fico olhando para ela, tão frágil.

Derrotado, caminho em direção à porta, ao adeus, quando sou atingido pela sua voz, que perfura as pedras que coloquei à minha volta.

— André. — Viro o corpo e ela me encara com os olhos vermelhos. — Espero que um dia alguém apareça e, sem você entender como, te mostre que entre o inferno e o paraíso há uma queda e um salto. Nós já caímos sem termos podido impedir o choque, e ardemos no fogo com dores, mas a opção de saltar é nossa. Eu tentei saltar com você... e ainda consegui tocar as nuvens. Não deu certo, mas um dia vou saltar novamente, mesmo estando cansada de arder. Desejo que salte também, mesmo não sendo comigo.

Eu abro a porta.

Saio.

Ela chora.

Não me movo.

Caio.

Ardo.

~ 3ª PARTE ~

Tristemente Escuro

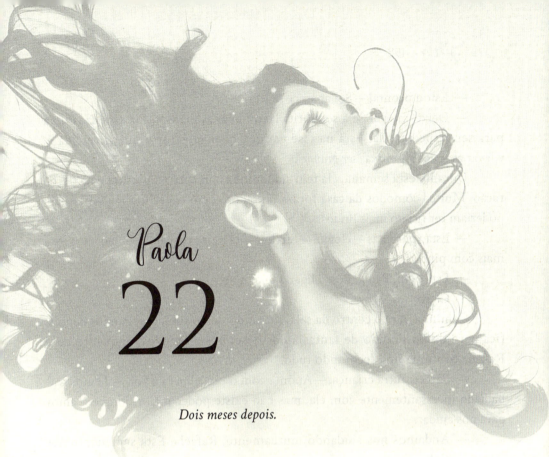

Paola
22

Dois meses depois.

— *Está ficando lindo! Que tal fazermos igual na Clínica?* — A voz de admiração e incentivo de Rafaela me dá energia quando me sinto esgotada.

Faz uma semana que saí da Clínica e tenho passado os dias decorando minha casa nova. Todos os quartos estão coloridos: céu noturno, constelações, galáxias...

— Acho ótimo. Posso pintar o que você quiser. Por exemplo, a sala de recuperação física com frases inspiradoras, pessoas com dificuldades ultrapassando obstáculos... — Fico explanando todas as ideias que surgem e sei que vão trazer conforto aos pacientes.

— Amei a ideia, Paola! Já consigo imaginar nossos pequenos sentindo que são heróis.

— Eu também. — Sorrio.

Ficamos longos minutos consumidas por ideias que um dia poderão se tornar realidade.

— Estou pronta! — Sol aparece saltitante.

— Deixe-me ver se a senhorita lavou bem as mãos. — Ela vira cada uma para ser inspecionada. Está na fase em que quer mostrar o quão crescida é, e lavar as mãos significa *"ser grande"*.

Durante esta semana, ela tem sido minha ajudante na pintura e na decoração. Muitos cômodos da casa foram pintados como ela achou melhor, e não poderiam ter ficado mais lindos.

— Estão perfeitas — elogio. — Sua avó está quase chegando, então não mexa mais com pincéis.

— Está bem, Paola. Posso ligar a televisão?

— Claro.

Caminha para o centro da sala, sentando-se no sofá, e, segundos depois, fica perdida no mundo de fantasia dos desenhos animados, enquanto eu e Rafaela continuamos decorando tudo.

— Parece outra criança. — Aponta com o pincel para a Sol. — Temos trabalhado incessantemente com ela, mas não existe poder maior do que o amor para nos ajudar.

— Andamos nos ajudando mutuamente, Rafaela. Esta semana, fomos ao mercadinho aqui perto. Eu estava um pouco nervosa porque, apesar de não ser nova no bairro, bem, eu raramente saía e… meu rosto é… diferente. Não por vergonha, mas quero que as pessoas me conheçam antes de fofocarem sobre a minha fisionomia. Quero fazer amizade com elas. — Sei que é uma impossibilidade. É intrínseco à natureza humana questionar o que não sabe e inventar quando precisa de respostas. — Bem, a Sol me deu a mãozinha, olhou para mim e disse: *Paola, eu vou com você, e assim as pessoas não vão ter medo da Fera porque eu vou estar feliz e elas vão perceber que você é linda.*

— Ah, Deus! — exclama com doçura e surpresa.

— E foi exatamente o que aconteceu. Apesar do receio que tem de estar com pessoas, ela venceu o medo por mim.

— Ela te ama.

— E eu a ela. Muito.

— E as pessoas, como têm reagido?

— Bem. Pelo fato da Clínica ficar tão próxima, o povo está habituado a quem é diferente, e isso, Rafaela, devo a você. Este é o melhor bairro para se viver. As pessoas conversam comigo e sinto que faço parte da vizinhança.

Continuamos conversando sobre as pessoas e os acontecimentos, quando alguém bate à porta.

— Rafaela, por favor, abre para mim. — Levanto os dedos coloridos. — É a avó da Sol.

Continuo de joelhos pintando um móvel, mas fico com o pincel no ar com o que ouço.

— Papai! Vem ver a casa da Paola. É linda! Entra.

Dois meses sem vê-lo.

Oito semanas sem ouvi-lo.

Sessenta dias sem senti-lo.

Mil quatrocentas e quarenta horas pensando nele.

— Posso? — O timbre de André vibra em meu coração, colorindo minha alma carente.

Levanto o corpo do chão.

Ergo a cabeça.

Elevo o olhar.

Caio nas recordações.

— Por favor. — Indico, e ele entra com a Sol, que vai logo mostrando tudo.

Proíbo-me de observá-lo, decidindo que minhas unhas sujas de tinta são mais fascinantes.

— O que está acontecendo, Paola? — Rafaela sussurra e toca meu braço. Tento esconder as emoções, balançando a cabeça.

Dois minutos depois, André reaparece de mão dada com a filha, e pressinto as indagações passando na cabeça de Rafaela.

— Desculpe, mas ela queria mostrar o que tem feito. Já vamos embora.

— Sem problema — digo, e continuo olhando para as mãos.

— Até amanhã, Paola. — Sol não larga o pai, preferindo se despedir com um levantar de dedos.

— Até amanhã, *meu raio*. — A porta se fecha.

Recomeço a pintura sem a animação anterior.

Como posso tocar as estrelas se estou novamente caindo?

— Vem cá, Paola. — A voz serena de Rafaela comanda meu corpo com gentileza, e eu sigo minha terapeuta-amiga.

— Uma boa xícara de chá sempre ajuda. — Percorre a cozinha com a chaleira, sentando-se perto de mim.

— Obrigada.

— De nada. Nós podemos ter uma sessão como no passado ou, na minha opinião, podemos conversar como duas mulheres à mesa tomando chá. — Coloca sua mão na minha.

— Como duas mulheres — escolho.

Nos minutos que se seguem, conto como o medo que eu tinha de André deixou de existir à medida que fui conhecendo quem ele é; como o respeito e a admiração passaram a desejo e a algo mais que todos os dias tento fazer com que desapareça do meu coração. Falo sobre a Sol, deixando de fora todo o sofrimento pessoal dele como algo cuja profundidade, tenho certeza, sou a única que conhece. De almas quebradas eu entendo.

Explico que ele nunca me prometeu nada, não impedindo que meus sentimentos florescessem.

— E, desde aquele dia, nunca mais nos vimos. A avó da Sol tem trazido e levado a menina quase todos os dias. Quando não pode, André pede a um dos voluntários ou seguranças e aguarda no portão da Clínica.

— Não sei o que dizer, Paola. Enquanto terapeuta, fico feliz por saber que, depois de Roberto, você encontrou alguém como André, que contribuiu muito para a solução de alguns problemas de autoestima. Ele também convive com demônios do passado debaixo dos travesseiros, mas é uma pessoa maravilhosa. E tenho certeza de que está sofrendo com essa decisão, pois não é homem de sentir prazer com o sofrimento alheio; pelo contrário: prefere sofrer, se isso significa poupar quem ama.

— Eu sei disso, e é um dos motivos por que não consigo tirá-lo da cabeça. André é tudo que encontrei sem imaginar o que estava procurando.

— Enquanto mulher, acredito que, se ele disse que não dava e não te procurou mais, o melhor é virar a página. Nos momentos de tristeza, tentar relembrar o que de bom ele trouxe para a sua vida. Ele é quem precisa entender se prefere viver no passado ou ter um futuro.

— É por isso que você não dá uma chance ao Pedro? Alguém domina suas melhores recordações?

Nosso relacionamento não é de amigas próximas, porque Rafaela também nunca se aproxima demais, mas essa conversa permite que eu pergunte. Às vezes, acho que ela e Pedro não avançam porque não tiram de dentro deles quem ocupa espaço há tempo demais.

— As melhores e as piores, Paola. Quando um homem nos ama como se fôssemos a razão da sua vida, é difícil não comparar todos com ele. Honestamente, eu sei que Pedro gosta de mim, mas como posso ter algo com ele quando não tenho comigo coração para ele entrar?

A tristeza pinta seus olhos verde-claros, delicados e lindos como ela.

— E onde está?

— Abandonado em Portugal. Por isso eu digo, se você acha que André sente o mesmo, espere, mas se acha que pode recomeçar sem ele, vire a página.

Suspiro quando as testas dos dois se tocam e o amor deles ultrapassa a televisão.

Estou deitada na cama assistindo a *Orgulho & Preconceito*, e hoje não desejei que um homem se declarasse como Mr. Darcy. Não. Hoje, assistindo ao filme pela décima vez, minha parte favorita passou a ser a cena em que ela decide caminhar, parando somente quando vê que ele também está caminhando... para ela.

Não são as palavras seguintes que aceleram meu coração, mas o momento em que Lizzie tem certeza de que Mr. Darcy é dela. Eu queria isso. Não as palavras, mas saber que André está caminhando por um nevoeiro denso para me encontrar.

O som de alguém na porta me deixa nervosa, porque fechei tudo antes de me deitar. Caminho apressada, sem saber quem ou o que vou encontrar, mas preparada, ou assim imagino. Nada no meu pensamento me alertou para o que vejo.

— O que está fazendo aqui? Como entrou? — pergunto sem receio quando, por dentro, mil vagalumes piscam loucamente na escuridão.

André olha para mim com os mesmos olhos que me despiram e amaram de diferentes formas. Que entraram nos meus quando seu corpo amava (fingindo ou não) o meu. Seu tamanho, que outrora amedrontou minhas células traumatizadas, atrai nervos que acordam com a memória das sensações que me proporcionou. Mais do que o prazer, os orgasmos — que retiraram toda a sanidade — e as novas experiências sexuais, olhar para ele sabendo que não voltarei a ficar em seus braços é doloroso.

— Quando vim buscar a Sol, reparei que esta porta e o portão lá de fora não são seguros. Qualquer um pode entrar. Se eu tive facilidade, outras pessoas também terão. — Levanta uma mala de metal. — Por isso, trouxe algumas opções que vão te ajudar a ficar mais segura.

Fico sem saber como reagir.

Ele entrou na minha casa para mostrar que não estou segura!

Quero dizer-lhe que não preciso desses gestos, pois me confundem ainda mais, afinal, fui eu quem pediu, ainda naquela cama, que ele se afastasse porque seria doloroso vê-lo depois de perceber que fechara o coração para o amor... Para mim.

— Obrigada por pensar na minha segurança — agradeço num ambiente carregado pela energia que emanamos.

Ele dá um passo.

Eu dou outro.

Levanta a mão.

Aproximo meu rosto.

Nos olhamos.

Nos respiramos.

Nos sentimos.

Ele abaixa a mão, dando um passo atrás.

Eu abaixo o rosto, encolhendo-me.

— Melhor começar antes que anoiteça. Assim, já posso... já pode dormir mais sossegada. Se tiver algo para fazer, fique à vontade.

Impossível.

— Sim, vou... vou fazer alguma coisa. — Desapareço.

A vida é complicada e injusta. Durante anos, quis que Roberto parasse de viver todos os minutos da sua vida concentrado em mim. Odiava seu toque tanto quanto o temia. Rezava para que um dia ele dissesse *"Basta"*. Seis anos depois, anseio que André pense em mim, queira estar comigo e me toque sem reservas. Mas isso não acontece.

A porta fecha com um clique, e a tristeza se abate sobre mim.

Saio da cozinha, onde estava escondida, caminhando para a sala onde encontro as chaves em cima da mesinha. Pego-as e encosto ao peito.

— Já está tudo pronto. — Assusto-me com a presença dele atrás de mim. Eu me viro e ele levanta as mãos, mostrando que foi lavá-las.

— Pensei que tivesse ido embora.

— Já vou. Tenho de ir. Preciso. — Mas não se move.

SORRISOS QUEBRADOS

— Eu sei.

Olho para ele.

Ele despe a minha alma, que se põe nua sem receios de que ele veja todos os detalhes.

Continuo olhando.

Continua sem se mover.

A escuridão parcial da sala faz as estrelas reluzirem, e somos dois cometas percorrendo a solidão do universo. Quero me jogar contra ele, sabendo que nossa colisão será brilhante.

— Preciso ir — repete sem o corpo dar qualquer passo em direção à porta.

— Você já disse.

— Eu sei... Eu sei. — Não desvia o olhar de mim. — Como você está?

— Estou bem. Muito bem.

Finalmente dá um passo e outro, mas não para sair. Caminha na minha direção, parando tão perto que consigo sentir sua respiração.

— A verdade, Paola. Essa foi a mentira. Qual a verdade dessa mentira?

Levanto o rosto para ele, rompendo o mínimo espaço que nos separa.

— A verdade? — pergunto, falando para seus lábios.

— Sempre preferi as suas verdades.

— Odeio a Renata.

Pela sua expressão, era a última coisa que imaginava ouvir.

— Roberto me matou. Os médicos disseram que, por um tempo, meu coração parou. Tenho certeza de que, nesses breves minutos, minha alma se encontrou com a dele. Ele sorriu vitorioso por pensar que conseguira me condenar ao sofrimento por toda a eternidade, e, nesse momento, eu soube que não lutaria mais para fugir dele. Eu lutaria por mim. Eu queria viver, e a única maneira era dar vida nova ao meu coração. Foi isso que fiz. Entrei em mim e apertei meu coração com carinho até ele bater novamente.

— E qual a relação com a Renata?

— Eu a odeio porque ela não fez o seu coração parar. Não. Ela entrou nele como um parasita que se aloja num corpo, sobrevivendo por se alimentar dele sem ser incomodada. O pior é que a vítima vive sem saber que dentro dela um verme a mata aos poucos, até que não restará mais nada. A vítima não pode renascer porque nunca teve tempo para perceber que estava morrendo lentamente. E eu a odeio por isso. Odeio a Renata mais do que ao Roberto... muito, muito mais.

Odeio a Renata porque ela continua aí.

Ele não diz nada, e só a minha respiração errática preenche o vazio do silêncio mais denso entre duas pessoas.

— Obrigada por ter vindo, por mostrar por que é difícil esquecê-lo, ao mesmo tempo que percebi que vivi para não estar eternamente em sofrimento. Por isso, vou viver como mereço: feliz. — Abro a porta num convite para ele sair, e é isso que faz. — Somos dois adultos e temos a Sol em primeiro lugar nas nossas vidas. Eu sei que um dia desses conseguiremos estar juntos como se nada tivesse acontecido.

Já fora de casa e antes de ir embora, ele diz:

— Esta é a razão pela qual as pessoas preferem as mentiras, Paola. A verdade é dolorosa. E de você eu prefiro qualquer verdade que me destrua do que tantas outras mentiras que me alimentaram. O que você esqueceu de dizer é que o parasita mata ao mesmo tempo que dá vida ao hospedeiro por não matá-lo de uma só vez. No momento em que sai do seu corpo, ele morre, pois não lhe resta nada. Talvez, mesmo em sofrimento, a vítima ainda tenha esperança.

André
23

Fecho o livro de psicologia quando a porta se abre e minha filha surge com um enorme sorriso. Por causa da idade, ela não se recorda do que aconteceu naqueles meses em que esteve abandonada. O corpo humano é uma máquina complexa. O dela se curou com o passar do tempo, mas ficou um instinto de pânico e medo sempre que alguém se aproxima, assim como não conversa com pessoas sem conhecê-las muito bem.

Pedro, que além de nosso amigo é um dos terapeutas da Sol na Clínica, acredita que o receio ao toque de outras pessoas está relacionado com todos os estranhos que violaram seu corpo sempre que chorava ou tentava se comunicar. Contudo, é um mistério a empatia com Paola. Ele me explicou que a parte intricada do nosso cérebro, que nos torna seres distintos, fez com que minha filha, devido à aparência da Paola, associasse a face desfigurada à sua própria dor. Percebeu que Paola não é má porque também está marcada. Sofreu. Talvez o mesmo motivo pelo qual Sol só brinca com crianças com mobilidade muito reduzida. A mente dela mostra que são inofensivas à sua segurança.

Como sempre, depois da terapia fazemos o percurso a pé. Nunca pergunto sobre o que conversou na sessão, mas como está se sentindo. Hoje, sua alegria é muito maior, e ela inicia a conversa sem ser questionada.

— Papai, Pedro perguntou por que estou feliz e eu disse que ontem ajudei um menino a desenhar com um pincel fininho. É muito difícil, mas eu sei. — Aponta com orgulho para o peito. — Porque sou importante. E a Paola disse que sem eu nas aulas seria muito difícil para ela, porque sou uma ótima ajudante. A melhor! — Cresce centímetros com a felicidade.

Meses se passaram desde que contei tudo a Paola e deixei o quarto dela, despedaçado, imaginando o quanto chorou quando fechei a porta. E essa é a pior sensação. Saber que outra pessoa sofre por nossa culpa. Eu não queria que isso acontecesse, ainda mais com ela, que merece sorrir. Quando a olhei, quis tanto voltar para a cama e ser um homem que pudesse amá-la como merece. Tanto.

Estivemos tão unidos, e depois... depois a realidade aconteceu. Eu sei que saí daquele quarto sem que ela duvidasse de que sua aparência não fora o motivo para não ficarmos juntos, mas isso não diminuiu a dor.

Há dois meses, Paola tomou a decisão de ser voluntária num projeto de terapia através da arte, depois de Rafaela tê-la convidado por ver como Sol tinha evoluído.

Minha filha, ainda tímida e insegura, porém mais forte dia após dia, virou sua ajudante — distribui materiais, limpa pincéis e, por vezes, ajuda os alunos com mais dificuldade motora — e vive contando os dias no calendário para as aulas. Na semana passada, até modificou os ponteiros do relógio da sala pensando que poderia acelerar o tempo. Santa inocência.

— Estou muito orgulhoso, meu raio de sol. — Rodeio sua palma com o polegar, abrandando o passo para ela não se cansar.

— Eu sei. Sou importante agora, papai, e fiz dois amigos na escola. — Levanta dois dedos.

Um dos momentos mais difíceis foi confiar minha filha nas mãos de outra mulher que não a Paola. A professora da Sol tem mais oito crianças, e duas são pacientes da Clínica, assim como muitos alunos da escolinha, pois existe um convênio entre ambas.

No primeiro dia, fiquei a manhã inteira sentado perto do portão, ansioso, mas tudo correu bem. Minha mãe disse que preciso parar de temer o pior.

Um dia. Um dia agirei normalmente. Acho eu.

SORRISOS QUEBRADOS

167

A ideia partiu de Paola. Ela combinou com a minha filha que, caso ela se esforçasse para conhecer novas pessoas e frequentar a escolinha, teria uma grande surpresa nas aulas de arte. Sol já tem duas novas pessoas na vida dela, da mesma idade, provando como tem tentado.

Hoje, em suas mãos ansiosas, traz um certificado escrito pela professora como prova de seu esforço.

— Estou muito feliz, papai! — comenta, abraçando o papel que não largou a tarde inteira, nem na sessão de terapia. — Queria mostrar pra Paola. Quero muito contar para ela que cumpri a minha promessa. Podemos?

— Claro. — Pego o celular e digito a mensagem.

André: Sol tem algo muito importante que quer te mostrar. Podemos passar aí?

Paola: Sim. Esperando ansiosa.

Continuamos o percurso a pé, pois a casa dela também fica perto da Clínica. A minha é no final da rua, a dela, no sentido oposto.

Enquanto nos aproximamos, Sol vai ficando cada vez mais nervosa, abraçando ainda mais o papel, mas não é a única. Já perto vejo uma figura pequena caminhando na nossa direção e sinto o familiar aperto no peito que ela nem suspeita que existe. Agir como meros conhecidos depois de tudo não foi fácil, mas por Sol concordamos que seria o melhor. Desde aquele dia, há várias semanas, em que ela me disse a verdade sobre o que sente, concordamos em agir como os adultos maduros que somos, deixando de lado tudo o que aconteceu entre nós.

Atualmente, Paola não esconde mais o rosto de mim, mas, sempre que o cabelo se solta e encobre as marcas, eu quero... necessito... desejo descobrir.

Não faço.

Não mais.

— Oi, André — cumprimenta, e sinto a energia.

— Olá, Paola. — Não estendo a mão, não me aproximo muito, não beijo seu rosto. Não faço nada disso, porque ela pediu e eu respeito. Segundo ela, somos amigos com distância física.

Desvia os olhos de mim sem emoção visível. Mas, quando encontra os faróis ansiosos da minha filha, ah, como brilham.

— Ouvi dizer que *alguém* tem algo para me mostrar! — comenta, abrindo o portão para entrarmos.

— Sim!!! — Minha filha estende os bracinhos nervosos, passando o papel amassado para Paola, que imediatamente lê.

Sol ergue a cabeça para mim, preocupada, quando Paola fica em silêncio. E demonstra certo nervosismo quando Paola dobra o papel, guardando-o no bolso.

— Volto já. — Passa a mão no cabelo da Sol e caminha rápido para dentro de casa.

— Está bem. — Quase chora de aflição.

Estávamos na esperança de uma celebração mais efusiva, e não aconteceu. Minha filha me olha quase em lágrimas, mas não se permite chorar.

Paola não demora, e, quando surge, traz um presente nas mãos.

— Também tenho algo para a menina mais esforçada e empenhada do universo. — Entrega o embrulho nas mãos da minha filha. A pequena rasga, apressada, o papel, começando a chorar dois segundos depois. Abraça o presente com toda a força que seu corpinho tem.

Começo a ficar preocupado quando o choro não para e o som aumenta, mas Paola indica que vai tratar do assunto. Dobra os joelhos até ficar frente a frente com Sol.

— O que foi, *meu raio?* Não chora... — Minha filha corre para os braços dela, quase derrubando-a. Prende os braços em seu pescoço e continua num choro audível.

Ficam muito tempo agarradas, e tenho vontade de abraçar ambas de uma só vez, mas não o faço.

Quando minha filha afasta o rosto, seu lábio treme de emoção.

— Sou igual a você? — pergunta, segurando com força uma bata.

Paola acena que sim, claramente surpreendida com tudo.

Minha pequenina olha para mim, abrindo a bata com um sol pintado no centro e onde está escrito no canto esquerdo: *Ajudante Sol.*

Se eu tivesse filmado a cena e publicado em alguma rede social, o vídeo viralizaria e seria compartilhado por milhões, como os clássicos de crianças que reagem exageradamente quando ganham de presente um filhotinho ou o tão sonhado videogame, e quem assiste percebe que aquele momento foi marcante, pois preencheu sua alma.

Por mais amor que o pai dê ao filho, não é suficiente. Existem diferentes tipos de amor para preencher um coração. E Paola é um amor que a Sol sentiu conquistar com suas dificuldades.

Fico olhando para as duas enquanto Sol veste o que é mais do que uma bata. É uma conquista enorme. Automaticamente, Paola trança o cabelo da minha filha, pega um lencinho de papel e limpa seu nariz quando percebe que a mão seria usada.

Age como... como se... tento não pensar na forma como as duas são uma com a outra.

— Papai, podemos jantar pizza? Por favor! No restaurante das cadeiras coloridas? — pede, eliminando meus pensamentos recorrentes, enquanto Paola continua trançando seu cabelo.

Esfrego o rosto, exausto. Tudo o que eu quero é banho e cama.

— E se eu preparasse o jantar? — Paola oferece, olhando para mim como se soubesse que hoje é um daqueles dias que ser pai solteiro é barra.

Não consigo recusar o convite, porque Sol é mais rápida ao aceitá-lo.

— Sim! Sim! Sim! Eu quero! Papai, Paola cozinha muito bem. Quando eu for grande, vou ser que nem ela: perfeita em tudo.

— Então nós duas vamos preparar o jantar. Aproveita para descansar. — Paola olha para mim e aponta para dentro de casa.

— Não preciso, eu ajudo.

Ela olha determinada, e há algo no mundo que ninguém consegue explicar: o poder das mulheres em comandar só com um olhar.

— Vá descansar. Hoje é um dia especial entre nós duas. — A cabeça da Sol confirma entusiasticamente. — Quero conversar com ela sobre as novas funções e responsabilidades. Ser ajudante é um dos cargos mais importantes do mundo. Do universo!

— Viu, papai? Agora sou ajudante e preciso saber tudo, até ajudar na cozinha — analisa a situação, determinada, e eu cedo.

Abro os olhos e me sinto perdido entre tantas estrelas.

Olho para o relógio que mostra 5:07, reparando no *post-it* colado no celular:

Você estava dormindo profundamente. Tentamos por duas vezes te acordar, mas decidimos que o melhor seria te deixar dormir.

Espero que não fique chateado por eu ter decidido assim, mas não tive coragem de tentar mais vezes. Vi que você estava muito cansado. Ela vai dormir comigo.

Subo a escada em silêncio e, devagar, abro a porta do quarto. Deitada no canto da cama está Paola, com a minha filha agarrada às suas costas como uma macaquinha.

Caminho até perto delas quando dois olhos se abrem, fixos nos meus, e, como sempre, há um fio invisível que nos une. Sem refletir, passo os dedos em seu rosto sonolento.

— Volte a dormir. Só vim ver como estavam. — Ela fecha os olhos, mas eu não retiro a mão, deixando o polegar circular uma única vez, até perceber que não devo.

Não sei se ela adormeceu ou está fingindo, porque deve ser o melhor que uma mulher faz quando um homem fica parado longos segundos olhando-a.

Quando acredito que passei do limite, saio, mas não sem antes tornar a olhar para elas.

Uma hora depois, com corpo, alma e roupas limpas, entro novamente na casa de Paola com uma muda de roupa para a Sol e o café da manhã numa sacola. Coloco tudo na mesa da cozinha, reparando numa sombra no jardim.

Abro a porta e caminho sem que ela me veja.

Durante quinze minutos, fico observando o que parecem ser posturas de yoga, completamente fascinado pela concentração.

Os homens são assim, ver uma mulher de short e top pela manhã acorda tudo em nós, principalmente quando sabemos o que está por debaixo e o que já fizemos com aquele corpo e sonhamos várias noites em repetir.

Apesar de ser magra, o corpo de Paola tem curvas que a tornam delicada e muito feminina, aliadas à sua doçura e resiliência, ela é... é...

Prefiro não terminar o raciocínio. Junto esse pensamento a tantos outros que escolho não finalizar, para não sentir ainda mais que estou perdendo uma oportunidade.

Seu cabelo está preso, e as marcas que a caracterizam estão expostas. Não, Paola nunca aparecerá na capa de uma revista, e, para qualquer outro homem, ela não é padrão de beleza. Talvez por saber tudo que viveu e a sua importância na vida da minha filha, o que vivemos entre quatro paredes, eu olho para ela, vejo

SORRISOS QUEBRADOS

as cicatrizes e a acho linda. A mulher mais linda que eu já vi, mas que talvez seja, para todos os outros, a mais feia.

Meus olhos continuam observando tudo, até algo estranho acontecer. Ela caminha e abraça uma espécie de almofada gigante durante muito tempo e cada vez com mais força.

Sem pensar no que estou fazendo, eu me aproximo.

— Que exercício é esse? — pergunto num tom de voz adequado ao silêncio.

— É um abraço — responde de olhos fechados, sem se preocupar com a minha presença.

— Serve para quê?

— Para me sentir melhor. Não estar tão sozinha. — Não diz com tristeza, mas aceitação. Ninguém deveria aceitar a solidão. E Paola aceita porque há *Paolas* nela que aceitam tudo o que viveu, assim como sua aparência, por achar que mereceu.

Quando Sol começou a terapia, fui aconselhado a demonstrar afeto sem diálogo. A cura através do toque, por isso abraço, beijo e dou sempre a mão.

Fico vendo Paola abraçar a almofada, recordando como ela me abraçou quando estivemos juntos. Como uma necessidade. Tiro seus braços do aconchegante objeto quando já não consigo mais vê-la sem receber um abraço de volta.

Ela abre os olhos e eu abro meus braços.

Seu receio é visível.

— Amigo, Paola. Somente um abraço amigo.

A incerteza em seu olhar é gritante. Dou um passo à frente, pegando-a e abraçando-a. Ela fica rígida e receosa, mas não tenta sair.

Um.

Dois.

Três segundos se passam.

— Também preciso ser abraçado — confesso em um murmúrio, numa tentativa de fazer humor, mas, quando suas pernas se cruzam nas minhas costas, seus braços rodeiam o meu pescoço e sua cabeça encosta no meu peito, sinto o peso que carrego sair de mim.

Respiro novamente.

Vejo o mundo com cores vivas.

Ficamos abraçados, sentindo o coração um do outro acelerar a cada segundo que passa, mas é somente um abraço.

O primeiro toque intenso em quatro meses.

Por semanas, ela agiu normalmente comigo, dizendo que entendia que eu nunca pudesse dar-lhe mais, pois eu sofrera injustamente e deixara de acreditar no amor. Sem nunca apontar o dedo para a minha cegueira idiota por alguém que fez de mim motivo de escárnio. Houve dias em que eu preferia que ela me odiasse, seria tão mais fácil...

Pela Sol nunca nos afastamos inteiramente um do outro; colocamos uma barreira física como solução. Eu sempre respeitei; afinal, foi um toque que desencadeou tudo entre nós. Agora, voltando a tocá-la, entendo que a nossa pele em contato cria um batalhão de pequenas chamas, e que talvez não devesse ter agido por impulso.

Quando o rosto dela se esfrega no meu peito, minhas mãos começam a se mover em círculos e aperto-a mais, cheirando-a, sentindo-a.

Querendo-a.

— Não deveria ter acordado você, assim poderia ter ficado mais tempo na cama — falo baixinho, tentando cortar as sensações provocadas por sua proximidade.

— Não tem problema, sempre acordo cedo. E dormir com a Sol foi uma experiência diferente. — Rimos, sentindo as vibrações um do outro. Matando as saudades.

Minha filha é uma coisinha minúscula, mas dormir com ela é um pesadelo, porque fica colada em nós até não termos opção, a não ser cedermos o corpo como travesseiro.

Quando o riso termina, o rosto dela está a centímetros do meu. Seria tão fácil voltar a fingir que fingi. Bastaria inclinar a cabeça.

— Obrigada pelo abraço. — Corta o olhar, tirando as pernas que envolvem a minha cintura. — Ajudou muito. — Seus braços também se desprendem e seu corpo desce pelo meu, sentindo que, infelizmente, não consigo esconder o efeito da sua proximidade. Ela finge não ter percebido minha constrangedora ereção e eu agradeço, mas certamente não haverá mais abraços no futuro e, por algum motivo, não gosto de pensar nisso. Felizmente, meu estômago aproveita para rugir despudoradamente, cortando assim o momento.

— Vamos comer. Também preciso e você não jantou, então deve estar faminto.

— Nem imagina quanto, Paola. — Percorro com os olhos o corpo dela quando caminha para a cozinha. — Não tem ideia.

SORRISOS QUEBRADOS

Quando ela vê tudo que eu trouxe para o café da manhã, abre um sorriso e prepara a mesa. Já sentados e um pouco saciados, parece nervosa.

— André, eu sei que não pediu a minha opinião, mas acho que você anda trabalhando demais. Cada vez que nos vemos, quando a Sol fica comigo, parece mais exausto. A vida não pode ser somente trabalho.

Descanso os cotovelos na mesa.

— Paola, alguma vez você colocou a mão no bolso e viu que não tinha sequer uma moeda?

— Não. Como falamos quando você ficou insistindo em pagar a caixa de aniversário, sabe que dinheiro nunca será uma preocupação na minha vida, e por isso mesmo sei que não traz felicidade.

— Dinheiro não traz felicidade, mas a falta dele traz desespero.

— Mas você não vive mais nessa aflição. Tente diminuir, ou vai acabar sem forças até para sair da cama.

— Tenho que pensar que Renata, um dia, poderá aparecer. A polícia não encontrou o paradeiro dela. E se um dia ela voltar dizendo que a Sol não é minha? Ninguém sabe disso, Paola. Eu não contei o motivo da briga que detonou tudo. Se eu tivesse contado, a Sol poderia não estar comigo neste momento, mas em algum abrigo ou orfanato.

"Ela está registrada no meu nome, mas sabemos como a lei opera em situações complicadas. Se àquela altura soubessem a verdade, qual juiz daria uma criança a um homem que, afinal, não era o pai, era pobre e sem emprego fixo? Nenhum. Sei o que estou dizendo.

"Paola, talvez, em algumas circunstâncias, o dinheiro que temos seja tudo o que valemos aos olhos dos outros."

A expressão dela mostra que entendeu meus principais motivos.

— Mas não é só isso — falo baixo como se fosse um segredo. — Estou trabalhando mais para tirar um mês de férias e, pela primeira vez, poder viajar com a minha filha, por isso também aceitei empreitadas até em outras cidades.

Nos minutos seguintes, pego o celular e mostro tudo que organizei para serem as melhores férias do mundo. Ela demonstra entusiasmo e, sem notar, confessa que desde o casamento não tira férias.

— Paola, quer vir conosco? A Sol iria adorar — convido, sem pensar. — Seriam férias inesquecíveis.

— Eu... — Alguém bate no portão, e o som longínquo e repetitivo não a deixa terminar. — Volto já.

Enquanto ela vai ver quem é, aproveito para subir e acordar minha filha. Minutos depois, com a Sol no meu colo, compreendo que as férias serão mesmo só a dois, porque na sala, olhando para Paola, está alguém com vontade de saltar sobre ela...

... e ela segura sua mão com um sorriso no rosto.

Desço a escada sem ser notado, o que é difícil, mostrando o quanto os dois estão entretidos um com o outro.

— Nós vamos indo. — Três palavras que criam ansiedade em seu rosto.

Olho para o homem surpreendido com a minha súbita presença e para ela, nervosa. Percorro seu corpo com os olhos, até parar na mão dela presa na dele. Mostrando que vi.

Encosto mais o corpo da Sol no meu, agradecendo sua preguiça matinal, e caminho até estar perto deles.

— Obrigado pela noite, Paola. Eu estava precisando. — Toco o rosto dela com carinho, num gesto ridiculamente imaturo.

Ela enrubesce tanto que as linhas vermelhas parecem ganhar vida.

— Não precisa agradecer. Posso ficar com a Sol sempre que você precisar de uma noite para dormir sozinho — arremata, claramente aborrecida comigo.

Estendo o braço para o desconhecido.

— Desculpe, estava distraído e nem reparei que vo... — Pelo rosto dele, sei que não acreditou. Quando estendo o braço, interrompendo minha fala, aperto sua mão com mais força do que o normal. Estou sendo um idiota, e sei disso.

— Jorge. Prazer. — Ele sente a minha força, mas não diz nada.

Aproveito para observá-lo. É magro, baixo e tem uma energia que me desagrada. Um comportamento estranho, dúbio.

— André, não precisa ir. A Sol ainda não comeu nada e deve estar com fome. — Embora nervosa e magoada comigo, sua preocupação é a minha filha.

— Não é preciso, você já fez muito por nós ontem à noite. Vamos passear, aproveitando o fato de que não vou trabalhar hoje.

— Não?

— Não. Há minutos alguém me aconselhou a trabalhar menos. Estou seguindo o conselho. Vocês devem fazer o mesmo. — Os olhos dela brilham com emoções que não consigo ler.

Queria dizer-lhe que pensei em convidá-la. Queria mostrar-lhe alguns dos meus lugares favoritos, sabendo que ela iria adorar.

Queria, mas não fiz.

— E vamos. — O desconhecido interrompe meus pensamentos com um sorriso nojento. — Hoje tenho uma surpresa guardada, Paola. — Sorri para ela, apertando mais seus dedos. — Vai ser inesquecível! Como falamos há duas noites, quando estávamos na cama.

Filho da... respiro profundamente quando vejo que esta é a resposta dele à dor na mão que lhe causei.

— Qualquer momento com Paola é inesquecível. Posso garantir — contra-ataco, e estou a um passo de ser o maior idiota da face da Terra.

Ela olha para um e outro, sem saber o que dizer.

A competição pelo título de mais infantil é acirrada, mas acho que estou ganhando.

Caminho para o sofá, pegando a sacola e o presente da minha filha, e volto para a porta onde os dois ainda se encontram. Num último ato de imaturidade, beijo novamente seu rosto, no lado desfigurado, permanecendo mais tempo do que o necessário.

— Obrigado por tudo, Paola. — Saio, chocando-me com o outro idiota.

— André — ela chama, mas não olho.

Passo o restante do dia com a Sol fazendo as coisas mais banais, pois perdi a vontade de passear pelos lugares de que gosto.

Finalmente, quando a noite chega, todos os sentimentos da manhã estão adormecidos, até a minha doce filha acordá-los sem perceber.

— Papai, podemos dormir na Paola? — Uma pergunta tão inocente, mas que minha mente explora com imagens que não deveria na presença de uma criança, mas é impossível. Meu corpo pede o dela. Depois das nossas noites, não estive com nenhuma outra mulher. Talvez seja isso. Se dormir com outra, as lembranças do que fiz com a Paola não serão mais a companhia das minhas noites em que o corpo pede alívio.

Não, não quero dormir com outra.

— Não. Vamos dormir aqui. Ontem aconteceu porque eu estava cansado e adormeci no sofá.

— Mas eu gostei. A cama dela é grande e ela passou creme no meu corpo depois do banho. Fiquei toda cheirosa, papai. E depois ela disse que ia me comer porque eu era um morango, e depois eu corri, mas não fui rápida e ela comeu o meu braço, mas foi brincadeira, papai. Eu tenho ele. Olha ele aqui. — Agita, mostrando que está intacta. — E depois ajudei ela a passar creme nas cicatrizes. Papai, ela tem assim aqui. — Dobra o braço, tentando tocar abaixo do ombro sem imaginar que beijei cada uma. — E depois eu disse que, se a gente morar junto, eu passo creme nela todos os dias e que ela não fica mais sozinha, e que você cuida dela como cuida de mim. E depois ela me abraçou e disse que me amava muito, e eu disse *"Paola, também te amo muito"*, e ficamos as duas cheirando a morango. Ela dá os melhores abraços. Gosto muito deles.

Para, respirando, e olha séria para mim.

— Papai.

— Sim.

— Eu gosto muito da Paola.

— Eu também.

— Eu mais do que gosto, papai. Eu amo muito a Paola. E você, também mais do que gosta?

Visto o pijama nela e não respondo…

… nem penso nos abraços.

Não, não penso mais.

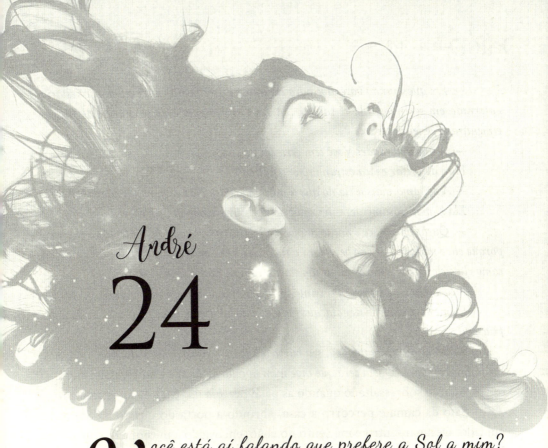

André
24

— Você está aí falando que prefere a Sol a mim? Que ela é mais importante do que eu? É isso mesmo? — grita, sem se preocupar com o sono da nossa filha, que dorme conosco no quarto.

— Sim, Renata. Ela vem em primeiro lugar — falo calmamente.

— Você é muito idiota. Seu otário! Como alguém consegue ser tão estúpido? Inacreditável. Vá, escolha a Sol. Escolha, seu otário! Escolha quem está nos afastando. Por culpa dela, você não me quer mais. Ela estragou o meu corpo! Ela só traz desilusões!

— Como tem coragem de dizer isso? Ela foi o melhor que nos aconteceu depois de tudo. Se não fosse por ela, nós não estaríamos mais juntos, e você sabe disso. Eu te perdoei por ela... porque ainda te amava.

— Amava? Já não ama mais? Eu sabia! Ela é a filha da puta da maior desilusão da minha vida! Ela arruinou tudo o que eu poderia ser!

— Uma drogada? Foi isso que ela arruinou? Estragou a sua vida de cheirar pó até um dia morrer num canto imundo?

— Não. Eu ia ser modelo. Eu tinha propostas, e ela apareceu.

Não aguento e rio na cara dela, tamanho o absurdo.

— Em que mundo você vive para acreditar nisso? Se não fosse a Sol, você estaria enterrada em seringas. Ela te salvou. Sol é a única verdade nesse mundo de ilusões e mentiras que te contaram.

— A única verdade? Você tem certeza?

Para de gritar e fica estranhamente calma.

— Você ama mais a ela do que a mim, não é? — Não digo nada, não preciso.

Ela ri maliciosamente, e um calafrio me atinge como um raio.

— Que idiota. Você é muito idiota. — Balança a cabeça, e me controlo ao máximo porque ela é mulher. — Olhe bem para a sua filha. Olhe bem, seu cego. Olhe com atenção como ela é clarinha, como os olhos são claros, como o cabelo dela é... claro.

Fico olhando, e eu sei... pressinto que meu mundo está desmoronando.

Eu me aproximo de Renata, que me olha vitoriosa, com uma expressão ainda mais fria e vil.

— Se ainda não entendeu, seu burro, eu falo. — Aproxima-se de mim. Olha nos meus olhos rindo. — Quem será que vive num mundo de ilusões e mentiras, André?

Acordo sobressaltado quando as palavras *"Ela não é sua filha"* ecoam.

Saio da cama e percorro a casa, abrindo a porta do quarto da Sol com cuidado. Devagar, entro e me sento no chão, encostado à mesinha de cabeceira. Passo a mão na cabeça dela e me deixo ficar assim, até conseguir relaxar.

Horas depois, estou novamente na minha cama, sem conseguir dormir. Pego o celular e olho para o que não deveria, a foto de Paola, que tirei na festa de Carnaval, quando estava distraída, sorrindo para a Sol.

Dou um zoom e passo o indicador em seus lábios, contornando as cicatrizes que ficam escondidas pela grandiosidade do seu sorriso para a minha filha. Sei que foi naquele momento que percebi que, afinal, Paola não correspondia à imagem mais assustadora que eu tinha.

Passo a mão no peito, deixando-a em cima do coração, recordando quando Paola me pintou naquela caixa. Como naquela noite ele bateu de forma diferente. Queria deixar de me sentir amargurado. Abandonar a voz de Renata sobre todos os homens com quem transou e que um deles seria o pai da minha filha. O verdadeiro, não o idiota aqui. E como, durante todo esse tempo de traições, eu amei tanto aquela mulher. Ela era tudo para mim.

Esquecer o medo constante em que vivi os primeiros meses depois que a Sol voltou para casa, sem saber se eles descobririam que ela não era minha. Se eu ficaria sem ela. Eliminar as noites sem dinheiro, algumas com fome.

Fome que escondi de meus pais, porque eles já tinham dado tudo o que possuíam, sem nunca dizerem que tinham me avisado sobre eu estar cavando a minha própria sepultura com uma mulher que sempre amara mais as drogas. Fome que me fazia sentir dores. Fome que não me deixava dormir.

Desespero por saber que, por minha culpa, meus pais não poderiam se aposentar tão cedo.

Aflição por não conseguir ser tudo o que eu sempre sonhara.

Tristeza quando via fotos de colegas de curso começando a trabalhar em empresas que eram o meu sonho.

Humilhação por mendigar um emprego para pessoas que um dia me avisaram que ficar com Renata seria a minha destruição. Engolir esse orgulho ferido e pedir um trabalho com urgência porque não tinha mais dinheiro e comida.

Vergonha por saber que todos comentavam a meu respeito quando eu passava com sacos de cimento nas costas e roupa suja do trabalho.

Tão diferente deles.

Tão caído em desgraça.

Abro o aplicativo de mensagens e digito.

André: Peço desculpas pela minha atitude.

Fico olhando, quase pressionando a tecla, mas apago e digito outra.

André: Desejo que ele te faça feliz.

Apago novamente e recomeço.

André: Não consigo parar de pensar em nós.

Apago.

Respiro fundo, escrevo uma mensagem completamente diferente para outra pessoa que nunca imaginei e pressiono *enviar*.

Paola
25

Bip Bip

O som de mensagem me acorda. Olho o relógio que marca 4:42.

Sem pensar, desço rapidamente a escada, aperto o alarme que destrava o portão e, quando ouço o portão se fechando, abro a porta. O rosto de André surge na escuridão da noite.

— O que aconteceu? Foi alguma coisa com a Sol? Ela está bem? — pergunto rapidamente. Suspeitando o pior.

Ele não responde, virando o corpo e fechando a porta com as mil e uma fechaduras que instalou.

Quando termina, tornamos a ficar frente a frente.

— O que aconteceu, André? Por que veio a esta hora? E a Sol?

— Deixei ela na casa dos meus pais antes de vir até aqui. Eu precisava te ver e...

— Por quê? — Ele não responde, dando um passo à frente. — Responde. — Meu coração bate descompassado.

Mais um passo dele dado em silêncio, entrando em meu espaço pessoal.

Olha para mim, até que, no último passo, abaixa a cabeça, encostando sua testa na minha. Sinto seu peito subir e descer, e o meu, sem saber como agir, imita o dele.

Aqueles braços e mãos, que são a minha perdição, apertam-me com força e carinho, e eu me entrego porque não consigo negar o melhor toque que recebi.

Ficamos abraçados.

O nosso abraço.

Sei que sou a única a quem ele toca dessa maneira. Sofro quando penso nele abraçando outra mulher ou quando relembro que ele abraçou alguém que nunca conseguirá esquecer. André é um homem que, quando entregar o coração, será para sempre. Mesmo assim, eu o abraço porque é o melhor lugar do mundo, e, nesses minutos, ele é só meu.

Ficamos quietos, sentindo somente um ao outro. Ele me aperta mais e beija suavemente a minha nuca. Meu corpo se arrepia porque reconhece seu toque maravilhoso. O maior prazer foi sempre com o corpo desse homem possuindo o meu.

Lutando contra milhões de vozes que suplicam pelos seus lábios, saio do seu abraço. Não podemos continuar nessa onda, sem saber para onde remar. E eu não quero me chocar contra rochedos, pois sei que será doloroso e destrutivo.

Me afasto até estar encostada à parede.

Longe.

Não mais do que um suspiro baixinho sai de meus lábios quando pergunto:

— Por que veio? Por que está aqui? Por que me abraça sabendo que não pode? Sabendo que, durante meses, tentei esquecer tudo?

Não responde.

Maldito silêncio.

— Se vai ficar calado, pode ir embora. — Caminho para a porta, começando a abri-la, quando o corpo dele encosta rápido no meu e suas mãos batem com força na porta, impedindo-me de abri-la.

— Olha para mim, Paola. Por favor — pede como se estivesse sofrendo, e eu o faço. Fico entre a porta e ele, sentindo novamente como seu peito oscila em respirações fortes. Algo dentro dele luta ferozmente. Quero acreditar que é o coração tentando expulsar os demônios.

Ele abaixa o rosto até seus olhos estarem junto aos meus, e seus lábios se entreabrem respirando meu ar, sabendo que eu nunca o deixaria sufocar.

— Fiquei com ciúmes, Paola — inicia em tom doloroso. — Estou enraivecido de imaginar coisas. Estou louco de vontade de fazer mil perguntas. Tentei não vir. Tentei não agir com ciúmes, sabendo como sofreu nas mãos de alguém por isso. — Seu rosto se suaviza. — Não quero voltar a ver medo de mim nesses olhos doces, mas estou enlouquecendo e não sei o que fazer.

— Foi preciso ver outro homem para compreender isso? Durante meses agiu como se o meu afastamento não doesse, quando eu sofria em silêncio cada vez que te via.

— Eu também sofri — confessa. — Sofri porque a culpa é minha. Sofri por saber que podia tudo, mas não consigo.

Quero disfarçar o que sinto, mas também não consigo, e uma lágrima cai quando murmuro:

— A culpa é sua, sim, por ter se afastado, mas se não te esqueci é porque é impossível. Eu sei que Renata está aí dentro, e, por mais que você tente tirá-la, ela não sai. No bom e no mau, ela não desocupa o lugar para quem sonha um dia ocupá-lo.

— Não amo a Renata. Não mais, Paola. Não amo a Renata há anos. Acredite em mim. — Segura meu rosto com as duas mãos. — Não amo a Renata. Leia a verdade nos meus olhos.

— Mas ela está aí, e, enquanto estiver, não vou entrar. O coração é um lugar muito grande, mas, pela primeira vez na vida, quero ocupar um espaço gigante no coração de um homem. Não vou me contentar com um cantinho, André, quando eu arrumei tudo para você entrar no meu. — Estou tremendo quando termino de falar.

— Eu queria ser diferente — confessa com dor.

— Infeliz ou felizmente, é por você ser quem é que eu que não consigo esquecer o que sinto. Sempre que tento te esquecer, você surge com a Sol no colo e eu te adoro um pouco mais pelo pai que é. Juro que tento, mas recordo todos os sacrifícios que fez por amor a duas mulheres. Por muito que me custe, saber tudo o que fez pela Renata não me afastou, mas fez com que eu me apaixonasse um pouco mais. Como posso esquecer quem ama assim uma mulher, quando tudo o que desejo é ser amada de forma igual? Quando sonho ter um homem que lute por mim como você lutou por ela? Quando desejo ser o centro do seu mundo?

Como posso te esquecer, quando é impossível?

Ele levanta a cabeça, deixando-a, em seguida, bater com força na porta, e eu fico com o rosto colado em seu peito, sentindo como o seu coração grita na luta.

— Como posso te esquecer, quando olha para mim como se eu fosse bonita e sei que não é verdade? Meu rosto é desfigurado por dezenas de marcas grotescas, mas não me sinto feia quando você olha para mim.

André afasta a cabeça da porta, marcada pela pancada forte.

— Para mim você é linda, Paola. — Eu sei que ele não está mentindo e me apaixono ainda mais.

— Como posso te esquecer, quando viu meu corpo e o elogiou, mesmo eu sabendo que não é um corpo bonito?

— É o único que eu quero. — Mais e mais amor.

— Como posso te esquecer, quando entra na minha casa com ciúmes de outro homem, não porque está preocupado com a opinião das outras pessoas, mas com receio de que eu ame alguém e me entregue? — Seguro sua camisa com força. — Como você acha que eu posso te esquecer?

Lentamente, no que parece uma vida, ele se afasta um pouco sem tirar os olhos de mim. André é tão intenso, que todos os recantos do meu corpo vibram.

Quando fala é em tom de voz soprada com medo.

— Ele segura esta mão? — Pega meus dedos reconstruídos que adora.

Aceno que não.

— Ele tira o cabelo do seu rosto para te olhar? — Pega uma madeixa caída, colocando-a atrás da orelha.

Mais uma vez aceno negativamente.

— Ele acaricia este lado? — Toca com o nariz desde as cicatrizes do pescoço até a orelha.

Novamente nego com a cabeça.

— E, Paola, o mais importante. Ele beija estes lábios? — Fica com a boca encostada à minha, tocando de leve.

Olho para ele e seguro seu rosto, passando os dedos na sua testa vermelha da batida. Estico o corpo até beijá-la.

Em seguida, olho para ele e nego novamente.

O alívio em seus olhos é grande. Segura meu rosto com mãos nervosas, algo que nunca imaginei, encostando timidamente seus lábios nos meus.

Sua boca toca a minha como se tivéssemos medo do que poderá acontecer depois do beijo. A língua dele sai à procura da minha. As duas se encontram numa dança lenta, sôfrega.

O corpo dele se encosta no meu, e consigo sentir o quanto me deseja. Para quem viveu com um homem que dizia não se excitar comigo, saber que André fica assim somente com um beijo é mais um motivo para amá-lo.

A mão dele sobe pelas minhas pernas, tirando a calcinha e tornando a subir, até me tocar onde mais anseio. Deixo a cabeça bater na porta, quando, sem aviso, dois dedos entram deliciosamente em mim.

Tudo acontece devagar.

Sem nunca tirar a língua da minha boca, ele entra e sai em movimentos pausados, até seu polegar rodear o ponto mais sensível, fazendo-me tremer entre a dor e o prazer intenso. Quando estou quase tocando o céu, ele retira os dedos e, num movimento, entra em mim com a dureza da sua ereção.

— Olhe para mim, Paola — implora, sem se mover.

Ficamos assim, olhando um para o outro, sabendo que há muito entre nós que pode nos unir como nos separar.

Acaricio seu cabelo, e ele começa a se mover tão lentamente como se quisesse memorizar cada pequeno segundo. A sala está preenchida com as nossas respirações. Minha boca se abre a cada estocada, e as veias de seus braços e pescoço vão aumentando de tamanho.

Continuamos a fazer amor contra uma parede com o *universo* assistindo.

— Você é linda. — Penetra-me com força, beijando as cicatrizes. — A mais linda que meus olhos já viram. — Mais profundo, mais intenso.

— Não minta, elas são feias — arfo porque ele não para; pelo contrário, aprofunda cada investida.

— A mais linda... — repete, e seus dedos descem pelo meu corpo.

— Por... por... que está dizendo isso? — pergunto entre gemidos, quase, quase lá.

— Porque, Paola, todas as suas partes feias são as mais lindas que eu já vi.

O mundo silencioso ecoa a frase.

E juntos gritamos mais do que só prazer quando o orgasmo nos atinge.

Minutos depois, nossos corpos estão tão sensíveis, que continuam com tremores e arrepios causados por tudo que está acontecendo.

Ele respira rápido, tentando repor o ar que sumiu, encontrando a minha boca e, com beijos lentos de língua, beber todo o prazer que me resta. Ficamos assim, nos beijando bem devagar, sem ele sair de dentro de mim, movendo-se lentamente como se ainda estivéssemos fazendo amor.

Não estamos fazendo nada, mas não consigo largá-lo, por isso aperto as pernas no seu corpo e prolongo o beijo ao máximo.

Mil eternidades depois, nossas bocas se separam e eu não me contenho.

— Te amo tanto. — Ele percebe que é sério. Não existe mais a capa de ilusão. Não estamos fingindo.

André olha para mim, claramente emocionado, mas não diz nada, e eu sei que não vai dizer, por isso beijo-lhe os lábios uma última vez. Por saber que ele tentou.

— Quero ser feliz com você, André. E acho que poderíamos ser, porque acredito que realmente não sou feia perante estes olhos. Não sei como, mas você vê em mim toda a beleza que eu não encontro. Eu quero dizer *"Te amo"* e ouvir *"Eu também"*. Porque, quando não existe resposta, algo de errado acontece.

"Não interessa se ainda ama ou odeia Renata. Enquanto ela estiver aí, nunca poderei entrar. Mas não vou ficar parada na porta, não mais. Quero um homem que me ame como mereço. Foram precisos seis anos de terapia e te conhecer para entender que mereço ser amada como eu amo: intensamente."

— É com alguém como ele, então, que deve ficar. Alguém que saiba o que é amar assim. Alguém que tenha amor puro e não corrompido para te mostrar como um relacionamento deve ser. Uma pessoa que não olhe para trás a cada percalço da vida. Alguém que não esteja tão quebrado quanto eu e possa te mostrar a inocência do amor. — Sai de mim, e ambos suspiramos com o vazio que fica.

Não, seu idiota. Quero alguém como você!, desejo gritar. Em vez disso, digo o que custa mais.

— Acabou, André. — Abro a porta, e ele sai.

Paola
26

— Não entendo, Paola! Te dou tudo, e mesmo assim fica querendo outros! — Decido não responder, não falar nada, o que só piora a situação. — Todo mundo reparou que você não me tocou uma única vez! O que acha que estão falando, agora que saímos? — Nada. Ao contrário do que ele pensa, não somos o casal mais invejado de Hollywood.

Como nunca reparei que para ele a vida é medida pelo que os outros pensam?

Infelizmente, a resposta é bem simples, estava encantada por ser o centro das atenções. De tantas ofertas que caíam a seus pés, fui a escolhida, e essa noção cegou toda a minha capacidade de ver quem ele realmente é. Além disso, a máscara que usa é tão perfeita que não reparamos que ele a está usando, até retirá-la e ficarmos assustados com a verdadeira aparência. É assustadora.

— Roberto, estou doente. Tinha falado que não estava me sentindo bem antes de irmos. Passei a manhã vomitando. — Dou passos lentos em direção ao quarto. A dor de cabeça é tão forte que as luzes ferem meus olhos.

— Volte aqui, Paola! — Caminha apressado atrás de mim. — Não terminei de falar.

Estou tão cansada desse inferno. Em que dia deixei de ser quem fui, para ser este inseto medroso, temendo cada respiração dele?

Fico escondida nos cantos, tentando não fazer barulho, mas ele me procura e parte para me esmagar. Eu corro, corro, mas termino sempre debaixo de seu sapato. Desfeita.

Ele prende meu braço com as pulseiras, apertando o pulso com força. As contas de ouro espetam a pele.

— Está doendo, Roberto. — *Olho para ele, tentando perceber o que vai acontecer, mas ele vira meu pulso, que lateja de dor, beijando-o com carinho.*

Com cuidado, abaixa as alças do meu vestido, que desce pelo corpo. Fico apenas de calcinha. Preciso ser forte. Só mais uma semana, e tudo isso ficará para trás.

Seus dedos começam a descer desde os ombros até os meus seios.

Fico arrepiada, não de prazer, não sei o que é isso com esse homem.

— Eu sei que você estava tentando encontrar alguém para foder. — *Como ele é baixo.* — Tentando encontrar um homem que fizesse o que eu não consigo, mas, Paola, meu bem, nenhum homem consegue ficar excitado com essa imagem. — *Olha com nojo de mim.* — Por isso é que não te fodo como a cadela que você é. Esse corpo não dá tesão nem em cego, Paola.

Controlo as lágrimas.

— Há mulheres feias, mas com corpão. Aí nós fodemos, colocando o travesseiro na fuça delas ou virando elas de costas, comendo por trás, mas você é o oposto: tem um rosto lindo quando sorri, mas aí vejo esse corpo, e não dá. A culpa não é minha. Você tem o corpo mais feio que eu já vi. Nenhum homem consegue ter tesão por um troço assim.

Não consigo conter mais a dor, e uma lágrima cai. Ele sorri vitorioso e, como se fosse possível, o odeio mais.

— Deveria agradecer por ter um marido como eu, que, às vezes, ainda se esforça por tentar, mas, meu bem, milagre eu não faço.

Dá um passo para trás, olhando uma última vez.

— Pode ir dormir. Eu vou sair. Não suporto ficar nessa casa com uma mulher que, em vez de agradecer a minha presença na sua vida como o melhor presente que poderia receber, fica caçando amantes.

Sai, soltando os cachorros, que correm em volta da casa. São tantos... Consigo ouvi-los, e odeio cada um deles por me prenderem aqui.

Fico tremendo, imaginando o que me aconteceria se arriscasse fugir. Tento não chorar mais, mas é impossível. Subo para o quarto com medo, derrotada e humilhada.

No banheiro, tiro a maquiagem e paro, olhando meu corpo magro e sem curvas. Viro, e é a mesma coisa. Meu bumbum é pequeno e as pernas, finas.

Deixo as lágrimas caírem o percurso inteiro até a cama, onde adormeço.

Horas depois, acordo quando sinto o corpo de Roberto e o cheiro de sexo que ele emana. O único alívio que sinto é saber que, mesmo que tivesse um corpo bonito, ele nunca sentiria prazer comigo. Nunca. Porque ao meu lado está um homem cheirando a outro homem.

Eu quero dizer que descobri a verdade, mas não digo. Quero dizer que entendo que ele viva uma vida de mentira, que não mereço ser o foco da sua amargura pessoal e de seus demônios. Dizer que entendo o motivo de sua homofobia, de seu ódio contra os gays. Ele nunca teve coragem. Ele odeia ser o que é.

Quero dizer que, no dia em que eu soube, tentei amá-lo no seu sofrimento. Apoiá-lo. Mas foi o mesmo dia em que ele me espancou quando tentei abordar a questão e desisti.

Uma semana. Em sete dias, partirei.

E sorrio.

Ele não poderá mais me magoar.

Serei livre.

Acordo, tocando o rosto. Mesmo depois de tudo, nunca contei sobre os segredos dele. Foram juntos com o suicídio, só que tem dias em que me pergunto se ele escondia mais, e isso me assusta.

— Está tudo bem? — A voz rouca de sono do Jorge está também preenchida com preocupação.

— Sim, só acordei com sede. Pode dormir — minto, como sempre faço quando ele pergunta se estou bem.

— Ok. — Fecha os olhos.

Na cozinha, preparo um chá de camomila e vou me sentar na sala. Tento esquecer tudo que vem junto com os pesadelos, e a única forma é lembrando de André. Da nossa última noite de amor. Da noite em que ele apareceu depois de ter conhecido Jorge pela manhã e agido como um homem das cavernas. Recordo como ele teve ciúmes e tudo o que fizemos.

Dou um gole no chá e fecho os olhos, evocando a noite em que tive certeza de que nunca poderemos ser amigos porque eu o amo e ele... ele teme amar.

Volto a abrir os olhos depois de recordar tudo, já sem vontade de beber mais o chá.

Desde aquela noite, muita coisa aconteceu, mas, o mais importante, eu e André nunca mais nos vimos, e ambos tomamos decisões drásticas.

Ele será sempre o homem que me mostrou que vivi rastejando com Roberto e depois enclausurada num casulo apertado demais durante seis anos, até que, com ele, eu virei borboleta.

Subo a escada e me deito. A mão de Jorge agarra o meu corpo.

— Está mesmo tudo bem? — pergunta e beija o meu ombro.

— Sim, está. Vamos dormir mais um pouquinho? — Escondo as lágrimas no travesseiro.

Ele relaxa o corpo e eu também.

— Eu te adoro, Paola.

— Boa noite, Jorge.

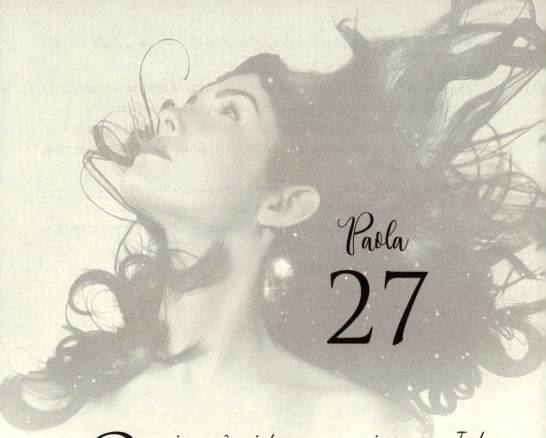

Paola
27

— Depois vocês pintam como quiserem. — Todos dão seu OK, menos a Sol.

Fico parada, observando com atenção sua expressão triste, e caminho ao seu encontro.

— O que está acontecendo com este *raio de sol*? — pergunto, puxando com leveza as duas tranças.

Desde que chegou está quieta, perdida em pensamentos. No começo, deixei, porque todos temos direito a um dia sem conversar, mas agora fiquei preocupada.

— Nada — responde, fingindo que começa a pintar, e eu permito isso por mais uma hora.

O restante da aula é passado entre pinceladas mais ou menos perfeitas. Sol, outrora muito participativa, principalmente com um garoto com paralisia cerebral, não se levantou uma única vez. Nem quando ele olhou para ela, habituado a receber sua ajuda. Fingiu não ver, e essa é a prova de que algo está mesmo acontecendo. Ela adora ajudar, e eles têm uma ligação especial.

No final, ela fica organizando tudo como sempre, mas em silêncio.

— Vem cá. — Sento-a no meu colo. — Me diz o que está se passando nessa cabecinha? — Ela não responde, aumentando o meu medo.

De repente, coloca os bracinhos em volta do meu pescoço e fica me abraçando por um bom tempo. Não responde, e eu a abraço de volta, passando as mãos em suas costas.

Beijo seu cabelo e continuo fazendo carinho.

— O que aconteceu para estar assim tristinha? — Toco no seu rosto. Embora eu saiba que ela não tem um pingo do André, sempre que olho para a Sol é ele quem vejo. Toda ela é o pai. O verdadeiro, não o biológico.

Ela continua com a expressão triste, até eu levantar seu queixinho.

— Estou preocupada. O que aconteceu?

— Por que você não fez igual? — rompe o silêncio.

— Não entendi a pergunta. O que eu não fiz igual?

— Ontem foi o aniversário do papai, mas ele não teve festinha. Vovó fez o prato favorito dele e ele comeu tudo. Três vezes. — Levanta os dedos, abrindo os olhos com espanto. — Depois ele agradeceu. E depois ela disse que amava ele e ele disse que também amava ela, e depois eu também disse *"Parabéns, papai. Eu também te amo."* e ele me deu um abração. — Para, respirando. — Mas depois fomos pra casa e eu corri para o jardim e não tinha nada lá. Perguntei por que não tinha uma Caixa pra ele, e ele disse que tinha sido meu presente de aniversário. Mas eu queria a Caixa porque foi o melhor presente do mundo todo. Por que não tinha uma Caixa pra ele também? Por que você não foi? Por que você não fez uma festinha pra ele?

Tanta coisa acontece neste momento. Tantas emoções, recordações… e saudades.

— Oh, minha linda, eu não sabia do aniversário. Tem razão, a Caixa foi o meu presente para o meu raio de sol favorito. — Toco na ponta do seu nariz, mas ela não sorri.

— Mas papai gostou tanto da Caixa, e quando a gente gosta a gente quer brincar sempre.

— Gostou porque te viu feliz. Não quer dizer que queira igual.

Ela balança a cabeça rapidamente.

— Não. Não. Não. Ele gostou muito, Paola. Quando eu estava na banheira, tirando a tinta de manhã, depois da festa, ele disse que eu estava ficando crescida para passar o dia deitada nela, mas eu gosto, e depois ele riu e eu disse que tinha sido a melhor festa de sempre. Meu dia mais feliz! Eu também disse que queria repetir todos os anos porque a Caixa é o meu lugar favorito do mundo. Ele olhou pra mim e disse que também tinha gostado muito e queria repetir tudo porque agora a Caixa era o lugar favorito dele.

Ah, Deus!

Flashes do que fizemos naquela noite explodem, levando cada poro a recordar o toque de André. Como explicar a uma criança tudo que nunca poderei dizer?

— Ele não ganhou presentes, Paola. — Seus olhos brilham com tristeza. — Eu sou criança e não sabia. Fiquei triste porque não fiz nada, mas papai falou que o maior presente era um beijinho meu, então eu dei muitos — acrescenta, orgulhosa. — Porque eu amo muito ele.

— Com beijos assim, acredito que ele não vai querer mais nada. — Tento aliviar a situação.

— Mas você também precisa dar um presente. Se não tiver mais a Caixa, dá beijinhos, como a vovó e eu demos. Ele vai gostar. — Sorri com tanta felicidade, sem imaginar as noites que penso nos lábios do homem que ambas amamos.

— Vou pensar em algo e depois darei. — Mentira, mas é a única maneira de encerrar a conversa.

— Hoje não. Não pode — diz, toda aflita, e as tranças se agitam com os movimentos da cabeça.

— Não?

— Papai vai sair de novo. Vou dormir com a vovó. Ele sai todas as noites. Vovó disse que ele está namorando.

— Ela disse isso?

Não vou chorar. Não vou chorar.

— Não para mim, mas escutei ela comentando com uma amiga. — Seu rosto fica triste, ao mesmo tempo que sofro por dentro. — Eu não gosto que ele namore.

— Seu pai merece ser feliz. E o amor dele pelo raio de sol mais brilhante nunca vai diminuir. Sabe por quê?

— Não.

— Porque ele, um dia, me disse que só existe uma mulher na vida dele. Sabe quem?

— Eu? — pergunta, e, quando digo que sim, ela sorri de felicidade.

— Desculpe interromper, mas a avó da Sol chegou — avisa um dos funcionários da Clínica. Ela se despede, animada, já totalmente diferente de como entrou. Sai correndo, deixando a tristeza que estava sentindo dentro de mim.

Fico perdida na dor ao imaginá-lo com outra mulher. Oferecer tudo o que pedi e negou.

Estar apaixonado. Dizer *eu te amo...*

Compartilhar o corpo... compartilhar a Sol... compartilhar a vida.

Ah, Deus.

Meu celular toca, e o nome do Jorge aparece na tela, mas não estou com a mínima vontade de conversar. Segundos depois, o som de mensagem recebida corta a minha dor. Abro:

Jorge: Vamos jantar e depois dar uma volta?
Paola: Hoje não dá. Estou doente. Outro dia. Bjo.

Recebo outra mensagem, mas não leio, preferindo *escrever* meus sentimentos na tela. Duas lágrimas pintam um caminho pelo meu rosto, enquanto o pincel desliza, colorindo tudo. Eu me submeto à dor através da pintura.

Pinto o que gostaria que fosse a minha realidade com ele, sabendo que certamente será com a nova mulher na sua vida.

Horas depois, estou tentando colocar atrás do portão da casa de André a tela que pintei há meses. A mesma que Rafaela viu, percebendo que, naquele dia, eu não tinha mais medo dele.

— O que faz aqui a essa hora? — Dou um salto quando sinto a voz dele tocando o meu pescoço.

Não, não, não. Como fui acreditar numa criança? Claro que ele tinha que aparecer. Não viro o corpo. Não posso. Não quero.

E se ele estiver acompanhado? Tudo, menos isso. Eu não iria aguentar.

E se ela for linda?

Ele se aproxima até eu sentir seu peito tocando as minhas costas e, por milésimos de segundo, penso em encostar meu corpo ao dele.

— Vou perguntar de novo — recomeça, e sinto o calor da sua boca no meu ouvido. — O que faz aqui a essa hora?

Não sou covarde. Seguro a tela com força e, num ato de coragem, me viro.

— Vim trazer... — O resto da frase é esquecido com a imagem diante de mim.

Este é André, o mesmo homem que ocupa os meus pensamentos; contudo, sua aparência é um choque. Com uma barba espessa, cabelo comprido e músculos maiores, ele parece medonho. Mau. Alguém de quem, meses atrás, eu correria de medo sem parar. Não olharia nem para trás de tanto receio.

Ele continua olhando para mim, esperando alguma resposta; afinal, foram meses sem nos vermos.

— Bem, a Sol estava triste porque você não ganhou nenhum presente... e... bem... decidi trazer algo, mas já estou indo. Não precisa abrir, mas prometi à Sol, você sabe como é. Fiz há muito tempo, não é como se tivesse pintado hoje, mas... bem... está aqui. — Empurro a tela para as mãos dele. — Fique com ela. Parabéns! — Encolho os ombros tentando amenizar o clima, mas ele não tira os olhos de mim.

Com gentileza, pega a tela, desfazendo o laço.

— Não. Abra sozinho. Não gosto que as pessoas vejam minhas pinturas pela primeira vez na minha frente.

— Ok. — Coloca a tela no muro e olha novamente para mim.

— Obrigado, Paola. — Duas palavras. Parecemos estranhos.

— De nada. — Escapo entre o portão e ele. O que é difícil, porque está mais largo. Parece ainda mais gigante. E eu só fico pensando nas sensações diferentes que deve provocar o toque em sua barba, cabelo... músculos. Como deve ser o abraço. Ou será tudo igual porque é ele?

Oh, Deus, o que estou pensando?

— Vou indo, mas é que a Sol disse que você estava com a sua namorada, e pensei. Não sei o que pensei. Resolvi trazer e... bem... é seu. — Fico toda atrapalhada e não explico coisa alguma.

Tem um buraco para eu entrar?

Ele não diz nada, abrindo o portão e entrando.

Aproveito e começo a caminhar em direção à minha casa, até ouvir passos pesados atrás de mim. É ele me seguindo.

Diminuo a velocidade e ele também.

Durante quase quinze minutos, estamos mais próximos do que nestes meses de ausência; entretanto, sinto que estamos em lugares opostos.

Subo a rua com a consciência de que são essas atitudes dele que não permitem à minha mente esquecê-lo. Esse lado de homem protetor, meigo, e que nunca permitiria que eu sofresse de propósito.

Minha casa surge à frente, e fico triste por vivermos tão perto. Abro o portão, agradeço de costas, e, quando estou quase entrando, ele segura o meu braço, obrigando-me a olhar para ele.

— Eu não tenho namorada — informa.

— Não precisa se justificar — declaro, mas interiormente todas as estrelas do meu céu brilham na máxima intensidade.

— Eu sei, mas queria explicar. Não amo mais nenhuma mulher. Impossível amar outra. Agora entre e feche tudo, a cidade anda perigosa. Vou esperar até você entrar em casa.

Não seja protetor. Estou tentando te esquecer, digo para mim mesma. A realidade do que sai da boca é diferente.

— Jorge fecha depois — digo sem pensar e automaticamente me arrependo, por isso tento mudar de assunto: — Se não tem namorada, por que motivo tem saído todas as noites?

— Porque encontrei a Renata.

Choque.

— Boa noite, Paola. Mais uma vez, obrigado pelo presente.

André
28

Faço o percurso de volta para casa com um misto de rapidez, curiosidade e peso na consciência por tê-la machucado com o que disse. Não me referi à Renata por ciúmes, que são grandes, mas por tentar dar o empurrão necessário à Paola. Se ela está tentando reconstruir a vida, quero que o faça sem olhar para trás. Sem olhar para nós. Quero realmente que seja feliz.

Paola merece alguém que tenha tempo para estar com ela em todos os momentos, não por algumas horas entre longos dias de trabalho, e não vou pedir que ela espere enquanto arrumo tudo dentro de mim para ela entrar, como quer.

Abro a porta e pego o embrulho.

Não me recordo da última vez que recebi um presente, sem contar as centenas de desenhos que a Sol pinta, espalhando-os pela casa.

Sento-me no sofá. Com cuidado, começo a desfazer o laço do presente e sorrio porque, além de não ter sensibilidade nos dedos para algo tão delicado, estou tentando não estragá-lo.

SORRISOS QUEBRADOS

Ela disse que o pintou há meses, e por isso estou curioso com o que possa ser; afinal, quando nos conhecemos, Paola tinha medo de mim, sem nenhum de nós imaginar que dos dois ela é a mais forte.

A fita cai numa dança sensual, e começo a rasgar o embrulho.

Pouco a pouco, a cor vai surgindo, juntamente com a ansiedade.

O papel encontra a fita no chão, e fico parado sem saber como reagir. Mais uma vez, Paola conseguiu tocar onde pensei que mais ninguém pudesse chegar.

Não vivo somente dentro de uma muralha alta demais, com pedras pesadas demais. Não. Eu vivo num lugar que é isso tudo e muito mais. É uma ilha cercada por uma vastidão de espinhos grandes e afiados, situada sobre um vulcão.

Sem proteção — foi retirada há anos por Roberto —, Paola subiu na cratera, caminhou sobre a lava, queimando-se a cada passo dado, sem se queixar das dores. Passou entre os espinhos pontiagudos, sangrando, e subiu a imensidão gigante de pedras pesadas e ásperas, até conseguir me ver por dentro. E o que fiz? Eu lhe dei a mão, fazendo-a acreditar que iria saltar dentro, e depois... depois a empurrei muralha abaixo, vendo-a se chocar duramente contra o chão. Obrigando-a a voltar para trás e sofrer tudo novamente.

Seguro a tela, suspirando.

A forma poética e artística com que vê o mundo está pincelada, mas é mais do que isso. Olho para a pintura, sabendo que, desde sempre, ela viu quem realmente sou.

Fico longos minutos observando cada detalhe.

Sou eu. É a Sol.

É a minha vida perfeitamente pintada.

Pego o celular e escrevo até atingir o limite. Escrevo tudo o que sinto e o que não tive coragem de lhe dizer.

Olho para a pintura e depois para a tela do celular.

Pressiono a tecla.

Salvo, mas não envio.

Não. Não vou obrigar Paola a sofrer tudo novamente, para me encontrar fechado. É a minha vez de tentar, por isso pego o casaco e vou ao encontro dela.

Olho uma última vez para a tela e parto.

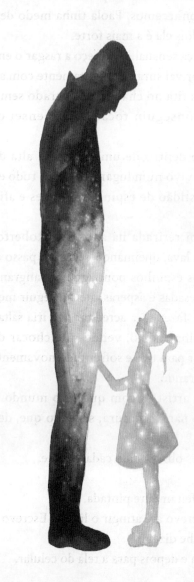

O universo pode ser um lugar escuro, mas basta uma estrela para iluminá-lo.

Feliz Aniversário, André!
Um beijo,
Paola

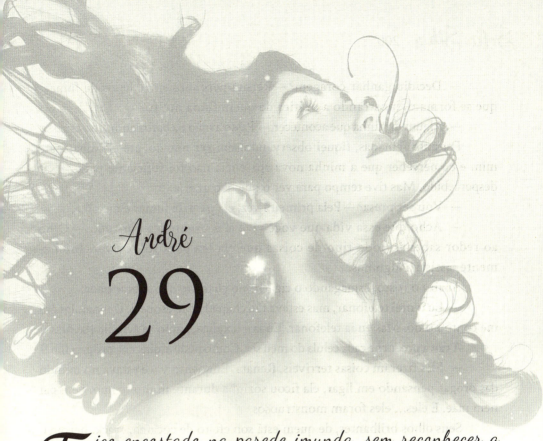

André
29

Fico encostado na parede imunda, sem reconhecer a mulher que um dia pensei ser o grande amor da minha vida. Hoje, tenho certeza de que nunca foi.

Me aproximo, sentando-me perto do seu corpo.

Ela continua fumando. Segura o cigarro com dedos amarelados, trêmulos e de unhas sujas. Tento ver nela a estudante que um dia sorriu para mim com atitude, mas não encontro nada disso.

O rosto está manchado e com bolhas que cortaram a pele lisa que tinha. Os lábios estão secos, com os cantos esbranquiçados de saliva. Passa a mão no cabelo sujo como as suas roupas. E o cheiro dela mistura-se com o nojo deste lugar repleto de criaturas caídas em desgraça. Cada uma enfrentando o mais baixo nível que um ser humano pode atingir. De algumas eu consigo sentir pena, porque não tiveram escolha, não tiveram ajuda. Não tiveram a mim.

Faço um esforço para não vomitar, quando vejo que, por ter chovido nos últimos dias, o canto deste inferno serviu de banheiro público.

O lugar mais degradante que já visitei na vida.

— Decidiu ganhar coragem? — Renata pergunta entre halos de fumaça que se formam, mostrando a prática de quem fuma muito.

— Algum dia tinha que acontecer. — Passo a mão na barba enorme e espessa.

Durante semanas, fiquei observando sem ser notado, até ela olhar para mim e eu perceber que a minha nova aparência não foi suficiente para passar despercebido. Mas tive tempo para ver o que não queria.

— Vou ser presa? — Pela primeira vez, ela para de fumar e me olha.

— Acho que essa vida que você vive já é a sentença por tudo. — Olho ao redor sabendo todo tipo de coisas que ela faz para sobreviver. Infelizmente, assisti a algumas.

Abaixa o rosto, esmagando o cigarro no chão até não sobrar nada.

— Eu tentei telefonar, mas estava tão chapada que esqueci. Depois alguém me contou tudo. Mas eu ia telefonar. Eu ia — explica, como se acreditasse nisso.

A raiva preenche cada célula do meu ser. Como pôde esquecer a própria filha?

— Eles fizeram coisas terríveis, Renata. Enquanto você estava no mundo das drogas pensando em ligar, ela ficou sozinha durante muito tempo. Sem pai nem mãe. E eles... eles foram monstruosos.

Seus olhos brilhantes, de quem está sob efeito de cocaína, crack, heroína, sei lá, mostram que não sabe de tudo.

— Eles queimaram o corpo da Sol com pontas de cigarros iguais aos que você estava fumando. Morderam os braços, pernas e cabeça. Ela estava com manchas roxas, sangue coagulado, nariz e boca inflamados pelo choro constante. — Talvez eu não devesse dizer tudo isso, mas a raiva é maior. — Ela tem traumas profundos porque você iria telefonar, mas não fez nada. Porque você esqueceu a própria filha.

Os mesmos dedos sujos entram na sua boca e ela começa a morder um a um com os dentes amarelados e apodrecidos.

— Eles...

— Não. A Sol não foi abusada sexualmente. Acho que ela não sobreviveria se isso tivesse acontecido, e eu estaria preso porque teria torturado cada um dos desgraçados com requintes de crueldade até suplicarem pela morte. — Recordações das paredes que arrebentei depois de sair do hospital me fazem contrair a mão. — Mas, Renata, ela era... é inocente. Não mereceu viver aquilo tudo.

Ela não diz nada, e nem sei se conseguiu entender tudo o que eu disse porque acredito que a droga matou a mulher inteligente que um dia foi.

— Por que me procurou só agora, se não vai falar com a polícia?

— Porque eu quero viver sem olhar para trás, sem pensar que pode ser a última noite que a Sol dorme na mesma casa em que cresceu. Quero que você saiba que lutarei por ela até o fim. Preciso que compreenda que a Sol é feliz comigo. Posso não ter muito dinheiro nem conseguir ocupar o espaço de uma mãe, mas, Renata, eu nunca me esquecerei da minha filha. Ela vem antes da minha própria respiração.

A unha dela sangra com as mordidas contínuas.

— Por isso voltei quando soube que estava grávida. Eu sabia que ela teria o que eu não poderia dar.

— As crianças só precisam de amor.

Mais uma vez ela não diz nada, e fico enfurecido.

— Como não conseguiu amá-la? Ela cresceu aí dentro. Ela é tão perfeita... Desde que ouvimos o coraçãozinho dela batendo, eu não parei de amá-la por um segundo.

— Não sei. Da mesma forma que você a ama sabendo que ela não é verdadeiramente sua, eu nunca consegui, apesar de ser minha.

— Dói saber que você ama mais isso. — Aponto para os pequenos buracos de agulhas em seus braços. — Do que a Sol.

— Você não pode julgar. Não imagina a minha vida — fala com rancor, como se fosse vítima e não tivesse tido opções.

— Posso, Renata. Mais do que muitos parentes de pessoas que caem em desgraça, eu posso julgar o quanto quiser, porque vivi anos tentando te tirar disto. — Abro os braços. — Entendi que nas festas de modelos e nas faculdades a droga rola. Entendi que você não conseguiu resistir. Entendi os anos e anos de recaídas, mas não entendi a volta, depois de meses sem tocar nessa merda toda. Não entendi por que preferiu os efeitos da droga, quando um abraço da Sol era a melhor sensação do mundo. Continua sendo a melhor. Não entendi por que preferiu essa vida a nós dois.

Levanto o corpo do chão mijado e malcheiroso, sem entender tantas outras coisas.

Ela pega outro cigarro e fuma. Sei que está drogada, e a quantidade que a vi injetando há horas a proíbe de sentir tudo.

— Vivi anos controlada por pais tiranos e conservadores. Quando eu estava com a Sol, era como se tivesse regressado ao passado. Não podia fazer nada. Não consigo ficar fechada entre quatro paredes. Não suportava a sensação da Sol ter assassinado a minha liberdade. Mas o pior era saber que você já não me amava. A única coisa que eu tinha como certo era esse coração só meu.

Sento-me numa cadeira abandonada, esfregando o peito que dói.

— Deixei de te amar no dia em que percebi que você não amava a Sol. No dia em que usou como arma o meu amor pela Sol. No dia em que contou que ela não foi concebida por mim, porque você queria que eu não amasse mais a minha filha, simplesmente por eu amá-la profundamente.

Ela para de fumar, levantando-se até ficar perto de mim. Ajoelha-se entre as minhas pernas.

— E se eu a amasse também, mudaria algo? — Sua mão toca o meu joelho e sobe pelos músculos da minha coxa. — Às vezes, fico pensando em você. Como éramos. Como você me amava e como vivia pra mim. Você amava me fazer feliz. — Passa os dedos na minha barba. — E você, ainda pensa em mim? Nas nossas noites?

Fecho os olhos, soltando um suspiro doloroso. Passados alguns segundos, olho para ela, sentindo sua mão traçar o meu rosto, e respondo:

— Sim. — Finalmente, os olhos dela são preenchidos por um brilho diferente. — Penso sempre que a Sol acorda com pesadelos, tem medo das pessoas e não conversa com ninguém. Penso quando ela pergunta por que não tem mãe ou onde está a mãe dela, se não morreu.

Essas perguntas surgiram quando a Sol começou a frequentar a escolinha, e, durante uma semana, eu e Paola tentamos explicar tudo da melhor forma, com a ajuda profissional de Pedro.

— Penso muito quando não sei o que responder a todas as perguntas sem que ela sofra com as respostas. E vou pensar quando um dia tiver que lhe contar que a mãe dela nunca poderá estar presente na sua vida porque a droga a transformou numa morta-viva. Penso sempre que recordo tudo o que fiz por você, descobrindo dolorosamente sobre todos os homens com quem te compartilhei. Penso sempre que me pergunto o que me faltou. E, finalmente, penso quando vejo a mulher que amo verdadeiramente, mas que nego porque tenho muito medo de não me recuperar se um dia ela decidir que não me quer mais. Porque se eu não fui suficiente para você, como serei para alguém como ela?

Renata fica humilhada, mas não sinto felicidade nisso. De joelhos, diante de mim, está uma mulher pela qual não sinto nada de bom, mas também não

Sorrisos Quebrados

existe mais o ódio ou o rancor que guardei esse tempo todo. Não, por ela, hoje, agora, neste exato momento, eu sinto pena. E mais nada.

Pena pelo que se transformou. Mais importante ainda, pena por ela não saber o que está perdendo diariamente em não receber o amor puro da nossa filha. Pena por ela não imaginar como poderia ser feliz.

Abaixo-me e seguro o seu rosto. Limpo a sua boca e toda a sujeira com os polegares. Amei-a tanto quanto o ódio que senti, mas, no fundo, sei algo e digo a ela.

— Um dia, a Sol foi amada por você. — Novamente ela fica emocionada. — Foi no dia em que apareceu grávida na minha porta. Se não amasse a nossa filha, nunca teria pensado em protegê-la. Você sabia que eu a amaria, ao contrário do homem que contribuiu com o esperma. Você tinha certeza de que a Sol seria feliz comigo, como é todos os dias. Renata, se um dia você quiser voltar a amar a Sol, terá que dizer adeus a isso tudo. Terá que pagar tudo na lei e mostrar que poderá ser alguém que nunca mais vai preferir a droga à filha. Eu não te perdoarei porque não consigo, mas a Sol não sabe de nada. Se preferir a redenção, eu ajudarei. Pagarei tratamentos, porque, pela minha filha, eu faço tudo. Não deixarei você sozinha com ela, mas poderá estar com ela. Perceber como temos a mais bela das filhas. Mas, se algum dia você decidir aparecer para piorar, vai descobrir que tudo isso que vive diariamente é o paraíso comparado com o que serei capaz de fazer a você.

Pego uma foto da minha filha no seu aniversário. O rosto está pintado, mas é o sorriso de felicidade extrema e delirante o traço mais marcante. Abro a mão de Renata e a coloco nela.

— Ela é feliz. É amada. Muito, muito amada por mim, por meus pais e também por uma mulher que, assim como eu, a ama profundamente e deu a voz que faltava à nossa filha.

Renata não olha para a fotografia, optando por dobrá-la e guardá-la. Nem um pequeno olhar.

— Vou embora desse antro que visito há tempo demais. Sei como você vive e não sou mais aquele jovem idealista que queria tudo, achando que iria conquistar o mundo. Confundi amor com desejo de ter poder para ser seu salvador, e você está enterrada nesse lixo. Quando eu for embora daqui, não vou mais pensar no que vivemos. A Sol saberá que teve uma mãe, mas nunca sentirá que não foi amada. Não deixarei. Tentei tudo por ela. Quero que ela saiba que tentei, mas também quero viver, sabendo que hoje foi o dia em que disse adeus a uma promessa que fiz.

— Se eu ficasse limpa das drogas, nós poderíamos tentar. Você poderia me ajudar. Eu diminuo, se ficarmos juntos. Eu e você. — Engatinha para perto, como fazia no passado e eu cedia.

— Nunca. Se quiser mudar, será pela Sol. Entre nós não existe mais qualquer possibilidade.

— Posso voltar a ser bonita, e nós dois poderemos tentar. — Rio sem humor.

— Não. Eu não te amo nem te amarei novamente. E, Renata, a beleza é o menor dos problemas.

— Não pode dizer isso — começa, arrancando a pele dos dedos. — Se veio, é porque ainda acredita que podemos ter algo. — Ela não ouviu nada do que falei.

— Nem que você nunca tivesse abandonado a Sol eu te amaria novamente, porque, Renata, eu amo outra mulher.

— Impossível! Você vivia vinte e quatro horas para mim. Eu podia fazer o que bem entendesse e você rastejava atrás de mim pateticamente.

E volta a maldade.

— Verdade. O que eu sinto por ela é amor puro. Você foi o meu primeiro amor, mas ela é o amor da minha vida. Eu amo tudo nela. E com você nunca foi assim. Porque até as partes ruins dela são boas. São belas.

"E, Renata, ela ama a Sol. Mesmo me odiando neste momento, ela continua amando diariamente o meu raio de sol. Isso é ser pai, amar primeiro os filhos, porque eles não pediram para nascer. Eles não pediram nada, só merecem amor. Ela é a mãe que um dia desejei para a minha filha e a mulher que me ama, sem imaginar que a amo mil vezes mais só em um olhar."

— Duvido.

Não aguento e rio maldosamente, porque a paciência acabou.

— Ainda bem que o que você pensa ou deixa de pensar é insignificante para mim.

Quero sacudi-la por nunca pensar primeiro na filha, mas só em si mesma.

Eu me levanto, e ela continua de joelhos. Olho para Renata uma última vez e tenho certeza de que nunca aparecerá. Fico aliviado. Não deveria, mas fico.

— Adeus, Renata. — Ela não responde.

Caminho entre os corpos perdidos em diferentes drogas e parece que estou percorrendo um cemitério. Saio do inferno, olho as estrelas que brilham na escuridão e não me sinto mais perdido, pois elas sempre indicam o caminho de casa. Sempre.

4ª PARTE

Repintados

Paola
30

O som de alguém batendo à porta interrompe meu banho. Com pressa, fecho a torneira e me enrolo na toalha. Sem tempo para encontrar algo mais que me cubra, pois as batidas são incessantes, desço a escada com rapidez e espio: é ele.

Abro a porta, sabendo que não deveria; contudo, quem consegue negar o ar que respira?

Ele fica parado, olhando para mim com os olhos vermelhos. Seu rosto está entre a esperança e a desilusão. Entre a euforia e a tristeza.

Ele não diz nada.

Eu não pergunto nada.

Ele tem muito a falar.

Eu quero questionar tudo.

Mas nada acontece, até seu olhar vaguear para trás de mim como se procurasse alguém.

— Estou sozinha.

Mas não queria, não depois de saber como podemos ser felizes juntos.

Ele dá um passo à frente e eu outro atrás, não com receio, mas para ele entrar.

Já na minha casa, vira o corpo, fechando a porta lentamente, parecendo em sofrimento a cada volta da chave. Como um animal que viveu enjaulado durante anos quando percebe que pode ser livre, mas não sai porque receia a nova realidade — é assim que André está parecendo.

Tento me aproximar para falar.

— Por quê? — interrogo, e a cabeça dele bate na porta. Sei que está numa luta interior e sofro com ele.

Cuidadosamente, levanto a mão, tocando suas costas. Ao mínimo toque, ele se vira com força, como se eu o tivesse machucado, e meu coração se quebra em sofrimento.

— Não, Paola. Não me toque. E eu não posso te tocar. Não quero tocar em você ainda com o toque dela em mim. Nunca. Não quero te tocar estando sujo. Nunca. Não consigo manchar sua pureza com tudo que tenho em mim. Nunca faria isso.

Tomo coragem e elevo meu corpo até me apoiar na ponta dos pés, e tapo a boca dele com a minha mão.

— Vem — peço, caminhando, e ele segue cada passo meu.

Subimos a escada em silêncio até entrarmos no banheiro. O mesmo que subitamente ficou pequeno para nós dois, embora seja espaçoso.

Cada vez que André respira atrás de mim, eriçando os pelos da minha nuca, consigo senti-lo dentro do meu corpo.

Ficamos parados, ele com emoções contidas e eu sem conseguir esconder uma única. Respiro também profundamente, desejando que meu ar consiga tocá-lo como sou tocada por ele.

Levo as mãos à sua camisa.

Olhando para ele sem nunca parar de fazê-lo, abro o primeiro botão. Ele não me proíbe, então abro outro e mais outro. Seu peito aumenta mais com movimentos ascendentes e descendentes a cada botão aberto e o meu imita. Mais um passo e nossos corpos ficarão unidos.

As respirações são a única melodia em nosso silêncio tão ensurdecedor.

Abro mais um, tocando sem querer sua pele, e ele fecha os olhos como se não aguentasse o que lhe provoco. Depois de aberta, empurro a camisa pelos ombros largos até ela cair no chão e um sopro de surpresa sair de mim.

Já sabia que o corpo dele estava diferente, emagreceu, mas sem roupa há muito mais dele.

Perdeu gordura e com isso ficou ainda mais definido e musculoso, duro e intimidante, num contraste tremendo com a fragilidade com que me olha.

Sei que não devo, mas elevo novamente o corpo e, tão devagar quanto a lentidão pode ser, passo meu nariz no dele, abrindo a boca num sopro que tem frases de amor contidas.

Minhas mãos desabotoam a calça, e o som do zíper é tão audível quanto o barulho da garganta de André se contraindo, o pomo-de-adão saliente. Puxo o jeans para baixo e vou dobrando meu corpo à medida que desço por suas pernas atléticas. Com o mesmo cuidado, tiro as botas e, ajoelhada à sua frente, toco a última peça que cobre o efeito que este momento está exercendo sobre ele. Nem o tecido preto consegue esconder o que ambos queremos, mas o que está acontecendo é muito maior do que o desejo de nos perdermos no prazer que sabemos que acontece sempre que fazemos amor.

Quando começo a descer a boxer, André abre os olhos, baixando a cabeça e observando-me atentamente. Seus olhos comandam os meus, impedindo-me de desviar do fogo que arde neles. Instintivamente, pouso a mão sobre a evidência do desejo e acaricio lentamente uma única vez. Ele morde o lábio e expele um suspiro, ao mesmo tempo que os músculos abdominais se contraem. Levanta a mão para me tocar nos lábios, mas, no último segundo, ele para, recordando que não pode fazê-lo por algum motivo que preciso saber.

Relutantemente eu me levanto, abrindo o chuveiro. Deixando a água correr. Indico para que entre, e ele o faz. Seu corpo fica debaixo da água e eu... eu deveria sair do banheiro, mas os olhos de André pedem o oposto, por isso entro junto com ele ainda com a toalha envolvendo meu corpo.

Não tiro a toalha. Precisamos de alguma barreira.

Pego o sabonete e esfrego as mãos.

— Vira de costas e fecha os olhos — ordeno enfaticamente. Ele olha uma última vez para mim e obedece, batendo com as mãos no azulejo para se estabilizar, e todos os músculos se contraem.

Com o nervosismo gerado pelo momento, pelas perguntas que me assaltam, pelos ciúmes e a ininterrupta atração, começo a limpar o corpo dele do toque dela. Fico pedindo que o meu toque tenha mais poder do que todas as vezes que ela esteve com ele.

Por que amar, às vezes, é tão doloroso?

Minhas mãos tocam todos os cantos do seu corpo e quero perguntar-lhe tantas coisas, mas é hora de silenciar.

Admiro sua beleza exterior, percebendo que nunca foi essencial porque, se André é o homem mais lindo que eu já vi, essa beleza evapora com tudo o que sei sobre ele. Para mim ele é perfeito pelo simples fato de não o ser.

Quando termino, vira-se para mim e inspiro profundamente para não me desequilibrar com o que vejo em seus olhos. Um olhar que se parece com ondas rápidas e sucessivas: sempre que conseguimos vir à tona, outra nos atinge, até não termos mais forças para resistir, acabando por nos afogarmos.

Volto a esfregar o sabonete nas mãos e, ao contrário do que fiz anteriormente, começo por baixo, lavando cada perna com cuidado. A respiração dele acelera tanto que tenho certeza de que o embaçado dos vidros é causado por nós e não pelo vapor da água.

Subo pelas coxas, abdômen, braços, e ele já não consegue controlar a respiração. Quando estou prestes a lavar seu rosto, sua mão segura a minha, colocando-a em volta do único lugar que ainda não lavei. Instintivamente aperto e movimento para cima e para baixo. Ele aperta mais sua mão sobre a minha, criando um ritmo lento, mas vigoroso. Em seguida me empurra contra o blindex, e seus lábios ficam perto dos meus.

— Ela não tocou aí — murmura boca a boca, e eu aperto um pouco mais.

— Ninguém tocou. Não existiu mais nenhuma mulher depois de você. Meu corpo só conhece e quer o *seu* toque.

Levanto o rosto, lendo a verdade nele, e mil estrelas brilham na escuridão em que o meu coração se encontrava.

Continuo movimentando a mão, mostrando que acreditei, até ele retirá-la, com dificuldade, enlaçando nossos dedos para sair.

Antes que isso aconteça, preciso que este banho elimine algo mais, então falo:

— Espere. — Ele para, olhando para mim, e eu guio seu corpo até perto do banquinho.

— Sente-se, por favor.

Saio rapidamente e volto, vendo os olhos dele percorrerem minha mão onde está a tesoura.

— Nunca fiz isso, mas é preciso — explico.

SORRISOS QUEBRADOS

Ele pega a minha mão até estar perto da sua boca e beija onde sinto meu coração bater.

— Confio que não vai me machucar.

— Nunca de propósito.

— Eu sei.

Não estamos mais falando de tesouras, mas de dores mais agoniantes que lâminas afiadas.

Um pouco nervosa, dou mais um passo à frente e aliso o cabelo dele com a mão. Com a outra, corto com a tesoura até o excesso cair no chão. Repito o procedimento em silêncio, até alcançar a parte de trás.

— Abaixe a cabeça. — Ele obedece, encostando-a na minha barriga. Tento acalmar a respiração, mas, devido aos meus problemas, é impossível. Percebendo o impacto de um simples toque, ele mexe a cabeça e sinto seu nariz movendo-se por cima da toalha que ainda não tirei.

Esfrega-se em mim.

Faço um brutal esforço para segurar as emoções, que são intensas. Ele é como um tsunami vagando pelo oceano: raro, mas, quando se forma, consegue afundar o maior dos navios, e eu sou um simples barquinho tentando resistir.

Continua passando o rosto em mim, e apoio as mãos em seus ombros para não tremer mais com as sensações.

Os braços dele se movem, e duas mãos gigantes permanecem na fronteira entre as minhas nádegas e a toalha. Os polegares começam a rodar em movimentos circulares lentos na pele e, embora o toque dele tenha o poder da água, queimo num incêndio lento.

Com André, existe uma ligação que nunca senti. Como se conseguisse ouvi-lo dizer que voltou, pois quer mais do que alguma vez tivemos. Muito mais.

Que hoje é o recomeço.

Intimidade é quando o casal não precisa falar, porque o outro consegue ler os lábios que não se movem, escutar a alma que grita e ver o amor invisível.

Continua deslizando o nariz até perto dos meus seios. A saudade é tão grande que solto um pequeno gemido e ele para de mover o rosto, mas não afasta o nariz encostado no meu umbigo. Com enorme força de vontade, continuo cortando o cabelo, e os dedos dele não param.

Rodam lentamente.

Sobem vagarosamente.

Circulam pausadamente.

Queimam pouco a pouco.

E eu vou cortando o passado de André enquanto suas mãos constroem o nosso presente.

— Pronto — aviso, com voz rouca de desejo.

Deus, como o quero.

— Falta a barba.

— Mas você sempre teve. Posso aparar?

— Não. Tira tudo. Esta tem o toque dela e eu não quero — confessa, movendo as mãos até estarem em frente ao nó frontal da minha toalha, e com dedos ágeis começa a desfazê-lo, até ela cair no chão molhado.

Fico parada e nua na frente dele, com as luzes brilhantes e castigadoras ampliando qualquer defeito corporal, mas não me cubro, nem receio o que ele vê quando me olha, e muito menos o que pensa.

Nunca serei alta. Nunca serei voluptuosa, nem nunca serei bela para tantos olhos, porém, para ele, eu tenho a altura certa, minhas curvas se encaixam perfeitamente nas suas linhas retas e... eu sou bonita. Para ele, eu sei que sou. E essa certeza não elimina todos os receios, mas ela é tão grande que não consigo mais enxergá-los.

Com a mão esquerda seguro a barba, enquanto com a outra aparo o comprimento. Ele estica um braço e pega minha gilete, passando-a para mim.

Quando me dobro para começar a raspar, ele diz:

— Não. Assim não.

Coloca a mão nas minhas costas. Com a outra na minha perna, puxa com leveza meu corpo até eu estar sentada no seu colo e os nossos centros quase se tocarem.

Aproxima o rosto do meu, até estar a milímetros da minha boca. Seus olhos caçam os meus e, contrariamente ao gesto anterior, puxa-me de uma só vez e com força para mais perto do seu peito.

— Perfeito — comenta quando nos tocamos no mais íntimo que temos.

Com dedos trêmulos, descanso a lâmina e esfrego o sabonete nas mãos até fazer espuma; em seguida, começo a transformação.

Ele não tira os olhos de mim e nem eu dele.

Contorno lentamente seu rosto e, com carinho, esfrego até estar com espuma suficiente. Pego novamente a gilete e passo devagar no rosto. Repito o gesto, e ele continua olhando para mim, acariciando minhas costas, como se fossem teclas de piano.

Limpo a lâmina na água, que corre atrás de nós, e torno a tirar os pelos. A mão dele sobe e desce desde o meu pescoço, arrepiando-me.

Tudo é lento.

O tempo é nosso. Está nos dando minutos para reconstruirmos anos, e não podemos desperdiçá-lo.

Nossas respirações começam a ficar intensas, mas continuo fazendo a barba... até a mão dele tocar no meu cabelo, colocando-o atrás da orelha, revelando todas as cicatrizes que tenho. Ele deixa a mão lá, e o polegar vai tracejando as marcas da orelha ao pescoço, subindo até o canto do lábio torto.

Nunca para de me olhar nem tocar.

— Como tive tanta sorte? — murmura num desabafo, espalmando a mão no meu lado feio. E deixo o rosto cair em seus dedos, precisando do toque. — Como algum dia pensei que não poderia te amar? — torna a falar, rodando o polegar, e eu passo uma última vez a lâmina com mãos trêmulas. — Como pude dizer isso, se eu sabia que estava mentindo?

Meus olhos se enchem de lágrimas felizes, e ele continua:

— Como consegui estar longe, quando eu nem aguento essa pequena distância? — Puxa mais o meu corpo até estarmos a um passo de sermos um.

Deixo cair a lâmina de barbear e, lentamente, com as duas mãos rodeio as maçãs do seu rosto. Fico tão próxima que encosto as nossas testas. As mãos dele prendem minha cabeça com a mesma delicadeza de sempre.

— Como te neguei, quando só penso em te tocar a toda hora? — As palavras de André são mais do que o oxigênio que passa entre os lábios. — Como fui capaz de falar que outro homem era melhor para você, se o simples fato de imaginar que existe... existiu alguém é como a mais dolorosa facada no peito? — Pressiona mais as mãos num pedido para que eu o olhe, e eu faço. — Preciso de mais uma noite, Paola. Só mais uma noite.

— Só mais uma? — pergunto, e quem sente a facada dolorosa sou eu. Sou tão estúpida, mas... estou confusa.

— Sim, mais uma noite. — Torna a passar os polegares pelo meu rosto com adoração. — Para eu mostrar o que ainda não fizemos. — Pausa e sorri para mim como nunca fez.

Seus toques ficam mais delicados, e não sei se me afasto ou me aproximo.

— Uma noite em que farei tudo para te dar a melhor noite que existe. — Aproxima os lábios dos meus, tocando-os levemente, começando a sussurrar para eles. — Tudo.

André
31

— Só mais uma noite, Paola — repito, não sabendo se estou pedindo ou afirmando. — Uma que começa com um beijo casto aqui — murmuro, beijando seus lábios levemente. — Uma noite com carícias. — Exalo em sua boca aberta para mim, tocando seu rosto com os meus polegares, enquanto a minha língua toca a ponta da dela e recua, querendo mais. — Até, Paola, este espaço ser pequeno demais para tudo que vou fazer com você.

Minhas mãos descem pelos seus braços, sentindo sua pele se arrepiar. Ela eleva o rosto, olhando para mim com mil emoções, mas, acima de tudo, desejo igual ao meu. Como preciso desta noite.

— O passado foi levado pela água. Quero o presente, hoje e aqui... com você. — Passo a língua na sua orelha, murmurando *Mais uma noite*, e a resposta é dada através de seus braços que sobem e rodeiam o meu pescoço.

Olhamo-nos novamente, mas desta vez um dentro do outro.

Encharcada de prazer, morde os lábios. Aproveito para introduzir meu polegar entre seus dentes que imediatamente se fecham. Enquanto chupa o meu dedo, continua olhando para mim com um misto de luxúria e inocência.

Quase explodo quando a língua rodeia o polegar como se ele não fosse apenas um dedo. Paola é sensual somente por querer dar prazer. Ela não precisa de tudo aquilo que Roberto dizia que lhe faltava. Não mesmo.

Meu braço eleva-a com força, e ela cruza as pernas em volta do meu corpo. Caminho para o quarto sem nunca tirar os olhos dela nem ela de mim, sem eu saber o que dói mais: se o corpo que implora pelo dela ou o coração que quer falar, agora que encontrou voz.

Percorro o quarto e olho para a cama.

— Ele dorme aqui? — O coração quase grita de ciúmes.

— Não.

— Já dormiu?

— Sim. — Não nego que me custa ouvir isso, mas fui o único culpado.

Meu peito sobe e desce com os sentimentos, e aperto mais o corpo dela.

— Não vai voltar a dormir. Nunca mais, Paola. Nunca mais. O único homem com quem você vai dormir serei eu. Ouviu? Só eu. Como a única mulher que vai me tocar será somente você, mais ninguém.

Deito-a no chão sobre o tapete de pelos brancos e beijo sua testa, mostrando que será diferente. Completamente diferente.

Tiro o dedo de sua boca e, em seguida, coloco-o na minha, provando-a.

Os olhos dela pegam fogo nas chamas dos meus.

— Seu sabor, Paola. Que saudades dele.

Com os joelhos, abro suas pernas, posicionando-me entre elas e, com carinho, encosto nossos narizes, subindo e descendo um no outro.

Suas pequenas mãos acariciam meu rosto com ternura, sem imaginar a saudade que senti do seu toque. Da pureza que emana quando esses meses vivi rodeado do pior. Paola é a flor que nasce no concreto. Aquela que foi pisada porque cresceu num lugar onde ninguém parou para contemplar a sua beleza, mas que, depois de estar quebrada, comentavam como era frágil, e por isso não aguentou a dura realidade. Idiotas que não perceberam que, além de ter sobrevivido, ela continua trazendo beleza aonde falta.

Ficamos assim, durante segundos, completamente despidos mas com toques inocentes, até a minha língua tornar a sair para encontrar a dela pelo caminho, num toque viscoso e quente. A boca de Paola se abre, e aproveito para aprofundar o beijo até a minha boca estar consumindo a dela. Um beijo que não consigo controlar, de tão descontrolado que estou.

Um beijo de que sentia saudades por culpa própria.
Um beijo que é mais do que isso.
Um beijo de recomeço.

Nos beijamos com o tempo de quem só deseja saborear um ao outro, e o dela, *hummm*, o sabor de Paola é o perfeito contraste com a sua meiguice. Ela beija com o erotismo de quem quer dar prazer.

Beijando-me está uma mulher de rosto inocente, toques suaves e delicados, mas com o poder de sugar toda a força que tenho. Por isso, eu acredito que a história de Davi e Golias não é verdadeira. Na realidade, não existiu Davi, mas uma pequena mulher que conquistou o gigante.

Ficamos nos acariciando, recordando cada linha de nossos rostos. Cada expressão é de adoração e desejo. A língua de Paola toca e foge da minha, que a procura até nossas bocas serem mais do que um toque de lábios, serem amor.

Instintivamente, meu corpo começa a se movimentar à procura de alívio em seu calor, e ela abre mais as pernas, mostrando que quer tanto quanto eu.

— Uma noite com muitos beijos, em que a minha boca vai tocar todos os cantos do seu corpo — sussurro, voltando a beijá-la, porque já não consigo parar de fazê-lo. Beijo e continuo beijando, ondulando sobre ela, até dois dedos meus entrarem na sua boca, molhando-os. Em seguida, percorrem seu corpo até encontrarem o lugar que implora e vibra por mim. Com leveza, passo-os lá e ela treme, por isso repito o movimento. Cada vez que meus dedos sobem, descem e rodeiam, ela treme mais e mais. Suas mãos agarram com força as minhas costas, como se ela não soubesse se deve se concentrar no prazer das nossas bocas ou nos meus dedos, por isso ajudo-a a decidir quando penetro os dois, ao mesmo tempo que o polegar inicia movimentos circulares.

— *Ohhh!* — exclama, soltando a boca e mordendo o meu ombro. Começo a tateá-la profundamente com movimentos vagarosos, sentindo sua respiração aumentar, até encontrar *O* ponto e ela gemer com as sensações. Seus olhos se enchem de lágrimas de prazer.

— Sinta. Apenas sinta — peço, beijando-a novamente sem parar a pressão. Todo o corpo dela treme mais a cada segundo que passa.

— Uma noite, Paola, uma noite em que vou fazer com você tudo o que quero. Apenas sinta. — Rodeio com mais velocidade o polegar e aumento a força e rapidez das penetrações. O som de meus dedos nela, nossas respirações e frases desconexas preenchem o silêncio.

— Mais, André... Eu quero mais! — exige, e continuo sem nunca parar, prendendo-a com força quando tenta escapar porque o prazer é enorme. — *Ahhhhh!* — grita, tremendo e agarrando os meus braços, que a seguram no tapete. — Te amo! — exclama, explodindo sem reservas com espasmos que consomem os meus dedos.

O prazer é tanto que seu corpo sai do tapete e, por segundos, penso que desmaiou.

Quero dar-lhe prazer, sabendo que não deram durante anos. Preciso mostrar-lhe que também senti falta disso, porque o corpo dela completa o meu.

— Meu Deus — murmura, tapando o rosto com o braço enquanto recupera a respiração.

Seu peito não para os movimentos, como se o coração estivesse batendo para sair por falta de espaço.

Seu rosto está vermelho, suado, e ouço-me dizer-lhe o que sinto no momento.

— Você é a mulher mais linda de todas. — Ela me olha ainda com os olhos embaçados pelo prazer e a expressão de quem acredita, sabendo que eu nunca mentiria.

— Para mim não existe mulher mais linda, Paola, nem nunca vai existir.

Acaricio seu rosto com afeto, tirando com doçura o cabelo que ficou colado com a transpiração, e ela fecha os olhos como se fosse demais.

— Nunca, nunca vai haver outra.

Mais uma lágrima escorre, e continuo sendo o mais amoroso possível, com dedos que são tudo, menos macios. Mas quero que ela sinta que eles serão sempre carinhosos com ela.

— Só quero *este* corpo. — Passo as mãos pelas suas pernas, prendendo-as na minha cintura. — Só quero *estes* lábios. — Torno a beijá-la como um viciado. — E — beijo um olho. — Paola — beijo o outro. — Abra os olhos, por favor. — Ela cede, e eu pego a sua mão, colocando-a sobre o meu coração, sem nunca desprendermos o olhar. — Não existe mais ninguém aqui dentro, a não ser a Sol. Ela ocupa muito espaço, mas descobri há meses que, onde a Sol dá brilho a um coração machucado, você pinta com tinta. Uma tinta própria para a escuridão.

Mais lágrimas descem pelo seu rosto.

— Eu sou como aquela Caixa, Paola. Sou grande e dou abrigo a todos que amo, mas sou oco por dentro. Eu era escuro, vazio... até você entrar e me iluminar. E... e eu não quero mais viver sem cor.

Continuamos nos olhando, ela chorando e eu querendo dizer muito mais do que está preso dentro de mim. Não sendo capaz ainda, repito o que não consigo parar de pedir:

— Mais uma noite. Só mais uma noite, Paola. — Ela acena com a cabeça que sim, voltando a fechar os olhos, mas permanecendo com a mão sobre o meu coração. Abaixo-me novamente para caçar seus lábios como um lobo que encontrou a pureza na floresta, ao mesmo tempo que, sem pressa, entro nela, ficando longos segundos parado e beijando-a sem me movimentar.

Não existe pressa nem receio de que termine.

Coloco minha mão sobre a dela, e a outra captura seus dedos, entrelaçando cada um.

— Linda — repito, começando a mover a pélvis. — Abre os olhos para mim, por favor, Paola. Preciso olhar para eles. — Observo os dois, principalmente o lado de que não gosta, por estar marcado. Esse é o meu favorito. Por isso, beijo desde o maxilar até a testa marcada, com a mesma calma com que faço amor com ela. Não solto a mão, que não desgruda do meu coração, e a outra, com os dedos implantados, aperta meu queixo, enquanto entro e saio devagar. E ela... ela chora.

— *Shhh*, não chore. — Relutantemente, desenlaço os dedos e passo-os em seus olhos, secando cada lágrima.

— Não consigo parar — fala baixinho, tocando-me o rosto, erguendo a cabeça e beijando-me com intensidade.

— Por que não? — pergunto. — Por que não? — torno a perguntar. — Mas ela continua segurando o meu queixo, ao mesmo tempo que se aproxima para me beijar. Não sou o único viciado no sabor que as nossas línguas unidas produzem.

Tento procurar nos olhos dela alguma pista, mas o calor da sua mão no meu rosto é um bálsamo, e percebo que não é agora que vou obter a resposta.

— Nunca vou me cansar disso — comento, entrando com mais intensidade. Ela abre a boca em um som fininho, e suas pernas se contraem com incrível força à minha volta.

Ficamos assim: olhos nos olhos. Meu coração em sua mão.

E meu corpo entregue somente a ela, até a força dos sentimentos extravasar e Paola soltar as minhas mãos por pequenos segundos, o suficiente para os seus braços contornarem o meu corpo num abraço apertado.

Com emoção, seguro-a enquanto me sento com o seu corpo encaixado no meu. Sentados, com pernas e braços enlaçando um ao outro, ela esconde o rosto no meu pescoço e eu faço o mesmo, mas beijando suavemente as cicatrizes.

As que eu não tenho poder de curar, mas a capacidade de amar.

Ela sobe e desce com o mesmo ritmo vagaroso que tínhamos, até o som dos nossos corpos dizer o que meus lábios querem dizer e explodirmos calmamente. Espero que ela tenha ouvido o que os meus murmuraram, pois os dela gritaram AMOR.

São quase seis da manhã.

Minhas mãos passeiam pelas costas de Paola enquanto ela dorme, exausta. Já eu, mesmo fisicamente cansado, não consigo fechar os olhos. Não consigo parar de tocá-la.

Quando sinto que se mexe, paro para não acordá-la. Precisa dormir, embora tenha pedido que eu nunca parasse, mesmo quando eu consumia seu corpo com a fome de um animal selvagem.

Durante horas, conquistei cada canto do seu corpo. Quebramos todas as barreiras e tabus. Mais uma vez, ela nunca questionou todas as formas que precisei usar para mostrar que esta noite era diferente e nunca negou os lugares que precisei tornar meus.

— Não pare — suplica sem abrir os olhos, apalpando o tapete até pegar a minha mão e colocar novamente sobre o seu corpo.

— Queria que fosse menos áspera para não te arranhar. Seu corpo está marcado pelas minhas mãos, mas não consigo deixar de tocar em você. — Vejo o contorno dos meus dedos na sua pele.

Finalmente, abre os olhos, e ficamos deitados, de frente um para o outro.

— Então, não pare. Nunca — fala em tom de confissão, e eu retomo lentamente o trajeto, desde o pescoço até o final das costas — É o meu toque favorito. Se eu tivesse que viver com suas marcas, viveria feliz.

— Por quê?

— Porque olharia para o espelho e não veria dor e medo. Não ouviria insultos, nem encontraria defeitos. — Baixa minimamente o olhar do meu. — Observaria o único toque bom que conheço e recordaria todas as palavras de... carinho que foram ditas para mim.

Não foram de carinho. Foram de amor, quero dizer-lhe, porém algo diferente sai dos meus lábios.

— O único toque bom? — pergunto, segurando ligeiramente o seu queixo para que volte a me olhar. — E Jorge? Ele fez algo que te magoou? — Subitamente, uma fúria flamejante queima em mim, mas mantenho o tom de voz como o dela: um suspiro.

— Não. Nunca. Ele seria incapaz disso. O toque de Jorge é sempre carinhoso. — De fúria passa a ciúmes.

— Sei que ele não está mais aqui, Paola, e tenho certeza de que entre vocês não existe mais nada, nem vai voltar a existir.

— Como tem tanta certeza?

— Porque *eu* estou aqui. Por tudo que fizemos neste tapete durante horas. Porque estivemos juntos naquele chuveiro. Porque você abriu a porta. Se vocês ainda estivessem juntos, eu nunca estaria aqui e nunca teria tido a chance de dizer que farei de tudo para ele não ser o dono do seu coração.

Ela pega a minha mão, beijando delicadamente os dedos, tentando acalmar a minha onda de possessividade.

— Ele estará sempre na minha vida. — A chama queima tudo com essa frase, e sou eu a abaixar o rosto. — Olhe para mim — pede e faço. — Não existe hora ou forma certa para contar algumas coisas, e não sei como você vai reagir, mas, se esta é a noite em que estamos fazendo tudo, também temos que dizer tudo um ao outro.

"Conheci o Jorge quase seis meses depois do ataque. Meu rosto estava todo coberto com curativos após mais uma cirurgia. Nesse dia, eu estava deprimida e revoltada com todos, principalmente comigo mesma. Ele entrou, sentou-se na cadeira e, achando que eu dormia, começou a pedir desculpas por ser o culpado. Por um tempo, acreditei que tivesse se enganado de quarto. Que fosse um canalha arrependido, quando ouvi sair de seus lábios um nome que ainda me provoca pavor: Roberto."

Ela para, e pressinto que dirá algo chocante.

— André, o Roberto... era homossexual e o Jorge, o homem da vida dele.

— O quê?!?

— Eles mantiveram uma relação durante dois anos, sem que o Jorge soubesse a verdade, soubesse da minha existência. Roberto inventou mentiras, todas plausíveis.

— E por que ele disse que era o culpado?

— Porque, assim como eu, ele viveu uma relação violenta durante anos. Amou um monstro, na esperança de que esse monstro um dia voltasse a ser o príncipe que era no começo. O que nenhum de nós dois jamais imaginou é que, no final, nós seríamos os marcados como feras horrendas.

"Honestamente, sei que foi coincidência. Jorge terminou a relação na mesma semana em que tentei abandonar o inferno. Ele conseguiu escapar com o rosto ileso, mas suas cicatrizes são piores do que as minhas.

"Nossa amizade nasceu na dor e no sofrimento, fruto de um amor puro por um homem que ainda hoje não sabemos quem realmente era, e temos receio de descobrir. Quando conversei sobre você e... e sobre todos os meus sentimentos, mais a dor que era amar alguém que nunca sentiria o mesmo por mim, ele ficou preocupado e apareceu. E ele, assim como você, amou tanto alguém, que o coração não abre espaço para outras pessoas entrarem. Ele veio pronto para me proteger, e por isso, naquele dia, fingiu ser o que não era... e eu, eu deixei porque estava sofrendo.

"Jorge é como um irmão para mim. E nunca devemos abandonar a família. Além disso, ele precisa de alguém que lhe mostre que existem toques que não doem e noites em que acreditamos que a felicidade não é um sonho."

— Não sei o que dizer. E não sei se é errado o que estou sentindo, mas estou feliz.

— Por quê?

— Por saber que não ficou sozinha quando eu não estava na sua vida. Que alguém te deu a mão quando eu não pude... e que alguém te amou quando eu não sabia fazê-lo. Porque, Paola, assim como eu, ele pensava que não era possível amar até te conhecer.

Os olhos dela se enchem de lágrimas novamente.

— Não. Não chore, Paola.

— Não consigo, André. Estou confusa. Esta noite, tudo que fizemos e dissemos...

SORRISOS QUEBRADOS

— Por quê? — Eu sei, mas preciso que ela diga tudo.

— Porque... porque... porque eu te amo tanto, mas tanto, que voltei a sofrer por amor, quando prometi nunca mais fazer isso. Nunca mais chorar ou desejar ser amada. Nunca mais fraquejar a *"Só mais uma noite"*.

Sorrio, e ela fica claramente confusa. Volto a me sentar encostado aos pés da cama e, assim como na primeira vez que fizemos amor, ela fica no meu colo e não nos escondemos mais. Ela precisa de palavras, e eu tenho todas dentro de mim. Com asas e prontas para voar.

— Com você vou querer sempre mais uma noite, Paola. *Sempre.* — Aperto o seu corpo no meu quando ela tenta fugir, e depois seguro o seu rosto com as duas mãos. — Vou pedir sempre mais uma noite, mas todos os dias. — Seus olhos se abrem e sua expressão se modifica. — Mas não vou pedir somente a noite. Pedirei *"Mais uma manhã"*, *"Mais uma tarde"*, *"Mais um beijo"*, *"Mais um toque"*, *"Mais de nós"*, *"Mais de você"*, *"Mais amor"*, *"Mais um dia"*...

Encosto com suavidade nossas bocas e, com os polegares, seco as suas lágrimas. Continuo acariciando essa mulher que não imagina que esta noite também foi uma nova experiência para mim. Não pelas posições ou lugares dela que tornei meus, mas porque nunca tinha feito amor com uma mulher com a certeza de que sou amado por completo. Que tudo que sou e tenho é suficiente. Que todas as palavras da sua boca são verdadeiras e que posso sair de casa sabendo que, quando voltar, ela não estará vazia.

— Nunca vou dar por garantida a sua presença na minha vida nem na da minha filha, por isso te pedirei sempre mais, na esperança de que nunca me negue. Porque, Paola, o que estou pedindo é para saltarmos juntos. — Ela chora mais, surpreendida por eu recordar suas palavras. — Mas eu não quero tocar nas nuvens com você.

— Não? Então, o que você quer?

Dou uma gargalhada gostosa, pois não consigo evitar, mesmo que os músculos faciais estejam enferrujados e produzam rangido por não estarem habituados.

Com as mesmas mãos toco seu queixo, obrigando-a a olhar para cima, para o teto, enquanto olho para o rosto que passei a amar.

— As estrelas. Cada uma delas. Todos os dias. — Ela sorri, continuando a olhar para o teto pintado, e é o sorriso mais lindo que a vida me deu o privilégio de admirar.

Durante segundos, Paola fica sorrindo para as constelações e eu para ela. Quando abaixa o rosto, olha para mim entre rios de lágrimas e ondas de sorrisos. Volto a segurar o seu rosto e, finalmente, digo as palavras que sei que nunca mais serão ditas para outra mulher ou foram pronunciadas com tanto sentimento.

— Eu te amo, Paola.

Ela beija os meus lábios, derrubando o meu corpo no tapete.

Não caímos...

... saltamos juntos.

EPÍLOGO

Paola

— Bom dia. — A voz ainda rouca de André, num misto de prazer e sono, é como uma recarga de energia que eu não sabia que precisava, até acordar com ele pela primeira vez.

Viro o corpo, segurando o rosto que amo com as duas mãos.

— Ótimo dia! — Sorrio, porque ultimamente é a única expressão pintada em mim.

Eu, que tinha receio de sorrir porque ficava mais feia, agora não consigo parar de fazê-lo e ele também não.

Ele me aconchega em seus braços e passa o nariz no meu, num ato de carinho que faz o meu coração saltar. Algo que descobri nesses últimos meses é que desejo ser tocada a todo instante por ele. O que antes implorava para não acontecer, com André é o oposto. E ele, com braços musculosos, mãos gigantes, calejadas e ásperas, tem o toque mais suave que conheço. O mais meigo.

— Parabéns, meu amor. — Beija meus lábios, e eu procuro o calor do seu corpo.

— Obrigada. — Abaixo a cabeça, beijando-lhe o pescoço enquanto ele faz um cafuné gostoso em mim.

— Desculpe por não ter comprado um presente, mas não tive tempo.

— Esta noite foi o melhor presente que eu poderia receber.

Quando ele apareceu na minha casa, perto da meia-noite, visivelmente exausto, fiquei superfeliz, pois não pensei que fosse acontecer, que ele recordasse algo que eu falara numa conversa banal. Mas, como sempre, ele me surpreendeu.

Durante anos não comemorei por relembrar as festas grandiosas que Roberto dava, típicas dos filmes românticos. Os presentes caríssimos e as dezenas de convidados assistindo a um espetáculo onde ele atuava sem dificuldade como protagonista e eu, a coadjuvante, acompanhava o melhor que podia, receando o pós-festa e como ele se comportava quando bebia demais.

Beijo o peito quente de André quando recordações más tentam estragar o presente. Na simplicidade da nossa relação, nascem os momentos mais ricos que conheci.

— É pouco. Eu quero poder te dar tudo, Paola.

— Bobo, você já me dá. — Desejo muito que um dia ele entenda que, para mim, o material não tem relevância alguma e tudo de que preciso é o que ele me dá diariamente. Sem imaginar que eu sou a privilegiada na relação.

São muitos os grandes e pequenos motivos para amá-lo. Um deles é o fato de me fazer sentir feminina. Foram anos de terapia para me empoderar e voltar a ter noção de que sou mulher, e isso em si nunca é sinal de inferioridade. Que ser pequena, magra e mutilada não significa que sou menos ou mereço menos que as outras mulheres. Ele preenche aquele lugar escuro onde eu não me sentia verdadeiramente mulher, devido a um corpo de que, durante anos, eu me ressenti por culpá-lo por tudo.

Um rosto que começo a olhar a pedido dele, sem ver a minha fraqueza, mas a coragem de ter tentado fugir. Falhei, mas tentei. O rosto de uma sobrevivente que nunca vai parar de lutar para ser feliz, mas dessa vez a luta é entre amor e felicidade.

André ama tudo em mim. O bom e o mau. Minhas fraquezas, minhas forças. E, sempre que fazemos amor, não duvido mais de mim. Essa certeza é poderosa, e terapeuta algum conseguira curar.

Além disso, a forma como conversou com Jorge e meus pais, explicando que eu não estava mais sozinha e que ele iria cuidar de mim da mesma maneira como cuido dele, é mais uma razão que me traz felicidade. Saber que não só me ama, como conseguiu trazer paz às pessoas que também viviam atormentadas pela passagem de Roberto.

Ele para de me tocar, e eu olho para cima, observando a sua expressão. Não consigo ler o que se passa na sua mente.

— Não posso pedir mais, porque não existe nada mais que eu queira, André. Tudo que eu um dia imaginei ser impossível aconteceu.

— O quê? — Seu braço enorme me prende um pouco mais.

— Voltar a ser feliz. E sou. Muito. Muito. Muito. E isso só você e a Sol conseguem me dar. Mais ninguém.

— Mesmo assim, um dia te darei algo para mostrar o quão imprescindível é para mim. Te darei o mais importante, e que tanto merece. Aquilo que eu e a Sol nunca demos a ninguém. — Subo lentamente pelo seu corpo, beijando a sua boca, que se abre para mim. Querendo o que ele pode dar, sem pensar muito.

— Quando você bateu na minha porta, prometeu mostrar como um homem apaixonado faz amor com a aniversariante. Foi só aquilo, ou tem mais? Porque ainda restam algumas horas para o meu aniversário terminar.

— Só aquilo? — pergunta com um sorriso nos lábios, virando os nossos corpos com facilidade e abrindo as minhas pernas com o joelho, no mesmo movimento. — Ah, Paola, só por isso vou te fazer gritar o meu nome o mesmo número de velas que apagará logo mais.

Sua língua encontra a minha entre beijos e risos. Nossos risos quebrados que se encaixam perfeitamente.

Com ele, aprendi o que é fazer amor, transar; sexo de despedida, sexo selvagem, de perdão, apressado entre aulas de pintura e muitos outros nomes que ele foi explicando. Aprendi que o meu corpo não tem lugares proibidos, e que fazer amor não é um ato de sofrimento, que até pode ser divertido entre duas pessoas que não conheciam o significado dessa palavra. Nunca dei tanta risada como dou quando estou com ele.

Aprendi que posso pedir mais, sem receio de ser insultada, e dizer *não*, sem medo das suas mãos. E, o mais importante, aprendi a ser feliz.

Termino de lavar os pincéis e coloco cada um no devido lugar para a próxima aula. Observo uma última vez a sala, mas está tudo superorganizado. Tiro a bata, notando que precisa ser lavada, e aproveito para colocar a da Sol na sacola.

Fecho a porta, e os pequenos dedos do meu sol se encaixam nos meus.

— E eu disse que ele precisava pintar de amarelo. Depois disse azul e depois verde e depois ele olhou para mim, e fez barulho, mas, como sou inteligente, sei que o som estranho que ele faz é a sua maneira de falar *"Obrigado, Sol, por ser uma boa ajudante. A melhor do mundo!"*. E depois eu disse: Não precisa agradecer. É meu prazer ajudar. E depois ficamos pintando juntos. Ajudei muito, não foi, Paola? — Sua pequena mão suja de tinta aperta a minha enquanto caminhamos. — Sou muito importante, não sou?

— Muito. Muito. Tem dias que fico pensando como seria a minha vida sem a minha ajudante. A melhor do mundo. — Ela sorri e depois fica séria.

— Não pensa muito, Paola, porque eu vou estar sempre aqui. Um dia, vamos ser uma família. Eu, papai e você.

Se André tem o poder de fazer meu coração pular, a Sol tem o de fazer parar.

— Quem te disse isso?

— Papai. Ele estava falando no celular sobre você partir e eu chorei porque você é a minha melhor amiga, e eu disse que, se você for embora, eu vou chorar porque te amo, e depois chorei e depois chorei mais. É, chorei muito, Paola. E depois papai falou que você não ia *"partir partir"* porque somos uma família. Nós três. — Devagar, levanta os dedos enquanto conta até o número desejado. — E depois parei de chorar e papai disse que também te amava e que nunca te deixaria partir. E depois eu disse: *Eu também não, papai!*

Olho para ela um pouco confusa com a conversa, pois certamente a história não foi como a sua compreensão infantil desenhou.

— Eu também te amo e não vou partir nunca. Você é a melhor amiga que eu tenho. — *E porque estou completamente apaixonada pelo seu pai*, comento a última parte interiormente.

— E porque somos uma família, Paola.

— Sim, e porque somos uma família.

Família...

Percorremos o curto trajeto restante em silêncio. Quando tento colocar a chave que André me deu há meses, reparo que a fechadura foi trocada.

Após frustradas tentativas de ligações e mensagens, decido que o melhor é irmos para a minha casa. Não será a primeira vez que a Sol passa a noite lá, porém, sempre que acontece, André dorme no sofá, pois nosso raio de sol pede para ficar comigo, e somos manteiga derretida para negar o que ela pede.

Embora ame dormir nos braços de André, amo de igual modo dormir com os meus em volta dela, desejando que sinta todo o amor que tenho e se sinta protegida.

— Vamos para a minha casa — explico, após mais uma tentativa de ligar.

— Não, Paola. Não podemos.

— Não podemos?

— *Hummm*. Papai disse… Não disse. Papai não falou. Não disse nada. — Fica toda atrapalhada. — Eu é que lembrei que, às vezes, papai e eu entramos pela porta do jardim. — Com força, prende a minha mão, puxando o meu corpo.

Caminho com a mão da Sol agarrada à minha, continuando a me puxar até que… no centro do jardim está uma Caixa semelhante à do aniversário da Sol.

— Vamos, Paola! A gente não precisa pintar o rosto para brilhar. Papai fez uma coisa diferente. — Ela transborda felicidade.

Seu cabelo loiro salta de excitação e felicidade.

Em choque pela surpresa, entro na Caixa e…

1, 2, 3, 4, 5, 6, 7…

Dezenas.

Centenas.

Talvez milhares de estrelas pintadas reluzem.

O chão, as paredes e o teto estão cobertos por cores brilhantes.

Tantas estrelas quantas as pintadas lá no céu real.

Os braços da Sol apertam as minhas pernas com força.

— Parabéns, Paola. Te amo muito. Ajudei o papai a pintar, mas fiquei muito cansada.

Nesse instante, ele surge. Alto, forte e monstruosamente gentil. Pega a filha no colo com um braço e, com a outra mão, passa os dedos no meu rosto.

— Sem lágrimas, só alegria — diz baixinho, como é hábito na quase escuridão.

— Saiba que as lágrimas que saem de mim desde que somos um casal são só de felicidade. Todas — digo alegremente.

Com a mesma mão, ele segura a minha e ficamos no meio da Caixa, entre constelações.

— O que é isto? — interrogo, olhando em volta.

— As suas estrelas. Durante seis meses falo que quero morar com você. Queremos viver com você. — Consigo ver a sombra da cabeça da Sol se agitando sem largar o pescoço do pai. — Eu sei que pediu tempo para viver sozinha, ser independente, caminharmos devagar, mas não aguento mais a distância. — Acaricia os meus dedos, os dois favoritos dele.

"Paola, não vou prometer perante Deus, em uma igreja, te amar. Cuidar de você. Ser seu amigo. Não vou, perante amigos, dizer que te amo. Que seremos felizes. Viveremos para sempre juntos. Mas, perante você, a única pessoa que precisa acreditar em mim, eu vou dizer sempre que te amo. Vou cuidar sempre de você e deixar que cuide de mim. Ser seu parceiro. Vamos ser felizes. Viver sempre juntos. Prometo dar vida aos seus sorrisos. E nunca mentir para você."

Ficamos entre estrelas, eu absorvendo as palavras e ele, mais uma vez, mostrando que é impossível parar de amá-lo.

— Nunca. Nunca levantarei a voz para te ofender nem as mãos para te machucar. Nunca te farei ter medo de viver dentro desta casa e nem te roubarei a liberdade de sair dela, se um dia quiser. Nunca te farei sentir que não é suficiente para mim. Nunca usarei seus medos contra você. Nunca irei te trair ou explorar o seu amor. — Respira profundamente. — Mas eu também quero algo, Paola.

— O quê? — pergunto, sem fôlego.

— Viva conosco. Comigo e com a Sol. Vamos ser a família que eu sempre desejei e somente agora encontrei. Sei que é só um pedido, mas é o maior de todos: passe a vida inteira ao nosso lado.

Lágrimas coloridas caem, como se quisessem sair do meu corpo, para abraçá-lo; contudo, são os meus braços que fazem isso. Como prometeu, André saltou comigo mais alto do que alguma vez imaginei ser possível. Estamos tocando as estrelas sem receio de cair, pois sabemos que um não deixará isso acontecer com o outro.

A mão dele abraça o meu corpo e a Sol faz igual, aproveitando para falar.

— Nós três, Paola. Uma família como papai falou. — A voz doce e inocente quebra a pequena resistência que eu ainda tinha.

— Ok, vocês venceram. Pedido aceito! — digo, e a mão de André segura o meu rosto num beijo apaixonado.

Com ele percebi que é na escuridão que brilha o amor verdadeiro, que as palavras verdadeiras reluzem, e sei que as dele nunca perderão a intensidade.

André

Respiro o ar que sai da boca de Paola quando nossas testas se encostam e sorrimos. Abraço as duas pessoas que mais amo e, finalmente, tudo o que vivi perde intensidade contra este momento. A fome, a humilhação, a dor e as noites em que chorei, desesperado, vendo a minha filha sofrer. As horas de depressão, por perceber que tudo que desejara nunca acontecera. O medo de não ter dinheiro para cuidar da Sol e o pânico de perdê-la. O ódio que ainda restava em mim. Tudo menos que maravilhoso sumiu daqui.

Aconchego a minha filha, sabendo que por ela viveria tudo novamente, sem arrependimentos. Quando as lágrimas de Paola molham o tecido da minha camisa, recordo a primeira vez que segurei o seu corpo, tentando cuidar dela, sem imaginar que a tinta que lavei do seu rosto não foi nada comparado a tudo que ela lavou da minha alma. E, ao contrário de mim, que me assustei com a sua aparência por debaixo das cores, Paola beijou cada lugar feio e solitário dentro de mim, sem se assustar. Entrou no lugar escuro que era a minha vida, mesmo depois de ter prometido a si mesma que só viveria no seu mundo colorido.

Juntos descobrimos que os sorrisos mais lindos estão escondidos nos rostos mais tristes.

Com Paola, aprendi que, às vezes, precisamos entrar em caixas pretas para perceber que nunca paramos de brilhar, e que a nossa cor só pode ser vista por quem foi pintado pelas mesmas tintas e pelos mesmos pincéis.

Flutuando entre estrelas, não tenho mais medo de cair no abismo, pois ela nunca largará a minha mão...

... e eu nunca mais irei parar de saltar por ela.

Alguns anos depois...

Concurso Infantil de Arte
Tema da exposição: Amor
Título: Papai e Mamãe
Artista: Sol